情到深处人孤独

赵蓝冥 著

北京联合出版公司
Beijing United Publishing Co.,Ltd.

序　言

如果没有你

1>

这是我的第二本书，全书只有一个主题：如果没有你，我宁愿孤独。若是亲爱的读者朋友能够喜欢，那么，我将多么地欢喜。

2>

从文八年，从一开始一个四处碰壁的小作者，到现在约稿不断，这对一个写作者来说，不能不算一件幸福的事。并且更值得炫耀的是，我每一个故事，虽然不敢说是精彩绝伦，但绝不会为了迎合市场，去违背自己的内心。写作者，上等救国，中等救民，下等救己。我没救国救民那么大的理想，只求不忘初衷，写出自己喜欢的故事，就好。

这八年，从一个不谙世事的少年到现在漂泊在北京、为了生计不停地奔波的青年，心里有好多的酸楚，无法对人道出。所以写字，更像是一种倾诉。我告诉大家我的开心与否，我告诉大家现在我过得怎么样，告诉大家即使遭受了再大的委屈，也不要违背了自己做人的本质。从不敢说教，因为我的年龄及社会阅历，不敢称师。所以每当有人在写作上遇到问题时，只要不忙，我都会尽量去告诉他们，因为我知道，大家都是从那个年龄经历过来的，都不容易。不管以后是否以写作为职业，我都希望他们能感觉得到写作的幸福。我只算一个学长，对文字有些小天赋，有些努力，上天又有些眷顾我，才能让我一直从事自己喜欢的职业，虽然我并没有多大的名气，但却觉得很幸福。人这一辈子，不管你活得平平淡淡，还是波澜壮阔；不管你是一贫如洗，还是身价千万，到头来，都难免两眼一闭，离开这个世界。所以，不如做一个善良的人，做一些自己喜欢的事，才不枉来人世走一遭。

3>

这本小说是以姐弟恋为主线。之所以这么写，是因为在现在这个社会，多数人能接受恋爱双方男的比女的大好多，因为这样的话女子会有安全感，会踏实，但是大多数人却无法接受在恋爱上，女人的年龄比男人的要大。他们会有各种各样的担心，例如如果女子老了，被男人抛弃了怎么办？或者时间久了，被男人厌倦了怎么办？到那时候再分开，男子可能正值最好的年华，而女人，却已满脸皱纹，老无可依。他们会觉得小的男人多是幼稚的，不可信的。若是身边有个人陷入这种感情中，身边的亲人、朋友，恨不得用大耳刮子每天抽到他们脸上，直到他们分开为止。

可他们却不知道，这世间有两种东西，是无论怎样，都无法割舍的：一是梦想，二就是感情。在感情当中，最为复杂的就是情侣之间的相爱。无论是跨国恋，还是姐弟恋、忘年恋等等，只要他们选择了，就一定会为以后的一切做好了打算。若不趁年少轰轰烈烈爱一场，那么，活着又有什么意义？若不有一场刻骨铭心的感情，那么又怎能成长？硬将两个相爱的人分开的人，和断头台上那无情的刽子手又有何区别？

相恋也好，分开也罢，都应不负那最美的年华。

若是在一起，定执子之手不分开，执手偕老永白头。

若是分开，也不要心存憎恨化作愁，而是要感恩对方，曾经将最美好的情感赋予自己。

所以，我很想告诉那些想爱，却又不敢爱的人，只要你的方式是对的，那么就努力地去爱一场。即使天塌下来，又何妨？

4>

很多时候，一个人单身久了，就会忘记两个人时的感觉。在北京，我每天都忙忙碌碌，上班、写书、写剧本……很多时候，自己不是在床上睡觉，就是在地铁中，有些人说我是为了挣更多的钱，为此，我并不否认。但更多的是每一个找我写东西的人，都是想合作出一些好的东西来，这，才是我答应和他们合作的前提，能够写出一些好的故事，或者编排一些好的影视剧，就算累一点儿，我也愿意。写了那么多情感小说，自己却一直单身，对外界的答复是我没有时间去恋爱，其实，是没有碰到一个让我怦然心动的人。人越大，越小心翼翼。等待，只是为了等一个对的人。

5>

写这篇前言的时候刚好是好友多多的新婚之日，从文多年，多多和我算是亦师亦友的关系。因工作原因，不能参加其婚礼不免遗憾，盼新婚快乐。

6>

愿《情到深处人孤独》陪你们度过每一个独孤的夜。

愿每一天醒来，太阳都会照射出最美丽的光。让我们，一起加油。

赵蓝冥

2014年7月6日

于北京莲花桥

目 录

第一章　红尘如梦初相识

1>

如果某一天，我能再次遇到你。

那么，你能否听我诉说，内心里所有想讲的甜言蜜语。

如果某一天，我能再次见到你。

那么，你能否让我讲讲，内心里所感受到的所有委屈。

如果某一天，我能再次拥有你。

那么，你能否在我怀里、内心里说好与我不离不弃？

只是，这个世间真的有如果吗？

如果中的如果，又在哪里？

2>

滴答，滴答，滴答。余未言醒来的时候，已经是深夜，火车在铁轨上吱嘎吱嘎地晃动个不停。他看着窗外的雨水一滴一滴地落下来，即使隔着窗户，依旧让他感觉到了丝丝的凉意。

偶尔能看到窗外的霓虹闪烁，灯红酒绿；偶尔能听到一丝丝的呼噜声，从身边的那位阿姨那边传来；偶尔能看见对面的大叔不厌其烦地抠弄着自己脚趾头上的泥巴，然后甩到地上；偶尔能看到夹道上密密麻麻挤满了的人群，仿佛一面不透风的墙，将空气全部堵死，让他觉得呼吸是那么困难。

有那么一刻，他甚至觉得自己都要死亡一样，呼噜声，脚臭的味道，夏季汗水的味道，以及窗外雨水击打窗户的声音，叫他不得不闭上眼，怀念那些曾经美好的日子。

一瞬间，眼角不停地涌下泪水。

颠覆了沧桑，涌尽了年华。

3>

墙上的壁钟响了五下。广播里不停地提醒着检票时间。

他看了看手中的车票，终究还是提起了行李，慢慢地向着检票口走去。每走一步，他似乎都能听到心脏沉重的跳动声，哪怕是在如此喧闹的地方。对于他来说，这是一座伤城，伤得连舔舐伤口的机会都没有。那些所有的过往此时都换成了无数道伤疤，一点一点地，在他的身上划下。回过头，看着这个早已经不属于自己的城市，那些曾经的过往，一点点地，化作烈酒，涌上心头。

“你说过要一生疼我，宠我，爱我。在我需要时你会及时出现，在我想你时你也要想着我，即使我不想你时你也要想我。”

“你曾说过，要一生将我珍藏，小心安放，免我惊免我苦，免我四下流离，免我无枝可依。”

“给老婆的八荣八耻：以让老婆开心为荣，生气为耻；以让老婆高兴为荣，难过为耻；以只听老婆一个人的话为荣，以听别人的话为耻；以每天做家务为荣，不做家务为耻；以挣钱全部上交给老婆花为荣，不给老婆花藏私房钱为耻；以每时每刻想着老婆为荣，以偷看别的女人为耻；以二十四小时让老婆找得到为荣，以一秒让老婆找不到为耻；以老婆说的话都是对的为荣，以反抗老婆说的话为耻。”

而现在，这些，都只是自己一个人的回忆了，不是吗？

4>

似乎所有的故事，都要从 2008 年的青耳开始说起。

那一年，北京成功举办了奥运会，余未言也成功地失了恋。在那个三月，在那个对于东北来说，草木依然枯萎的春季。在他在食堂准备将第五个馒头塞进嘴里的时候，他突然接到了女友打来的电话，里面传来的内容只有简单的几个字：“我们分手吧！”原因是，她的新男友比他“高、富、帅”。

简单的三个字，结束了两个人三年的感情。

一瞬间，所有的往事都一下子涌上了心头。三年间的过往犹如黑白电影一样，点点滴滴地涌入他的脑海，然后是一阵突然莫名的恶心，接着就是控制不住地开始大口大口地呕吐。以至于周围所有的同学都站起来，逐渐远离他。所伴随的，还是各种各样的“臭死了”“恶心死了”之类的话。有的人甚至端着饭碗走出了食堂，然后给他一个讨厌的眼神。

那一刻，他突然感觉到了前所未有的寒冷。这个世界就是这样的，即使不是故意所犯的错误，也终究不会被人原谅。

而那个一直以来支撑着自己努力下去的动力，现在也离开了自己。

那内心不断挣扎的小宇宙，不停幻想着的美好世界，终于在这一刻，四分五裂。连一丝存在的痕迹，都无法找到了。

灰飞烟灭的感觉，你懂吗？

5>

左岸酒吧——只出售激情，不预约浪漫。

他以往是从不来这里的，只是在接到秦受电话的时候，莫名地想来醉一场。所以，当他一走进包厢的时候，就大声地喊着：“禽兽不如的秦受，今天言爷就来喝瘪你的钱包。”

“行啊！”之前坐在屋子里的秦受将钱包从包里拿出来，“啪”地一下子拍在桌子上，然后大声说着：“今天随便你喝，就怕你没那么大肚量。”

秦受是他的大学室友，最好的哥们儿，也是富二代。按照他的话来说：“钱就是给兄弟们花的，也只有花了，才是自己的。”

在两个人第 N 次撞杯后，秦受悄悄地坐在他身边对他说：“趁着还清醒，和你说下，我一个妞儿说，过几天电视台招实习生，你去不？综艺节目，刚好适合你。”

“不去了，没心情。”余未言有气无力地回答他。

“我靠，你不是吧！不就是失恋吗？就是因为你把感情看得超过一切，一次失恋就被打击得没事业心了，要我是她，我也甩你。”

“滚蛋！”余未言用眼睛斜了他一眼说。

“哎呦，还好心当作驴肝肺了。”秦受站起来哇哇地叫喊着，“记住，你现在他妈的不是 VIP，也不是 IP，充其量你也只能算个 P。都 P 了，还这不去那不去的，你是想死啊还是不想活啊！不就是女人嘛！这年头有钱有女人，没钱不是人。要不一会儿我打电话给你叫来十个八个的开开洋荤。等你有钱了，天仙也是你的，到时候她要是回来找你，你就微微一笑，送她仨字：古德拜！”

“好啦！别在那儿嚷嚷了，我去。”

“这就对了嘛！”秦受又笑嘻嘻地坐在他旁边，搂住他说，“刚才和你说的事怎么样，考虑下啊！”

“不是说了我去吗？”

“不是这个，是另外一个。”他一脸坏笑地看着余未言。

“什么啊？”

“找十个八个妞儿来开开荤啊！”

“滚蛋吧你。”他稍微有些用力地推了推他，“你就不能找个女人好好相处？”

“嗐！你装什么纯情啊！我跟你讲，在这个吃地沟油吸车尾气的时代，在这个毒品与奶粉分不清的时代，我们就应该趁着年轻不停地放纵。纯情早就被狗吃了，我现在的感情宣言就是：人生苦短，必须性感。一生寂寞，及时行乐。宁可错杀，绝不放过。美女萝莉，全部归我。”

秦受一边不停地说着自己的“豪言壮语”，一边用手比划着。而一边的余未言却突然一下子站起来，向门口走去。

“怎么的，还急了啊！别回去啊，大家还没喝完呢！”秦受嚷嚷着。

“上厕所，交水费。”

6>

在哗啦啦的冲水后，余未言打开了卫生间的门。还没等他出去就被一个人推到一旁，然后他看着对方对着马桶呕吐个不停。

大堆大堆的呕吐物掺杂着酒味进入了抽水马桶里，然后，他按住冲水键，在旋转的水流中接着再吐，再如此。那样子看起来，似乎要把五脏六腑里的东西全部都吐出来一样。而最让余未言震惊的是，眼前的这个人，是个女子。

一个女子在男厕所呕吐个不停。

一个女子和他在一个厕所间内呕吐个不停。

如果这被秦受看到，想必他做了黄浦江的鬼都解释不清。

而就在他悄悄拉开门栓准备远离这个是非之地的时候，却在开门的那一瞬间，看到秦受站在门口。而那个女子也刚好吐完和他相望。倒是很美的一个女子，有些妩媚，有些妖娆，甚至，有些清新。

三个人，六只眼睛，就那么望着。空气寂静得都能让他们听到各自呼吸的声音。

“那个，”还是秦受打破了沉默，“我只是来看看，看你怎么这么久还没回去。既然你没事，那就好，你忙吧！不打扰！”接着，他带着一脸坏笑转身离开。

只是那句“你忙吧”，让余未言突然愣在了那里。他看了看对面的女子，觉得尴尬至极，然后准备转身离开。

“你有纸巾吗？借我用用。”对面的女子突然说出来这样的一句话。

“啊！有，有。”余未言一边回答着，一边从裤子的口袋里掏出一包纸巾递给她。只见女子轻轻地擦了擦，然后看着他，继续问：“你有烟吗？给我一根。”

“对不起，我不抽烟。”余未言回答她。

“哦，那算了。”女子眼睛一眨，却没有要离开的样子。然后继续说：“那个，刚才没办法，隔壁全都满了，而我，又忍不住要吐出来。所以……所以……”

“嗯，没事。那你现在没事了吧？”

“嗯，没事了。我准备再待会儿，躲会儿酒。要不你先回去？”说完后，女子慢慢地低下头去，又轻轻地擦了擦嘴角。只不过这句话说出来的时候，有那么一瞬间，让余未言有些搞不清这到底是男厕所还是女厕所，竟然被她来了句：要不你先回去？

“哦”了一声后，余未言转身准备离开这个是非之地，在转身的时候，他隐隐约约地闻到了她身上的香水味，又或者是女子本身的体香，叫他有些飘飘然，竟然让他说出了一句未经过大脑思考的话。

在这个厕所，在这个小隔间里，在她的对面，在转身的那一瞬间，他不知为何，竟然说出了这么一句：

“要不，我去给你买一盒吧！”

7>

从外面跑回来的余未言被秦受撞个正着。

“行啊你小子，真看不出来你这么闷骚，怪不得看不上我那十个八个，原来这里有个极品。”

“少扯淡，我还要赶着回去呢！”

“瞧给你急的，备那个了吗？”

“什么那个？”

“就知道你没准备，哥们儿早给你留着了。”说着，秦受从兜里拿出一盒东西递给他。

余未言接过来一看，盒子的封面上有个穿着妖娆的女人，上面还清晰地写着“杰士邦”三个字。

“滚你大爷的，我不用这个。”余未言急忙推了回去。

“少来了，我告诉你，在外面安全点好。赶快收起来。”说着又推了过来。

两个人就这么来回推推搡搡的，直到看到那个女子从卫生间出来，然后余未言才停止推动。秦受悄悄地从后面把“杰士邦”放到他的屁股兜里，一溜烟地跑开了。

“那个，那个……”他不知道对方看到没有，只能不停地那个那个。

“怎么这么久？烟呢？”女子看了看他问。

“那个……我回来就是想问你，我看那儿有那么多牌子的烟，问你抽哪个牌子的，好去买。”余未言挠了挠头问她。

“呵呵！”女子看他那个窘迫的样子突然笑出声来，“瞧你那傻样儿。要不我出去和你一起去买吧！顺便吃点儿夜宵。”说完也不管他答不答应，竟然就拉住他的手向外走去。那种感觉，似乎他们认识了好多年一样。

像好久以前就已经熟悉了一样。

没有芥蒂，没有隔膜，在这个夜晚，两个人都好像要逃脱那个喧闹的地方一般。

开始是她拉着他的手，后来慢慢地，余未言握住了她的手。两个人一起行走着，在漫漫黑夜，在这个伤感，却又多情的季节。

8>

醒来的时候，已是早晨八点。

阳光透过窗帘若隐若无地照射进来，照在他的眼上。睁开眼的一瞬间，他看到有个女子正在镜子旁梳理头发，他缓了缓情绪。他看了看被子里的自己，竟然什么都没穿。接着，他的脑袋“嗡”地一下子就炸开了。

“你醒啦？”女子对着镜子里面的影像说着。

“嗯，昨晚我们……”余未言裹紧了被子，那样子很像是一个刚被凌辱的女孩一样。

看了看他的样子，女人突然一下子走到床边，在他的眼前和他注视着。朦朦胧胧中，余未言再次闻到了昨夜的那种香气。

“你，昨天是第一次吧？”她有些邪恶地问。

余未言努力地用头回想了一下昨天的情节，却因为喝得太多什么都记不起来了，只能用力地点点头。

“好啦，纯情小男人，就当一场梦就好了，宾馆的钱我已经付好了。一会儿还有份早餐送来。没事的话我就走了，你可以再休息会儿，吃份早餐之后再离开。”只不过，在她拿起手中包的时候，余未言突然问了她一句：

“你结婚了吗？”

“没。”

“那你恋爱没有？”

“没有啊。你问这么多干吗？”女子看着他。

犹豫了好久，余未言似乎是下了很大勇气一样地说道：“要不，我追你吧！”

女子愣在了那里，然后又笑了，只不过和昨天不一样的是，昨天是在笑他的单纯，今天，是在嘲笑他的幼稚。

“傻小子，只是一夜而已，何必那么认真呢！何况，你昨天酒后叫的是谁的名字，我可是清楚得很。我不是她的替代品，也不是你填补寂寞的工具，所以我们不可能的。”女子看了看他，然后大步地转身离开。

接着就听到“啪”的关门声。余未言知道，自己可能再也见不到那个女子了，却不知为何要握紧自己的两个拳头，甚至，要掐出血一般。

是因为伤心，迷失了自己的理智，所以才跟一个陌生的女子上床了吗？

或者是来填补内心的空虚让自己忘记她？

又要有多坚强，才能念念不忘呢！

然后，莫名地，和一个陌生女子上了床？

却又不知为何地，想要为这一夜来付出责任？是傻吗？还是幼稚？又或是一种依赖？

不只是女人，其实男人也是如此。对自己的第一夜，永远都无法忘记。永远，永远地，不能忘记。

只不过，他的第一次，却是在模模糊糊、毫无意识的状态中发生的。

窗户上依然透进来最柔软的光，照在了他的胸膛上，幻化成五颜六色的悲伤。

泪水，竟然不知不觉地掉了下来。

而此时，在门外，也有那么一个女子，依靠在墙壁上，无声无息地哭泣着。

滴答、滴答的声音打在地毯上，汇聚成河，写成了那永无休止的寂寞。

9>

青耳大学，永远有着那么多说不完的故事。

余未言刚刚走进屋子，疲惫地躺在床上的时候，秦受就上来问道："怎么样，昨晚爽了？"

"滚蛋。"他看着屋子的墙壁发呆。

而此时，寝室的另外一个哥们儿正在拿着望远镜对着外面看来看去。

"王阳你这是做什么呢？"余未言问他。

被称为王阳的男生回过头，拿着手上的望远镜说："这是秦受拿来的最新装备——高清夜视望远镜，专门用来看对面的女寝。清晰，无码。这不听说对面今年新换人了，便立马看看有美女不。"他看了看秦受，两个人邪恶地对视一笑，便又转过了身去。只不过紧接着王阳便立马蹲了下来，并且嘴里不停地叫余未言。他们也跟着蹲下。那种感觉，就好像做了什么亏心事被人发觉，即将入狱一样。

良久，他才站起来，看了看对面，大大地喘了一口气。直到秦受他们问他怎么回事，他才慢慢地回答："对……对上了……"

…………

这是新学期开学的第二天，李落落大四，寝室的四个人从三楼换到五楼。唯独幸福的是，室友没变。

此时的她正在整理下午上课所需要的课本，而胖胖的韩小霞依然像以往一样拿着用厚厚的一摞书所卷成的望远镜向对面男寝望去，以用来寻找传说中英俊潇洒的八块腹肌男。然后，就在她的一声呼喊中，她一下子蹲在了地上，一边蹲一边抖动着自己满身的肉。

"怎么啦你这是？"落落不停地问她，"你这是真看到八块腹肌男了还是怎么着？"

"比……比那个还要狠。"

"那是怎么啦？"寝室其余的两个人都惊奇地问她。对她此举表示一脸的好奇。

"对……对到一起了。"她惊慌地回答。

"你——是——说，你偷看被对方发现了，还是？"李落落，一字一字地小心翼翼地问。

"是对面也在用望远镜看向这里，然后，我们两个，对上了。"韩小霞回答她。

然后，哈哈的大笑声传遍了整个寝室。而同样，对面的男寝也是如此。

那些原本组成青春的无数个点，却在不知不觉间，形成了一个画面。

而我们就在这个画面中，行走，欢笑，哭泣，享受流年。

只不过若干年后，当你回忆这一切都是那般美好的同时，却依然会问自己：为什么，会相遇呢？

为什么会和她相遇呢？既然相遇了又为什么要别离呢？既然别离了，当初为什么又要在一起呢？

很多事情，说不清，道不明。唯独自己，常常在午夜一个人醒来时，独自地，哭泣。

第二章　相恋只为永相守

1>

偶尔，会发生一些偶遇。

在偌大的一个城镇里，每天都有无数人擦肩而过，车来车往。相遇原本就是一件不容易的事。何况，在万千人群中，再次碰到。

好似原本我们都出门向背道而驰的方向行走一样，今天，却莫名其妙地相对而行。

就是这么一次相对，便让彼此的心灵，都填满了彼此。

只因世间最巧的事就是，余未言来电视台应聘的时候，其中一个主考，竟然是她。

那个名为夏天，和他发生过邂逅的女人。

而她却好像不认识他一样，只是轮流对着各个来面试的人员提着问题，甚至轮到他时也是如此。

直到面试结束，所有人都离开、夏天在那儿整理材料的时候，他终于忍不住喊出："夏天。"

"什么事？"夏天抬起头看了看他。

余未言紧张地搓了搓手，突然想起手中还有瓶矿泉水，就立马举起来递给她："天热，多喝水。"但是他全然没想起，拿起的是半瓶。其余的一半自己刚刚已经在楼下面喝掉。

"你这算是贿赂未来的领导吗？小P孩儿？"

"那个那个……"余未言说话突然结巴了起来。

"好啦！"夏天转身要离开，"你今天表现得很好，估计以后我们就是同事了。要更加努力啊！"话没说完，她已经走到了门口。却在拉开门的时候，听到余未言在后面喊了一声：

"那个，要不我追你吧！"

仿若一声闷雷一下子打在了两个人身上一样，他们彼此都悄无声息地站在那里，一个在后面望着，一个拉开门停下来。

那个，要不我追你吧！

要不我追你吧！

我，追，你，吧！一字一字，清晰地传入她的耳朵里。

"我说过了，我不是你填补空虚的玩具，也不是谁的替代品。所以，这种玩笑别再开了，无聊得很。"夏天连头也没回地回答他。

"我说真的。我追你，从现在，从此刻。可能我长得不好看，又没钱，还有种种坏毛病，但是，我会一心一意地对你好。疼你，宠你，惯着你。你看成吗？"

夏天回过头来看了看他："追我的人很多的，所以，要做我男朋友都要经过考验。"

"什么考验？你说吧！"余未言握紧了拳头，仿佛要上战场一样。

良久，夏天突然对他说："我要你穿得风骚绝代，金发碧眼，红色高跟外加性感丝袜，当着众人的面给我跳钢管舞。如果你做得到，我就答应你。"

…………

比沉默更久的沉默。

然后，夏天哈哈大笑地走了出去，让余未言一个人愣在那里。

傻傻的，呆呆的。他的拳头握得更紧了，终于在用力过后，像是想好了什么一样，走出了会议室。

留下一间空屋子，静得如掉根针都能听到。

犹如从来没有人来过一样，犹如整个世界就这样安静一样。

刚才所有的对话都已经消失不见。没有证据，也没有谁会刻意地记着这些事。

所有的故事都是生活中的插曲，只不过，却凌乱得织不成一首歌。

2>

秦受在女寝楼下，突然开始放声高歌起来，他嘴里不停地嚷嚷着"楼上的女孩看下来，看下来，看下来。这里的男孩很精彩……"之类的。

然后，只看到从天而降的大水，一下子泼在秦受身上。随之而来的还有一句："看你大爷。"

他用手抹了抹脸上的水，然后莫名地说出了一句："妈的，洗脚水，有股臭脚丫子味儿！"

他和寝室同学喝酒打赌，真心话大冒险。结果输了，大冒险的题目就是来对面女寝唱歌。他事先想到万千种可能性，被嘲笑被骂啊之类的，却一直都没想到过，会被人泼上一盆洗脚水。就在他准备转身离开回去和寝室人继续厮杀的时候，有一个女孩从楼门口走了出来，对着他，将手里的毛巾递给他。

“给，擦擦吧！”

他们没见过，素不相识。可秦受还是接了过来。

“对不起啊！我的室友们刚刚不是有意的。”

“是吗？不是故意都这么准？”秦受一边擦拭头发，一边有些抱怨着说。

“谁叫你大半夜在女寝楼下瞎胡唱。”

“没办法，我们在玩真心话大冒险。我输了，所以才……”秦受对她说。

“嘿嘿，真巧。我们也在玩，所以，你刚才被泼就是一次大冒险。而我的大冒险就是下来给你送毛巾，看你是不是帅哥。”

“那现在还让你满意吗？”秦受开始有些调戏地问她。

“勉强能看吧！我要回去了。”

“毛巾给你。我回去洗洗吧！怎么擦都没什么太大用处。”

“算了，你用吧！”女孩似乎有些厌烦毛巾里有股脚丫子味儿，并没打算要回来。

“那也好，你叫什么？以后我还你条新的。”

“落落，李落落。你呢？”

“我叫秦受。”

女孩突然一下子乐出声来：“看得出来，长得是挺禽兽的。”

“不是那个禽兽，是……”

“不用解释了，我要回去了。有机会再见吧！”

秦受想告诉她自己的名字是哪两个字，却被对方完全打断，然后看着她消失在自己的视线当中。

“一盆洗脚水，换来的是一个美女的毛巾以及名字，也不知道值不值。”他有些自嘲地说，然后也迅速消失在黑夜里，走回寝室。

而背后，却是另外一个人的远望。伴着黑夜，带着深邃，形成一种看似幽深的光。

3>

在电视台上班三天了。余未言只见过夏天一次。

她匆匆忙忙地跑到自己的办公小组给主任送文件，然后便迅速离开。后来他才知道，原来夏天是上面某领导的助理，专门负责传达各项文件。

而他，却在那一次见过之后，有好久的神不守舍。直到被别人在耳边叫了三次开会才停止发呆。究竟只是一种迷恋，还是真的爱上了？有的时候连自己都不知道。

只是在不知不觉间，脑子里，内心里，会时刻都有她的影子，分分秒秒，从未间断。电脑的屏幕已被他输满了“夏天”两个字，可他却毫不知觉。

4>

再次来到酒吧时，已是十几天以后。

灯红酒绿的生活，唯我独尊的寂寞。

夏天，坐在椅子上和身边的姐妹说个不停，然后看着舞台上妖冶的舞蹈以及下面形形色色的人。

她似乎是嘲笑一样对着身边一位名叫蓉蓉的朋友说："你知道吗？最近有个小孩说喜欢我，特别纯情。"

"得了吧！有多纯情啊！是纯情小处男啊还是想让你以身相许啊！这年头，哪还有纯情的啊！"蓉蓉一边吞云吐雾，一边大声地对她说。

"你说对了，和我还真是他第一次，抽时间介绍给你认识认识。"

"我靠，我倒要见识下，你所谓的纯情少年。"

两个人在不停地说个没完。直到音乐停止，灯光突然全部暗了下来。

"干什么啊！怎么要换风格吗？难不成也要纯情路线？"蓉蓉好奇地问。

然后就听到一声"天啊"从身边的夏天嘴里传来，接着只见她用双手捂住嘴唇，不停地注视着前面，甚至连眼睛都不眨一下。

而随着视线而去的地方，却不知在什么时候被别人竖了一根钢管。一个妖冶的男人围着钢管跳动起来。

场面顿时 HIGH 翻了。所有人都跟着大声呼喊起来，叫嚷声不绝于耳。

风骚绝代，金发碧眼，红色高跟外加黑色丝袜。那个人，正是余未言。他不停地摆弄着各种动作，诱惑着场内的每一个人。视线，也在屋子内转动一圈之后，终于锁定了一个目标。慢慢地，慢慢地走了过去。

一瞬间，好似有那么一束光，照在了夏天的身上。

而整个屋内也就只剩下他们两个人了。一个伴随着音乐不停地跳着，另一个，却从一开始的惊愕，变成了泪流满面。

一个男孩，在 20 岁的时候，为了一个自己不知道怎么爱上的女子，在夜总会里，缓缓地跳着这样的舞蹈。

一个女人，在 30 岁的时候，看到一个男孩为了自己所说的一句玩笑话，缓缓地跳着这样的舞蹈。

一个男孩，只是努力地去谈一场踏实的恋爱，所以，为了自己所在乎的女子，跳了这样的舞蹈。

一个女人，只是偶然的一次邂逅，却碰到了一个人，愿意为自己跳这样的舞蹈。

什么都不重要了吧！哪怕天塌地陷，世界灭亡。

什么都可以无所畏惧了吧！世俗的眼光，流言蜚语。

只因，从不知什么时候起，彼此已经成为了对方的一道光。

他在她的身边来回做着妖冶的动作，直到音乐停止。他气喘吁吁地对着泪流满面的夏天说："这样可以了吗？你愿意做我的女朋友吗？"

所回答的，是在众目睽睽下的亲吻，它封锁了所有的语言。

连时间，在那一刻，仿若都停止了。

5>

两个人在床上不停地亲吻，爱抚，直到最后一刻的时候，夏天突然拦住了他："有件事我要告诉你。"

"什么事？"他问夏天。

"其实那一天，在宾馆，我们都喝多了，什么都没有做，所以，到现在，你还是个处男。我希望你考虑清楚。"

余未言望着她的眼神，继而回予的，是更猛烈的亲吻。从嘴唇到肌肤，最后又到耳边。

"夏天。"他在她耳边悄悄地说。

"什么事？"

"我爱你。"他悄悄地说出了这样三个字，与之同时的就是，自己已经从一个男孩，变成了一个男人。

6>

当太阳光直挺挺地照射进屋子里的时候，夏天才懒洋洋地醒来。她将四肢长长地伸开，一个大大的懒腰伴随着哈欠声结束。

她喊着:“小贱贱,你在哪里？”随之而来的是“来啦来啦”的声音，然后就看见余未言风尘仆仆地从门口处赶来，将手中的早餐放到桌上。接着他跑向床边，看向她。

两个人，四目相视，彼此微笑着。

这是两个人正式相恋的第十天。他对她好，宠着她，疼着她，甚至有些贱贱地守护她。所以，她叫他小贱贱。而他也总会适当地回上一句:“夏主子吉祥，请用膳！”

幸福就是这样的，在无声息间，悄然而至。把握住了，就是永远。

他扶她起床，看着她穿衣，一脸抵不住诱惑的样子。想起她早起时朦胧可爱的样子，他在心里禁不住对自己说:“要一辈子，都对她好。”

他对她说:“报告夏主子，早晨好，牙膏已经挤好，早餐已经买好，水也已经烧好，请问还有什么，请指示。”

“没事了，小贱贱表现得很好，跪安吧！”

“嗻！”然后两个人都大笑起来。他们一起去洗脸，刷牙，吃早饭，继而一起出去。虽然在同一个单位，但他们却终究不想让太多人知道。所以，一个坐公交，一个打车，并且，他们从来没有一起走入过单位。在单位，也跟平常一样，装作普通同事，从没有过分暧昧的动作或者表情。

坐在公交车上，他都会甜美地补一觉，然后醒来给她发短信，告诉她，自己又梦到她了。她骂他花痴，然后他傻乐。

公交停了又走，走了又停。无数人上来，无数人下去。

他望着那些上上下下的人，嘴里不停地喃喃自语："夏天，我其实特别想坐一辆公交车，即使不是在起点遇到你，却愿意在中途碰到，然后两个人一起到终点，永不分离。"

阳光一闪一闪地，照进车窗，照在他的脸上：笑得，是那么甜蜜。

7>

李落落在醒来的时候收到了一份快递。她打开后发现，里面是一块新的擦脸毛巾，上面清晰地用线条写出了"秦受"两个字。

大清早，寝室里的女孩子就开始叽叽喳喳地讨论着各种八卦，像哪种香水味道最好，那个品牌的衣服又出了新款式，并且打八折之类的。不过大家却在看见李落落手里的这条毛巾后停止了说话，只因上面的这两个字。

秦受是学校里出了名的富二代，也是学校里出了名的花花公子。

被他看上，那就不仅仅是讨论香水衣服的问题了。而是，你的身体究竟能提多少个包。

被他看上，就不能付出真感情，因为他花心。除了对大家来说最重要的钱之外，没有什么是真的。而对于秦受，往往钱才是最虚假的东西。只是一张纸，换来快乐的纸。

这一点，不但大家知道，其实李落落也知道。只不过，欲望会填满人类空虚的心灵，会让人们觉得其实爱情远不如金钱来得实在。

即将毕业的大学生都不再幼稚，都不再单纯了，大家都在为了能拥有更多金钱而想尽一切办法，甚至出卖了自己。当然，余未言除外。

此时的他，还在公交车里做着那样傻傻的一个梦。梦中的他，好似永远都不会醒来一样。

8>

到了单位的时候，余未言发现自己的桌子上有了一份早餐，并且身边的每一个同事都有一份，大家还都津津有味地吃着。看着他大惑不解的样子，一个同事告诉他："你就吃吧！这是一个有名的公子哥追求夏天的手段。前几天他在外地，所以停止了，现在他回来了，咱们就每天都有免费早点吃啦！"

余未言突然愣在了那里，他不明白，为什么夏天没有和他说，为什么不告诉他这一切。他假装去洗手，在路过她办公室的时候，看见她把自己的那一份随手扔到了垃圾桶里，他心里突然有种幸福感。

也许，她只是怕自己误会。

也许，她并不稀罕那些早餐，而相比之下，却更喜欢自己的那份简单的方便面以及在上面加个蛋。

也许，真的只是那个人单相思。

他想了想，终究为自己这些无聊的猜测轻轻地摇了摇头，转身回到办公室。工作了一会儿后，他疲惫地站了起来，随便在屋子里走了走，也随手将那份早点扔到垃圾桶里。他走到高大的落地窗边伸了伸懒腰，不经意地向外看着川流不息的人群，却看见在单位的楼下，有那么一辆跑车停在了那里，车里满满的都是玫瑰花。车旁边站了一个不知道怎么形容只是让他看一眼就感觉到反感的男人。

而那个男人对面，站的竟然是夏天。

他看着窗户下方，眉头不禁皱了起来。

很快的，很多同事发现了下面的事情，便都赶过来凑热闹。一下子，窗边就挤满了人，甚至让人有些恐慌这玻璃窗会不会一不小心碎裂，将所有人都扔下去。

叽叽喳喳的声音，不停地传入他的耳朵，让他越来越觉得烦躁，甚至有种想要骂人的冲动。

但是，其结果，却让所有人都大失所望，除了余未言。

只因从几个打开的窗户当中，清晰地听到夏天将接过来的玫瑰扔在地上说道："我有男朋友了，他对我很好。所以，请你以后不要打扰我的生活。"

同事们谈论的焦点一下子从玫瑰花车变成了夏天的男朋友。

究竟是谁，做什么的，能让那么多人都追不到的夏天钟情于他？

只有余未言，走到电脑旁，轻轻地，轻轻地哼唱着歌。

9>

需要解释吗？

并不需要吧！

爱情的本质就是彼此相互信任，不猜疑。哪怕是有那么一点儿小小的不对，也不要为此影响两个人继续地生活。

只不过，却不知道为何，彼此总是会有一些不开心。所以，余未言在煮面条的时候，将面弄得粉碎。

"有问题可以说出来，何必拿面条出气！"夏天走到他身后对他说。

"没有。"

"我早告诉过你，有好多人追我。那些有钱的、有势的人，因为我的长相、我的身材或者别的一些原因，说喜欢我。我不告诉你，只是因为怕你心里不舒服。因为他们每个人身家都有个千八百万的。而你，却只是一个在校的大学生，每月拿着几百块钱的实习工资，并且还是一个没毕业的小孩子。我要是想跟他们的话，早就跟了。选择你，只是因为你说你会宠我，疼我，爱我，现实是你也确实是这么做的。所以，我很开心。我就想得到这样一场踏踏实实的恋爱。相比之下，我可以少花一点儿钱，只要你能一直这么对我。我会相信，终有一天我们也会好起来的，别人有的，我们也会有。”

“为什么不能告诉单位的人我们两个的关系呢？”

“第一，同事间不许谈感情，这会影响工作。”夏天对他说，“第二，说出来，舆论会把我们俩压死的。年龄相差得太多，而且你还没毕业，没稳定的工作也没钱。我怎么跟大家说？他们会在背后用口水淹死你，你信吗？等你成长了，成熟了，有资本了，我们可以天天光明正大地在一起，什么都阻挡不了。而我，在等待着那一天，我的小贱贱。”

“我知道了。”余未言一边煮着面一边对她说。

“面条弄软一点儿。我胃不是特别好，不能吃硬的。”

“哦！好。”

其实爱情就是这样的，从一开始一个人的寂寞变成两个人的相依。生活久了，总会碰到一些磕磕碰碰。

就好像骑久了的自行车一样，链子都会掉，只要找个修车的地方加一些润滑油就好了。

发现问题，解决问题，然后再发现，再解决。

只是在这个解决过程当中，不要触火便着。一旦有一个人大发雷霆的时候，另一个，一定要柔风细雨地哄着。

例如，当面条做好的时候，余未言本想吃完饭连饭碗带锅一起去洗，夏天却要求必须先洗完锅才能吃饭，要不锅油腻腻地放在那恶心死人。

例如，擦地的时候，余未言总是东擦一下，西擦一下，却被夏天骂个没完。而他，不停地低头承认错误。

例如，夏天突然在他趴在地上用抹布擦地的时候，一下子跳上他的背去，大喊着：“小贱贱，驾，驾。你快点，快点。”而余未言，装作一匹大马，在屋子里来回地摇摆着。

这就是幸福吧！装上了润滑油，车子又能走起来了。

我愿意这么一直宠着你，无论何时何地，我一定会成长起来，光明正大地和你在一起……

而此时的夏天，突然在骑的时候“哇”地一声哭了起来，坐在地上不停地用巴掌向他打去，弄得他慌乱得不得了，任凭她打骂，然后他轻轻地拉住她，不停地问：“怎么了？”

“你不能怀疑我，永远都不能，是你说你会宠我的。所以只能我怀疑你，猜测你，打你，骂你。而你，却要除了忍受忍受，就是忍受，要把忍受当作幸福，懂吗？”

“懂。”余未言回答她。

“所以今天你不对。”

“是的，我不对。”

“所以你睡在地上。”

“好，我睡在地上。”

说完，两个人就一个人睡在了地上，一个向床上走去，关上灯，各自慢慢地睡去。

半夜里，余未言突然感觉有什么东西在自己的背上来回摩擦着，醒来却看到，是夏天在床边伸出手来为他盖被子。

而他，在地上紧紧地拉住她的手，紧紧地，紧紧地，就这么拉住，仿佛永远不要松开一样。

10>

我愿意这么一生宠你。

而你，愿意让我做你的末班公交车载你到终点吗?

第三章　只想望着你，再也不分离

1>

当李落落和秦受两个人牵手走在校园里时，一下子引起了不小的轰动。

寝室里的人甚至还为他们两个能在一起多久打起了赌。

李落落是怎么把他搞到手的？花了他多少钱了？两个人什么时候睡在一起？这些都是他们八卦的主题。

外界的猜测认为，他们两个人在一起完全是各取所需，所以便谈不上什么爱情之类的东西。

可爱情，究竟又是什么呢！

是有关于柴米油盐酱醋茶吗？那是生活。

是有关于性和两个人的新鲜感吗？那是激情。

是有关于彼此一刻不见便想念成疾吗？那是相思。

爱情就是在心里想着对方的基础上，保持激情，同时感受生活。

爱情就是为你发了疯，痴了迷，着了魔。无论什么时候都愿意和你一起过，这才是爱情。

爱情就是不求时刻相见，只盼同结连理，这叫爱情。

爱情就是，我和你，两个人之间发生的微妙感情，这才叫爱情。

而我明白，我对你的就是爱情。

当余未言在电视台试用期结束的时候，他没有继续留下来。

不是不想，是上面不让。理由只是他不适合这份工作，被开除了，连夏天也不知道为什么。

只不过当他抱着自己的那些东西离开时，突然外面雷声滚滚，而他却一点儿难过的感觉都没有。

无论如何，自己在这里收获了自己视之为生命的情感，为此，还是值得的。他抱着东西回到学校，准备开始继续他的校园生涯。自己好久没回去了，学校的很多事都不知道。

而此时，坐在办公室里的夏天的电话突然响了起来。电话那一端，是她母亲的声音。

“女儿啊！什么时候放假回来一趟？你小姑给你介绍了个男朋友，抽时间去见一下。当官的，家庭条件不错，人也挺好的。”

“妈，再等等，急什么。”

“别等啦！再等你都人老珠黄就不好选了。赶快吧！把婚结了，我和你爸也放心。”

好不容易把家里的电话挂掉，她看着窗外的雨：不知道余未言带伞了没有？不知道他有没有被淋到？而此时，她突然感觉到身体里的一丝丝不舒服。当她打开办公柜里的时候，才发现自己忘了准备。然后，便听到手机的短信声响了起来：

坐电梯到13楼，我在楼梯间等你。

后面的署名是小贱贱。

电梯上了又下，人们进去了又出来。每天在这里上班的都是一些固定的人群，每天也有好多人在这里只是一个过客。

当夏天来到楼梯口的时候，余未言全身已经被雨水淋了个透。

“给，我记得今天应该是你那个来的日子。早上起得匆忙，忘给你准备了。现在给你。”说着他从背包里拿出两包“七度”,一袋红糖。“是孕妇红糖哦！喝下去，一个人可以补充两个人的营养。”他用手指轻轻地摆了摆“二”字在脑边，那个样子，贱得可以。

“你怎么才来啊！”夏天却抱怨地说。

“对不起哦！路上堵车，所以迟了点儿。不过我放下东西就立马跑来了。”

“算了，我回去了。让别人看到不好。”

“嗯，好，红糖水记得喝。”

“对了，”走到门口的夏天突然回头对他说，“我妈刚才来电话了，问我什么时候回去相亲。”

余未言呆呆地愣在了那里。

“我们能结婚吗？”夏天问他。

“这个……”余未言一瞬间不知道怎么回答她。

“晚上回家再谈吧！正好我也有些事情想要和你说。”

她走出了楼梯间后，只剩下余未言一个人呆呆地站在那里。楼道里偶尔传出一个或者两个人的咳嗽声。

偶尔能听到外面的雷声滚滚。他望着她离去的那道门,不禁问自己:“自己想和她结婚吗?什么时候呢?”

彼此相扶到老,一生一世都把对方当作自己的唯一,当作不可缺少的宝吗?

哗啦啦的雨水倾城而下,打在了这个城市之上,打落了这个忧伤的夏天。

2>

接到家里父亲病重的电话时候,李落落正在上自习。那一刻,她突然觉得脑子“嗡”地一下都要炸掉了。

“你能借我些钱吗?”她对秦受说。

两个人在一起这么久,这是她第一次借秦受的钱,而且一张嘴,就要了十万。

“钱不是问题,可是我凭什么答应你?”秦受带着一脸邪恶的笑容对她说。

她看了看他,便说道:“你想要的,我今晚都给你。”

那一刻,秦受突然觉得自己真的如禽兽一样,却依旧毫不犹豫地点了点头:“好,十万。”

在对于钱根本只是一个流通品的他来说,占有欲战胜了一切,一个男人的占有欲,对女人,对社会。

他陷入里面,不可自拔。

3>

当夏天被单位派到长春出差的时候,余未言犹如失了魂一样,每天上课，回寝室，还有就是发呆。

恋爱中的两个人就是这样，一日不见便度日如年。每天一个人的时候，看着手机里与她发过的短信不停地想念着，然后自己坐公交车看着窗外想着她。想着彼此年龄上的差距，想着彼此经历过的事情。他不知道为什么就这么爱上了，仿佛真的有种魔力一般，将自己带入里面，不可自拔。他拿起手机，在信息栏上给她写了一首诗。

君生我未生，我生君已老。
君恨我生迟，我恨君生早。

君生我未生，我生君已老。
恨不生同时，日日与君好。

我生君未生，君生我已老。
我离君天涯，君隔我海角。

我生君未生，君生我已老。
化蝶去寻花，夜夜栖芳草。

按着发送键的时候，短信也随着他的思念，一起发到了另一个城市，直到夏天回了一句："快说，你以前用这种方法欺骗了多少女人？"

"只你一人，空前并且绝后。"

"你保证？"

"我保证，并且以后每天都会给你写一首诗。"

"真的假的？"

“时间，会证明一切。”

在发完短信的时候，他突然有了一种冲动。在公交车到站停了的时候，他立马走了下去，然后上了一辆出租车。

“师傅，去火车站。”

火车扬尘而去，所有的记忆似乎都要从那个依旧寒冷的三月开始：开始有了温暖的光，也开始有了寒冷的万丈深渊。

想念，让彼此一刻都不想分开。

4>

三月末的时候，寒冷的冰霜依旧笼罩着这个城市。人们走在街上都会穿着厚厚的羽绒服。无论是一个人行走还是情侣间相互依偎着，人们都会紧紧地将身体抱紧以躲避寒风。

而李落落，却一个人在这样的天气里落寞地走着，仿佛没有力气一样，摇摇欲坠。黑夜的天空隐隐约约地传来几盏光。那是她的方向，只不过，有光的地方，未必就是天堂。

一步一步，慢慢地，前行。她知道等待她的是什么，只不过好多时候，我们的道路是命运安排好的，无法选择。进入宾馆门的那一刹那，她明白，自己再也不是以前那个李落落了。所有的曾经，在这个现实的社会中，都已变成了过去。

而此时的余未言，却踏上了从青耳到长春的火车。在密密麻麻的人群中，他坐在两节车厢的过道中。左面不停地传来各种各样的烟气，而右面便是嗖嗖的风声。偶尔还会有冰碴化成水，从上面滴落到他的头上，顺着脖子一点点向下滑，直至衣服深处。

他抱着自己的身体蜷缩在那里，看着窗外的夜色。一个人在心里喃喃自语说：“夏天，我来了。”

"是的，我来了。"他加重了语气后，拨通了她的电话，那边响了几声就传出来了他熟悉的声音。于是他便迫不及待地说："夏天，我托朋友在长春捎了一些东西给你，你能告诉我你的地址吗？让他送到你那儿去。"

"啊，那让你朋友给我电话吧！我这个地址挺难说的。让我们通话，我详细告诉他。"

"不要了，他似乎还在加班，你告诉我大概地址，我告诉他，等他到了我就让他联系你。"

夏天犹豫了一下，突然回答说："是不是你来了？"

"哪，哪有？"

"不许骗我，是不是你来了？"夏天严肃地问他。

"你怎么知道的？"

"猜的。就你那两下子还能瞒得过我？下车后给我电话我告诉你地址，你打车过来。"

"好吧！"他挂上电话，看着窗外的灯光闪烁，偷偷地笑了一下。然后再次抱紧了自己，只不过此时，任凭窗户上的冰水掉下来，他也不觉得寒冷了。

生活中，总会有一些情感能战胜外界的一切力量。此时的余未言就是如此。

而此时的李落落，在穿上衣服准备离开的时候，秦受看了看床单突然对她说："你是第一次？"

"嗯。"她点了点头。

"为什么，你明明不喜欢我。"秦受问她。

"我需要钱，很多很多的钱。"

“那你以前为什么不向我要，你不是一直嚷嚷着说要让所有人都知道你不是因为钱才和我在一起的吗？”

“你也说了，那是以前，以前的永远都是过去，现在我开始长大了，不再天真了，我懂得钱的重要性了。”

“我会对你负责任的。”秦受说。

“你的钱对我负责任就好。”她从他手中接过银行卡，转身离开宾馆。

门被打开又关上，一阵凉风吹过他的身旁。

床单上，一抹鲜红赤裸裸地展现在那里。

有生以来，秦受第一次这般不知所措。

黑夜，似乎有些黑得叫人可怕。

5>

抵达长春的时候，已经是晚上八点。

寒冷侵袭着整个城镇，火车站依旧有一些私家车在来回接着活儿。

坐上出租车的时候，他拨通了夏天的电话：“我到了，地址。”

挂上电话的时候，他看着这个陌生的城市，心里突然有一种不好的感觉，自己是不是过于依赖她？

几天不见，便有种度日如年的感觉。

若是有一天她丢了怎么办？若是有一天她离开了自己怎么办？若是有一天只有自己一个人了怎么办？

究竟是从什么时候开始的呢？就这么爱上了，没有理由，不知为何爱上了。连一秒不在一起，都会觉得连呼吸都没有力气一样。

余未言打开车窗大口大口地呼吸着新鲜的空气，司机嚷嚷着：“关上，很冷的啊！”

“哦。”他合上车窗，将双手握紧。既然不能分开，那么就永久地把她放在手心里，疼着她，守着她，爱护她，惯着她。

灯光一点点地向后移去。时光，一点点地行走。

爱情其实是一场名为寂寞的东西在作秀。哽咽在喉，无法安心。

6>

李落落再也不穿以前的那些地摊货了。

她开始逛各种各样的商场，穿各种各样的名牌。当她将钱邮给父母的时候，看着窗外的天空，她觉得这一切似乎都是值得的。

人这一辈子，总得有得或者失。没有什么愿意不愿意，被逼到这份儿了，没办法。

这就是生活，现实的、赤裸裸的生活。让我们毫不保留地被晒在太阳底下，任人们不停地观赏。

可总觉得丢了点什么，在夜深人静的时候，在睡不着一个人发呆的时候，在心里极度寂寞无助的时候。

她会觉得丢失了一些东西，一些说不清道不明的东西。

“啪啪”……突然下起了春雨，在这个三月，夹杂着一丝丝的雪。

雨滴一点点地逐渐变大，洗刷着看不到的繁华。

不停地，不停地，在这个城市滴落着。

7>

是哭泣吗？

还是说不清道不明的无可奈何？

第四章　相思成疾，唯汝可医

1>

雨水夹杂着雪花下了一夜，

似乎要洗刷掉这个城市的喧嚣一样。

天亮的时候，从宾馆点了两份早餐，两个人津津有味地吃了起来。然后夏天出去工作，余未言在宾馆里写稿子。

恋爱中的人是一秒都不爱分开的。两个人亲吻了彼此，余未言才恋恋不舍地说:“走吧走吧！”

然后夏天对他讲:“你乖乖地等我回来哦！”在“嘭”的一声关上门后，世界就仿佛安静下来了一样。

余未言跑到窗户边看着她离开，接着又一下子趴到床上，似乎觉得那里还能有她的余香。他大口大口地吸吮着空气中的味道，直到夏天发来的短信提醒她："要好好写稿子。"他才不情愿地站了起来，走到桌子旁，打开电脑。

然后他对着电脑屏幕上她的相片花痴一样地说一句："主子，加油喽！"

阳光顺着窗户倾斜而下，温暖地打在他的身上。他开始在电脑里勾勒出自己的故事，然后慢慢地等待夏天的归来。

而此时在青耳，当李落落知道父亲从手术室出来的时候，不禁长叹了一口气。对于她来说，现在钱已经代表了一切。

寝室里，依旧有花痴在用一卷书做成的望远镜去偷看对面，大家依旧在寝室里谈论着各种八卦。只不过，这些却在不经意间，远离了她。

只因她在不知不觉间，已经成为了所有人八卦的焦点。

"哎呦喂！你看见她今天新穿的那件大衣没，几千块钱一件。"

"你看见那双鞋子吗？是限量版的。我攒了好几个月的钱也没买到。"

"也不知道她用什么方法将秦受迷成这个样子，已经破了他交女朋友的最久纪录。看不出来，平时文文静静的，一下子就弄到了一个有钱的主儿。"

所有的讨论都在门被推开的一刹那停止。然后就是李落落拎着大包小包的东西回到自己的床边。在所有人呆望的时候，李落落递给了每人一瓶香水，香奈儿的。

她用这个来收买人心，来摆脱那些八卦的言论。看着她们每个人那陶醉的表情，她自己的内心不禁有些飘飘然起来，并且让虚荣心得到了极大的满足。

哪怕你们背后议论我，只要不被我听到，并且当着我的面对我百依百顺，就可以。

哪怕流言蜚语满大街都是，只要不入我的耳里，就可以。

看来钱这东西，真是个好玩意儿。

她一边整理东西，一边自言自语地说着，却不知为何，在坐在椅子上的时候，突然有一种空落落的感觉，很不舒服。

就好像光着脚在屋子里走路不小心被玻璃划破脚趾一样，不是很疼，却可能留下一个永久的伤疤。

是什么呢？她抚摸着自己的胸口轻轻地问着。

2>

夏天是在下午三点多回来的。工作并不忙，所以便早早地回来了。

两个人在长春的南湖公园行走，散步，看着那些还没发芽的光秃的树干，看着那些还有着冰碴的湖面。

这是他们第一次光明正大地在街上行走，像别的情侣那样漫步。她挽着他的胳膊，慢悠悠地，两个人行走着。再也没有那么多所谓年龄的差距，再也没有那么多经济的压力，再也没有那么多所谓的问题。仿佛两个人就要这么一直走下去一样。

“你知道吗？”她突然对他说。

“什么？”

“其实我挺喜欢长春这个地方的。你看，这里的消费水平不高，打车起步也才五块钱。人们工作了一天回来，在家里吃吃饭，然后来到这个大公园里散散步，等到天黑了就回去。这就是他们的生活，简单，平凡，却又幸福着。而这，也是我想要的生活，没有那么多的快节奏压力，却又能每天充实开心地度过。”

她说完后，转身看向余未言，发现他正在呆呆地望着自己。

“你为什么这么看着我，我脸上有东西吗？”

“没有，我只是在想，要不我告诉家里，让他们在长春给我买个房子吧！这样我们就可以每天一起上班下班，晚上吃完饭后来这个公园散步，然后每天开心地过着我们想要的生活。可以吗？”

“真的吗？你知道吗，虽然我比你大十岁，可我内心里还是期望像个小女人一样的，每天和自己所爱的人在一起，早上一起醒来，晚上一起睡觉，一起吃着饭，一起散着步，一起看着电影，而不是每天在外面那么疲惫却总要自己一个人扛着，无处诉说。只是这样，简简单单的感情，而已。”

“放心吧，夏天。”他抱着她说，“很快的，我一定会努力给你一个家，让你安稳地踏实地过着你想要的生活。”

他看着她的样子，在夕阳下，两个人相互望着彼此，突然他心里有种冲动，想轻轻地去亲吻她，又想大力地去亲吻，将她紧紧地抱在怀里，再也不松开。

只是……

“咕噜”的声音传入了两个人的耳朵。

“那个，我饿了。”夏天对他说。

“好吧！”余未言拉住她的手，“现在我们去吃东西，填饱你的小肚肚。”

他拉着她，在长春的那个公园行走着，彼此紧紧地抓住对方的手，永远不分开。

可以吗？如果可以的话。

就这么一直延续下去吧！

就好像做了一场梦，永远不要醒来。

3>

当李落落从床上醒来的时候，已经不知是夜里几点。月光倾斜地从窗外滑进来，照在她赤裸的身体上。她看了看身边躺着的人，终究忍不住跑到卫生间里吐了起来。她将夜里所吃的东西，全部都吐到了厕所里，然后坐在地上呆呆地望着墙壁，并且大口地喘着气。

而此时的秦受，却微微地睁开了眼睛，用手不停地抚摸着她刚刚躺过的地方，余温顺着手掌传递到他的心里，不知为何，他眼角突然涌出了泪水，不停地滴落在床上。

直到李落落从卫生间走出来，他才再次假装睡着。

她再次躺下，盖上被子，闭上眼睛。

最悲哀的莫过于，两个人同床，心却不在一起。

最可怜的莫过于，就那么爱上你了，能给你买这个世间所有你想要的东西，却依然不懂你内心深处的那个秘密。

夜，依然在继续。

此时的长春，夏天的手里多了一束余未言送她的用八个塑料小猪所扎成的花束，以至于她开心地在前面不停地走着。弄得在人山人海中，好几次余未言差点儿没把她给丢了。

夜市里有各种各样的小摊货，各种各样的小吃。他们在大冷天吃冰淇淋，然后买了特色炒粉以及各种各样的食品准备回去吃。

他们还在地摊上买了两串手链，戴在彼此的手腕上，直到两个人回到宾馆将所有的食物放下的时候，余未言看着夏天的背影，突然轻轻地来了一句："夏天，谢谢你。"

"说什么呢？谢我什么？早上忘吃药了吧！"夏天看向他。

"没有，就是随便说说。"

"傻瓜，"夏天坐在他的旁边对他说，"我的小贱贱，看到手上的这个链子吗？我们永远不要和谁莫名其妙地说谢谢，也永远不要摘下来好不好？”

“好！”余未言看着她说。

“哎呀，我现在怎么也跟90后小孩子一样了，开始说什么永远之类的话了，酸死了。”

“这样不好吗？”

“好，当然好了。那我现在可以吃东西了吗？我都要饿死啦！我觉得吧，这些小摊上的东西，比大饭店里的都要好吃很多。”

说完后她也没等答复，就站起来走到桌子旁。

他看着她的背影，突然喃喃自语地说：

夏天，谢谢你，我知道你吃这些东西只是为了照顾我的面子，在我最贫穷的时候，与我在一起。

夏天，谢谢你，原谅我的种种缺点，与我一起相守。

而我，只能用一生来把你小心珍藏，妥善安放，免你惊，免你苦，免你四下流离，免你无枝可依。

而我，会一直对你好，疼你，宠你，永远把你放在心底那最温暖的地方。

窗外的夜色渐渐地笼罩着这个城市，和屋子里的灯光形成了鲜明的对比。

就是这样吧！在同一个时间，不同的地点。

青耳与长春，两对不同的恋人。

光明与黑暗交织，缠绵与厌倦相遇。

幸福与悲伤汇聚，爱情与憎恨相依。

这样的路，还要走多久呢？

4>

在大学里，一旦步入大三大四，似乎就意味着学生们的思想要从单纯变为现实，学生们渐渐地再也不是那个单纯的少年了。

个个在单位实习的实习，找工作的找工作，回家乡的回家乡，考研的准备考研。

毕业了，就意味着大家脱离了青春；毕业了，证明好多情侣又要分手；毕业了，就证明很多所谓的大学生将丢掉一切，一无所有。

从长春回往青耳的火车上，夏天问他：“如果毕业后你要去哪儿？”

“可能去北京吧！毕竟那里才更适合做文化的人发展，凭借我的能力，应该几年内就能在影视圈内混出一些名气。然后一点点地向上爬，这是我这么多年的梦想。并且，我一直为之奋斗着。”

“那我呢？我怎么办？我总不能等你那么多年吧！那样的话，什么时候才是个头？”

“主子，很快的。”他抚摸了一下夏天的头发说。

“这个很快又是多快呢？你要知道，我都三十了，等不了多久了。而且，我总在想，你现在还在上学，等你毕业了，见识到了这个社会的花红酒绿，纸醉金迷，你会不会变得和现在不一样，不再这般对我好，尤其是当那个时候我老了，不再年轻了，满脸皱纹了？”

“那又怎样？”余未言问她。

“那你就会喜欢比我年轻的，漂亮的，性感的，妖娆的，妩媚的，以及各种各样年轻的女人。”

“然后呢？”余未言继续问她。

“然后你就会不爱我了，将所有对我的好，再去对别的女人，你也就不会再宠我了。那个时候你要叫我怎么办？我已经老了。你离开了我，我该怎么办？”

他看了看她，然后微笑地说：“主子，你知道什么是爱情吗？”

“你想说什么？”

“我一直觉得，爱情是不分年龄、国籍、家庭条件，甚至有的时候可以不分地域的。只要两个人在一起开心，幸福，对对方好就行，这就是爱情。而我爱上你，不是因为你长相好看，身材好。那样我不如去找和我同年龄段甚至更小的女人。

我爱你，只因你是夏天，是这个世界上独一无二的女子。

我爱你，只因每次见到你，都有种心跳加速的感觉。

我爱你，只因你真正对我好，放弃一切荣华和我这个穷小子在一起。

我爱你，只因在万千人群中我们相遇，不早不晚地就这么偶然相遇。

所以我爱你，愿意这般对你好，不论你是现在的夏天还是以后白发苍苍时的容颜，我都爱你。

执子之手，与子偕老，等你老了，牙齿掉光了，走不动了，我就将你放到轮椅上推着你走。

等我也老了，就让孩子在后面推着我们走。

若你死了，我会在你坟前写上‘余未言爱妻’这几个字；若我死了，定会在你坟前陪你。

这就是我给你的爱情，这个早已被这个社会遗忘，甚至是被丢弃的爱情。

这就是我能给你的爱情，一个禁得住时间洗涤和社会冲刷、永恒不变的爱情。”

他看着她，将她慢慢地搂在怀里。然后观赏着窗外匆匆流逝的风景。

冰雪，真的就这么悄无声息地融化了吧！

真正意义上的春天，似乎并不遥远了。

5>

从家乡那个名为聂海的地方到达青耳，有三个小时的火车。

而聂海，就是生出李落落并且将她养大的家乡。

很普通的一个小镇。家里并不像所有小说里写的那样穷得一塌糊涂，父母一点儿文化都没有。

在聂海，每年都会有几十个人考上青耳大学。小镇并不大，从街头走向街尾经常能碰到熟人。

原本很好的一个家庭，只是因为父亲突然生了病，才变得紧张起来。其实无论什么样的家庭，只要你不是大富大贵，一旦遇到了家里有人生病，对家庭都是一个沉重的负担。

所以，这也是让原本娇生惯养的李落落从女孩变为女人的一个重要原因。一个孩子，当她真正长大的时候，是在她开始承担起家庭负担的时候。对于李落落来说，现在可能并没长大，但她却一直在成长。无论对与错，这都是一个过程。既然选择了，就无法改变，需要不停地碰撞才能走到路的尽头。

在周末回家的时候，看着母亲的身体很好，她便有些欣慰了起来。母亲依旧给她做了好多好吃的东西，看着她大口大口犹如男孩子一样地吃着。她吃得很香，似乎在外面很难吃到这么踏实的饭菜。然后，她的眼神和母亲的眼神对望，微笑。

直到吃了一半的时候，母亲突然说了句："他来看过我们，还留下了几万块钱。无论我们怎么阻拦都拦不住。"

“哦！”良久，李落落才回复了一声，“那就留着吧！反正家里也缺钱用。”

“也不知道你们这些孩子都在哪儿弄那么多钱，一个个都在读大学呢！就好几万地那么往家拿，这让我很担心。外面那么乱，可千万别走上歪路啊！那样是回不了头的。”

“说什么呢，妈！上次给你拿的钱是我大学几年积攒出来的，你让我再拿可就拿不出来了。”李落落假装生气地说。

“嗯，也委屈你了。在外面无论怎样都要多吃点，别饿到自己。”

“放心吧！你没看我比以前都胖了吗？我每天吃得好，睡得好，就是肚子越来越不好了。”

“怎么了？”

“胖了呗！”她顽皮地看着母亲说道。

“胖点好，能吃是福。你看看你爸得了这么一场病，瘦了多少？还好即将出院了，要不然的话，家里也跟着折腾够呛。”

“嗯，你们呢，就好好照顾自己，也不用给我邮寄生活费了，我现在找了一份兼职，够养活自己的。只要你们在家里都好好的，我在外面也就能踏实地学习，努力地工作了。”

“知道了，一会儿我们去看看你爸爸，然后你也坐下午的火车回学校，这样天没黑也就到了，我们也能放心。”

“嗯，好。”

“还有，见到他谢谢他。”

“哦，知道了。”

“挺好的一个孩子，为什么你们非要弄到这个地步呢！”母亲叹息着摇了摇头。

望着母亲，李落落此时也在想，究竟是因为什么，我们会变成现在这个样子呢？是社会的因素，还是我们都变得更加成熟了？

又或者，随着时光的流逝，我们都在改变，再也不是那个停滞不前的青涩儿童，脸上，留下的也不再是那纯真的笑脸？

6>

火车在长长的鸣笛后驶入了青耳。

余未言和夏天两个人上了一辆出租车向家里驶去。在车上，他问夏天："请问主子，我们回家吃些什么？"

"饺子吧！冰箱里还有些速冻饺子，吃了吧！简单省事，吃完了赶快洗洗睡觉，可累死我了。"

"哦！好吧！"他有些不悦地回答说。

"怎么不开心了？"夏天问他。

"没有，只是那么多速冻饺子，你以前常这么吃吗？"

"是啊！简单，省事，方便。以前经常如此。"

"偶尔吃一次还好，以后不要老吃这些东西了，没营养的。"

"嗯，好。"

"对了，主子，一直没问你，你家乡是哪儿的？"坐在副驾驶座位的余未言一边看向窗外，一边问她。

"在落城。要先到北京，然后再转车才能到达的地方。"

"哦！"他回答她，然后继续看着窗外的朦胧夜色。

直到下车的时候，夏天问他："你还要知道什么？我的过往！"

"不用了，那些事情既然已经都成了过往，还有什么可提的。我只要知道你的将来就好了，因为那将会有我与你一同行走。"

他看着她，然后拎着手中两个人的行李说："走，主子，上楼煮饺子去了。"

而同样在晚上回青耳的李落落，在回到青耳的时候，她却一个人坐着公交车往学校返去。

她并没有通知秦受，也没告诉任何人，只是坐着公交车看着外面的花花世界。当一个人在大城市待久了，就很容易迷失自己的本性，并且再也回不去了。她有时候会想自己这么选择究竟是对是错，直到最后，直到自己想到头疼不已的时候才发现，其实这一切都只是命。

她把这归于命运。命中注定，无法改变的命运。命中如此，又怪得了谁？这个世界有那么多被命运折磨的人，自己，一定不是最痛苦的一个，但确实陷入了那万千痛苦之中。

其实她有的时候并不是十分讨厌秦受，她所讨厌的，只是自己的第一次，给的不是所爱的男子。而那个男人，现在却不知道在哪里。

她知道秦受以前的生活，也知道秦受现在为了她在逐渐改变。她也知道，自己这样下去可能会接受秦受。

可她还是莫名地心痛，关于一些曾经的故事。每当她在黑夜一个人想起时，就好像早已结疤的伤口再次流出脓血一样。

她抱紧自己，在公交车最后一排的角落里紧紧地抱紧自己。突然，她感觉夜有些凉，凉在心上。这个时候，她竟然不知为何想起了秦受，然后嘴角微微地翘了起来。

不知为何，从当初简简单单的金钱交易，到现在自己对他竟然有了一丝感情，一丝依赖。看来，时间，真的能改变一个人。

只不过，她内心里还是有很多阴暗的角落无法解开，就好像窗外的灯光一样。无论怎么照耀着马路底下，一定会有个影子存在。

割不断，剪不断。只有当天微微亮起的时候，才会彻底地关闭。

然后，世界就从此静下来了吧！不是么？

7>

煮饺子的时候，余未言问夏天大概能吃多少个。夏天说："五六个就好了。"

于是他就愣在了那里。看着包装袋里那些自己一口就能消灭掉三、四个的饺子，他心里突然有种将要崩溃的感觉。如果自己说能吃三四十个，她会怎么想？会不会觉得自己很能吃？会不会因此而嫌弃自己逐渐发胖的身体而不再喜欢自己？

他想了想，放锅里二十个。然后慢慢地烧水，煮熟，用盘子盛好端出来。接着又从碗柜里拿出酱油，陈醋，还有香油。

"你干嘛？"夏天问他。

"什么干嘛？"

"拿这么多东西啊！"

"蘸料呗！"

"知道。你拿这些蘸料做什么？"

"吃啊！怎么了，你不吃？"

"我以前就什么都不放，简单地吃几口就完了。"

"好吧！我被你打败了。你可以少放一些，这样会很好吃。"

"也好。"她稍微往碗里放了一些，然后对他说，"把电视打开吧！"

"哦！"他用遥控器打开电视后，坐在桌子上拿起碗筷准备吃。

"你干嘛？"夏天又问他。

"吃饭啊！怎么了？"

"为什么不洗手？"

"我刚刚洗过了。"余未言诧异地说。

"可你刚刚摸遥控器了，那上面一定会有灰尘的。"

“……好吧！”余未言向卫生间走去。

“记得以后无论碰到什么，都要去洗手，这样才可以吃饭。”夏天在外面嚷嚷着。

“知道了，姑奶奶。”

他洗完后出来，看到夏天慢吞吞地吃着，然后自己也开始慢条斯理地学着她的样子。

其实很多时候，两个人在一起久了，就会在不知不觉间形成相同的习惯，或者是相近的生活方式。这种方式会让彼此更贴近，更加熟悉，但有的时候越是这样，便越不是好事，因为陷得越深，可能就越糟糕。吃完饭后，他习惯性地去洗碗。而夏天，在躺在地上发呆的时候，接到了爸爸的电话。

在哗啦啦的水流中，他听到夏天对电话的另一端说：“爸，我交了一个男朋友，写书的。”然后过了良久又继续说，“就是小我十岁。不过很宠我，现在正在那儿洗碗呢！”以及一些断断续续的什么“他很疼我，对我很好”之类的话语。

余未言洗完碗后就坐在她身边，看着她和父亲对话，然后对她做着鬼脸，逗她笑，直到她挂上电话后突然来了句：“你要死啊？还是不想活？”然后对他大打出手。

两个人就这般疯闹着，直到到了床边，余未言想吻她的时候，夏天对他说：“给我打耳朵吧！”

“什么？什么打耳朵？”余未言不明所以地问。

只见夏天从头上拔下了一根头发，然后递给他说，就是用头发在我的耳朵里来回转动。

“这是干什么？”

“我的耳朵总是会很痒很痒的，这样能止痒。你快点啦！”说完，夏天就让他坐在床上，然后躺在他的腿上等待着。

他犹豫了一下，就将头发慢慢地伸入她的耳朵里，慢慢地，慢慢地，在里面搅动着。沙沙的声音随着头发的转动慢慢地传出来。

“舒服吗？”余未言问她。

“嗯，很舒服。”夏天懒洋洋地说，似乎要睡着了一样。

“舒服就好！”他一边为她打着耳朵，一边抚摸着她的面颊。直至好久，他的手开始因为疲惫而变得抖动起来。

“怎么，累了？”夏天问他，“累了，就不打了。”

“没有，再说了，累了可以换手嘛！”说完，余未言将左手换成了右手，然后继续为她打着。

“要是以后有个专门打耳朵的店就好了，那样就可以想什么时候打就什么时候打。”

“那我做什么？”

“那样你就可以休息了啊！省得这么累。”

“我不要。”余未言对他说，“我就愿意给你打耳朵，不用去什么店，一辈子给你打，我也不觉得累。”

“真的吗？”夏天转过头来问他。

“嗯。真的。”

“你不后悔？”

“不后悔！”有些生气一样的余未言怒气冲冲地说。

“好啦！傻瓜，不打了，这么晚了，睡觉吧！明天我还要上班，你还要上学呢！”

“嗯，好。”

当灯被闭上，两个人都躺在床上的时候，余未言突然有种莫名其妙的恐慌感，在黑夜里，蜿蜒盘旋。他对她说晚安，然后说：宝贝，我爱你。那边也会回一句晚安以及我爱你。

寂静的夜，在时光中不停地流淌。

就是这样的一些生活中所谓的小细节，曾经有一阵子，每天都会重复发生。当这几句话已经成为习惯的时候，却终究需要被一个人不停地说着。

很多习惯，很多记忆，可能你会慢慢地忘记。而我，却终究忘不掉，不停地想起。

夏天，你可知道，我所能给你的，情到深处，人孤独。

8>

醒来的时候，余未言早已经买好了早餐——KFC 的六元早点，粥和油条。然后看着她洗完脸后，两个人一起离开，她上班，他上学。

坐 13 路公交车，刚好在楼下就是首发站。然后一个半小时，到学校。他经常坐在最后一排的角落里，依靠在窗户边睡一觉，然后醒来时才发现只走了三分之一的路，接着再睡，再醒，然后再睡。

曾有一阵子，车上的移动电视总会在某一固定时间放《最浪漫的事》这首歌，然后他就在后面跟着哼唱着："我能想到最浪漫的事，就是和你一起慢慢变老……"

生活，每天就是这样继续着。对于他来说，幸福就是每天醒来能看到自己所爱的人在自己身边，能买早餐给她吃；坐公交车自己永远有座而不必像后上来的人挤得跟肉饼一样；白天可以安静地上课、写稿子；晚上回家能和所爱的人一起吃饭。

这就是他所要的生活，幸福而又简单的生活。

到达学校的时候，他回到寝室，准备去叫醒秦受一起去上课，却在打开门的那一刻，有了一种被雷劈到的感觉。

满屋子的烟味以及坐在床上看着窗外发呆的头发蓬乱的秦受。

“我说你这是要做什么，作死？”余未言也顾不得外面天亮，索性将门和窗户全部打开。他看着秦受，对方却一言不发。

“怎么了你这是，玩儿深沉？”

良久，秦受才回答一句：“你知道吗？我恋爱了。”

“知道知道。”余未言一副习以为常的样子说，“从我认识你到现在，你哪天没在恋爱？”

“这次是真的，我占有了她的第一次。”

“既然是认真的，那么就好好对待呗！为什么自己在这儿弄成这个样子？”余未言坐在一边问他。

“可是她不爱我，只是为了我的钱。”

“这年头啊！有钱能使鬼推磨，有钱也能使人成鬼。是哪个庙的尼姑啊！让你魂不守舍成这个样子？”

“隔壁班的李落落。”秦受回答他。

“李落落？”听到这个声音，余未言立马将声音提高了一个八度。

“嗯，你认识？”

余未言像做贼似地看了看周围，然后指着寝室的另外两个空位说：“他们两个现在每天都回来吗？”

“王阳每天都回来，至于孔奇，回来的次数依旧和以前那么少。怎么了？”

“没事，我就是问问，毕竟我很少回寝室最近。爱就爱了吧！你若真心爱一场也好，以后不管是在一起还是分开，都会让自己获得成长而不会再随便去玩弄对方的感情了。”

“我也不知道怎么就爱上了，她长得也不怎么出众。可能也是因为我知道女孩子的第一次很宝贵，想去疼爱，然后慢慢地，慢慢地，就陷入里面不可自拔。”他大力地吸了一口烟，然后继续说：“我好像陷入里面了，莫名其妙地，就犹如陷入沼泽一样，不可自拔。这种感觉你能懂吗？”

“我懂。”余未言看向他说，“我怎么能不懂？我就是陷入一种沼泽里了。不过我幻想的是，不管多难，多苦，我都想用尽全力将那片沼泽变成绿洲。我就是抱着这样的信念，努力地去爱着，奋斗着。我这样说，兄弟，你能懂吗？”他看向秦受说。

“我懂。”秦受的眼睛和他的眼睛在那一瞬间对视在了一起。

“所以啊！我们要一起努力，争取将那片沼泽变成绿洲。”他看着窗外，不停地吸吮着烟，“我总相信，终有一天，会成功的。会看到碧绿茫茫的一片草原，在我们的世界里出现。只是，希望那一天不要那么遥远，因为会很累。”

空气里的烟味被外面进来的风慢慢吹散。

大团大团的新鲜空气顺着窗口飘进来。

“总有一天会好的吧！烟消云散后彩虹就会出现的吧！”

不是么？

9>

李落落犹豫了好久，终于拨打了那个熟悉却好久没曾联系过的电话号码。

在“嘟嘟”几声后，那边传来的是好久未曾听到过的一个声音。

虽然只是一声轻轻的“喂”，就足以叫她内心所有的冰冷都融化，然后，再次冻起。

喘息了一下，她说：“谢谢你给我家里的钱，不过以后不用了。”

“没什么，只是都在外求学，相互照应而已。”

“总之以后不用了，我现在很好，能照顾他们。”

“那好吧！需要时叫我。”

“不需要了，就这样吧！再见。”她说完后挂上电话，良久，才大口地喘出一口气，似乎用尽了自己全部力量一样喘出一口气。往事一点点地涌入她的脑海，回忆一点点地向上蔓延，就好像爬山虎一样，无法控制其生长。

然后，就突然那么一下子，仿佛为了忘记一样，自己用力地生生地，将其扯碎。

就那么控制住了自己，很多记忆，不再去想，不再去回忆。硬生生地，憋死在那里，断其食粮，断其阳光，断其肥料，就那么地，用尽一切办法，努力，再也不踏入那个黑暗的深渊，再也不提起。

只要包裹住了，就不会让别人看到自己曾经的伤吧！所展现的，依旧是人们在外面所看到的阳光明媚。

10>

所有的人都会有一个伤痕累累的过往。

所有的过往都可能是不堪回首的回忆。

那些曾经印在身上永不能磨灭的伤疤，会在黑暗中犹如梦魇一样提醒着我们。

唯独，再遇见一道光。

一道可能并不强烈但却温暖明亮的一道光，照耀在我们的身上。

用温暖驱除寒冷，用明亮赶走黑暗。

只是不知道，你会是我的一道光吗？一道陪我一起走在夜里、让我不再想起往事的光？

一道在我需要时你就出现的光？一道只属于我一个人、可以自私任性地占有、无理取闹的光吗？

你，会是吗？

第五章　所有的回忆都只是一场梦

1>

接到夏天信息的时候，余未言正在上课。

打开一看，上面写着："在路过婚纱店的时候看到里面的西装，于是开始幻想你穿上时的样子。应该是帅气呢还是傻傻的，我猜是后者。"

"切，等我穿上那天一定是英俊潇洒，风流提躺的。"他发送过去后，很快那边立马就回了一句："是倜傥，不是提躺。你能不能别老是有错别字。这样会让人们想半天，而且很影响心情的，懂吗？"

"是，着急就发错了，我以后注意。"

"不许用着急当理由，立刻注意。"

"嗯，知道啦！我在上课，等晚上回家说。"

"那好吧！你乖乖上课，不许偷看别的漂亮女同学哈。"

"我才不看呢！在我心里，那些女人都不如你。"

他合上电话后，旁边的秦受说："怎么，秀甜蜜呢？"

"嘿嘿！"余未言傻笑地说道，"不用秀，一直很甜蜜。"

"真好啊！不知道什么时候我们也能像你们这样。"秦受感叹地说。

"慢慢来嘛！你看，你有钱又有相貌的，还以真心对她，早晚有一天她会真正属于你的，只是要给人家一点时间，毕竟过去有些事是忘不了的。"

"什么过去有些事？"秦受问他，"你知道什么？"

"哦！"余未言突然有些紧张地说，"我胡乱猜测的，你说你对她这么好，她还不答应，就证明她以前一定有什么故事啊！你想想，现在这些女孩中哪有一个没故事的，等她想开了，不就没事了吗？"

"你真的什么都不知道？"秦受诧异地问他。

"嗯。"余未言答道，然后就立马转过头去不再说话，开始记笔记。好在下课铃声很快就响起。他将书本放进包里就立马跑开了，甚至连拜拜都没来得及说。

直到走出教学楼的时候，他才放慢了速度，然后一个人喃喃自语着："有些事情，你还是永远都不要知道的好。"接着立马给夏天打了个电话："亲爱的，我们晚上吃什么呢，对哦！你似乎好像又要到日子来那个了，吃些清淡的吧！"

"嗯，是吗？我都不记得了。我在忙，晚上回家说吧！"

挂上电话的时候，余未言却猛然发现，秦受已经不知道什么时候站在了自己的身后，吓得他一下子跳了起来。

余未言想了想刚刚自己的喃喃自语，便问他："你都听到了？"

"嗯，听到了。"秦受冷冷地回答他。

"那……"没等余未言说完，秦受就立马换了一副口音学着他说道，"亲爱的，我们晚上吃什么呢！对哦！你似乎又来那个了，吃些清淡的吧！我呸！真恶心啊余未言，你酸不酸？”

“嘿嘿，我愿意，你管不着，我要回去了。”前面的话没有被听到，叫他一下子全部放松下来。但他又怕穿帮，便立马跑开了。

唯独留下秦受，在后面望着他，脸上的表情从微笑变成了质疑。

究竟是什么不能说的秘密，让他瞒着我都不说，那一刻，他甚至想要抓住余未言问个清楚，却终究控制住了。

他明白，自己早晚有一天是要知道的。

只是期盼那一天，不要太迟。

2>

吃完晚饭的时候是晚上七点。夏天冲好了一杯红糖水，和余未言坐在桌子旁，在电脑上看着电影。

在喝完一杯去倒的时候，她突然发现红糖没有多少了。只能少放一些，和水掺和着。

“上次给你买的那包呢？”余未言问她。

“放单位了，我习惯什么都放单位一份，家里一份，这样就不用来回拿个不停。”

“那我再去买一袋吧！”余未言说着就要站起来。

“算了，这么晚了，还下去做什么？”夏天拉住他，“我喝两杯就好了，明天再买吧！”

“我下去给你买一袋得了。”

“不用啦！好好地在这儿陪我看电影。”她拉了拉他，让他坐下。然后两个人继续看电影。看完后，夏天给他讲今天在单位的种种事情，余未言告诉她今天在学校都发生了什么情况。

直到两个人都说晚安，以及老婆我爱你、老公我也爱你。

开始如小夫妻一样的生活，每天重复着度过，平平淡淡，再无他奇。只不过，就好像大海一样，水面平静过后，终究是要掀起波澜的。

第二天早上，余未言依旧和以往一样给她买了早餐，却忘记了买那份红糖。然后他坐着公交车，向学校返去。

上课，写稿子，到了晚上依然准备回去的时候，余未言却被通知第二天要考试。由于怕来晚，就打电话告诉她，今天在寝室住了，让她锁好门窗，照顾好自己。

“哦！好吧！”夏天回答他。

“怎么啦？不开心啦？我不是怕明天迟到嘛！”

“知道，没有。就是累，有点不舒服。”

“对哦！你那个似乎还没走呢！多喝点红糖水早点休息吧！红糖，对了红糖，”余未言一拍脑门说，“你买红糖了吗？”

“这些不是你应该买的吗？”夏天在电话那边问他，“我今天一直在想，你到底在不在乎我，就好像昨天吧！我是那么心疼你，一说不让你下去，结果你可倒好，倒真实实在在地坐下了，这要是别人早就给他女朋友买去了。而你呢！就让我兑着那么一点点，喝了一杯又一杯，而你还在那儿看电影看着特别来劲。我都不知道该说你什么好。”

“哎呀，我不是故意的，主子。”

“得了吧你啊！你不知道我昨天那个难受劲儿，而你却光顾着看电影。一点儿都不懂得照顾我，算了，我一会儿下去买一包吧！这年头靠你们男人靠不住。”

“我真不是故意的。你能不能别这么生气？”

“你就是没把我当回事，余未言，昨天也就算了，今天早晨你也没给我买。我工作一天累得不行，哪还能记得买这个，都是你。”

“别生气，夏天，下不为例，我保证下不为例好不好？”

“算了，就这样吧！总之你心里没把我当回事。”说完夏天挂上电话，无论余未言怎么再打，她都不接了。

良久，那边回复了一条短信：“没事了，我一到生理期心情就不好。你明天好好考试吧！考完试再联系。”

而余未言看到这条短信的时候，便立马走出了寝室。

当夏天听到敲门声打开门的时候，余未言已经被雨水淋湿了衣服，站在门口。

“给！”他从怀里掏出一包红糖以及两包“七度”，“主子，我知道你不会下去买，所以我买回来了。我再也不会疏忽这些事情了，以后每次你生理期的时候，我都会为你准备好。请你不要生气了好吗？”

站在屋子里的夏天什么都没说，只是呆呆地，呆呆地望在他，然后突然一下子抱住了他。就那么地抱住了，狠狠地，仿佛再也不要松开地抱住了。

像要用尽全身的力气一样，两个人抱在了一起。

这已经是说不清多少次两个人相拥了，但他们却依旧不愿放开彼此，好像一旦松开，就要失去对方一样。

很久以后，当余未言一个人坐在窗户边打着这段文字的时候，内心里却不知道为何，依然有一种愧疚感存在：“夏天，我对你的所有的疏忽以及遗漏，其实都会造成我心里各种不停的自责，并且无法放开。好像打了死结一样，无论时光怎么流逝，它依然停留在那里，成了一个心病。”

不知道此时你还好吗？

可否有照顾好自己？

夏天，我好想你。

3>

孔奇回到寝室的时候，所有人都在。这似乎是他本学期第一次回寝室，以至于其余三个人都愣在了那里。

“都这么看着我做什么？”孔奇奇怪地问。

“哎呦我的天啊！这不是奇哥吗？”王阳夸张地走向他，并且伸出双手准备拥抱，“快，让我抱抱，好久不见，想死我了。”

“滚吧你，少恶心我。”孔奇将他推向一边，然后对其余的人——余未言和秦受说，“这学期在外面租房子住了，所以回来少点。怎么样，我最近没上课，老师没说什么吧？”

“能说什么啊！从开学到现在,就见到他老人家一次。”王阳一边说，一边假装委屈地对他抱怨，“你看，你回来就我欢迎你了，结果你还这么对我！”

“好啦！别闹了。”孔奇收拾下自己的书桌，然后对其余三个说，“一起去食堂不，吃完就上课去啦！”

“好吧！”王阳依然接着说，“我说你不会也恋爱了吧！在外面租房子住。和秦受以及余未言一样，那这样下去，咱们寝室不就我一个光棍了！”

“也没有，就是在外面找了一份工作，离咱们寝室挺远的，所以就在外面住了。”

“什么工作，介绍兄弟我也去做做，赚点儿零花钱花花。”王阳依旧死缠烂打地说。

“那不能说，说了你抢我饭碗怎么办。”孔奇开玩笑一样地回答他，“其实也不是什么好工作，只不过你们都知道，我家庭条件不是很好，所以，只能靠自己了。”

“那你课程怎么办，落下的话？”

“现在课程也不紧，考试时候突击就好了，再说了，不还有你们帮忙吗？放心吧！不会挂科的。”他一脸无所谓地对其余的人说着。就在这时候，他的手机突然响了起来。他看了看，接着脸色变了一下，便说：“得，不能陪你们吃饭了。单位有事，我还是先回去了。”说完就匆匆忙忙地离开，其余三个已经收拾好、准备一起去食堂的人愣在了那里。

“嘿，我说，就这么像一阵风一样回来就走啦！”王阳在后面继续发牢骚，“也不知道做什么，神神秘秘的。”

“你闻到他身上的香水味没？”秦受突然说。

“闻到了。似乎是有股香味，隐隐约约地传来。怎么了？”余未言诧异地问。

“那是香奈儿的一款香水，最起码六百多一瓶。也不知道他哪来那么多钱用这个。”

“管他呢！走吧！咱们吃饭去。”王阳对其余两个人喊道，“吃完饭我要回来继续远程观望对面。看今天能看到什么美女。”

余未言和秦受两个人都用一种鄙视的眼光看向他，以至于他不得不反击道：“我说你们别装，尤其是秦受，我这个犯罪凶器就是你提供的，你现在却来一本正经。不就是你恋爱了吗？你们都恋爱了嘛，还不许我这单身阳光无敌寂寞青春美少年一个人观望了？也好，看下哪个美女适合做我未来的女朋友。”

余未言拿他没办法，拿起手机准备问夏天吃什么，却刚巧接到手机里传来了她的一条信息：“单位急派我再次去长春，现在已在火车上。晚上你一个人在学校住，好好吃东西。乖，小贱贱。”

“那我要想你怎么办，一天见不到你，我就心肝脾胃肾都疼。”

“忍一忍啊！几天就回来了。”

“还要几天啊！要不我坐下一班火车过去吧！好不好？反正你是一个人。你白天上班我写稿子，晚上我们可以接着去南湖散步，去桂林路吃小吃。”

好久，那边回了一条：“那好，我等你。”

然后就看到余未言急忙拿起背包，留下一句：“你们吃吧！我有事先走了。”剩下秦受和王阳两个人在寝室。

“好吧！又少了一个，就咱俩了。你不会也走吧？”王阳问他。

接着就是秦受的电话在这个时候响了起来，以至于王阳不得不自己自觉地走出寝室：“我知道了，我自己去吃吧！”

留下秦受一个人待在屋子里，望着电话的那个号码发呆。接着，他犹豫了一下，将其接通。

然后他轻轻地叫了一句：“妈。”

良久的寂静划破这个窄小的屋子。空气，一下子就凝固在了那里。

回忆，就那么若有若无地被再次提起吧！哪怕那么不愿。

4>

热恋中的人总是甜蜜的，恨不得一刻都不分开。

所以，当余未言见到夏天的时候，又紧紧地将她抱住。

“哎呀，腻死了，干什么啊你这是？”

“想你了呗！那么久不见。”

“以前不也是白天都各忙各的，晚上才在一起吗？”夏天对他说。

“那不一样，以前在一个城市，不远，现在这都跨省了，好远的距离，所以我来了。离你那么远我就想得厉害。”

“真酸，这话也不知道对谁说了多少回了。”

“饿了吧？我记得着这附近有家自助烤肉不错，叫姐姐，来，姐姐晚上请你去吃。”

“呸，还姐姐呢！我才不要你请，别扭得慌。”余未言回答她。

“小贱贱，”夏天让他坐在床上，“你知道吗？你最好放弃所谓什么的你花钱我花钱。那些所谓的男人尊严，我不否认，但我也不适应，因为以前不管是和谁在一起都不用我掏钱包，可现在不一样，你还是个学生，你没有能力去赚钱，所以，很多时候就要我去承担，等你以后有钱了，再给我花，不是一样的嘛！而现在，为什么要分那么多你的我的，都是我们的。”

“可是……”

“没有什么可是不可是。”夏天突然有些急地对他说，“我喜欢GUCCI，阿玛尼，LV。这些你能买得起吗？如果你真觉得不适应，那么就好好学习，努力赚钱。以后把这些都补给我就好了，明白吗？”

“哦！知道了。”

“那现在我们去吃饭吧！哪家去晚了都要排队的。并且这个时间的水果质量不错，我就爱吃水果，吃好多好多水果，然后你负责吃肉哦！”

“哦，好。”

从宾馆到饭店，只是五分钟的路程而已。果然饭店外面排了好长的队。轮到他们，已经是半个小时以后，两个人开始大吃特吃起来。

直到余未言的电话响起，两个人才算第一回合结束。看了看号码，余未言皱了皱眉。

“接啊！怎么不接？”夏天问他。

余未言慢慢地按起接听键，然后对那边说了句：“你打错了。”然后挂上电话。接着就是手机莫名地响起短信声。

“谁的信息？”

“没谁，”余未言回复后说，“找错了，我告诉他一声。”可立马，那边却又回复了过来。

“我建议你吧，最好别回了。因为很可能越解释越乱，既然他打错了，你又何必纠缠个不停呢！”夏天连头也没抬起地说。

“哦！”余未言放下电话，和她继续吃了起来。

事情仿佛就那么过去了。两个人再也没有提起，而电话，也再没有响起。直到饭后，回宾馆的路上，夏天突然问：“刚才是谁给你信息？”

“说了，是打错了。”余未言回答她。

“电话给我。”夏天说。

“什么？”

“把你的电话给我。”夏天一个字一个字地说。

“哦！”他颤颤巍巍地将电话递给她。

打开信息，发件箱里清楚地写着：“在外面吃饭，和同事。”

那一瞬间，夏天什么都没说，只是将电话还给了他。然后，她突然像发了疯一样向前面跑去。

余未言一下子愣在了那里，直到夏天消失不见。他猛地想起了什么，也不停地奔跑，并且喊着：“夏天，夏天。”

可她早已消失不见。

月亮，慢慢地爬上了天空，却照不到彼此的容颜。

5>

你会有那种恐慌吗？

在异地的夜色里，你最爱的人从你身边突然向前奔跑，离你而去。当你反应过来的时候，她早已消失不见。

而你，看着那越来越模糊的背影，突然有种失去了整个世界的感觉。

余未言就是如此，当他不停地奔跑着，喊着夏天的名字的时候，却无论如何，都找不到她。他开始不停地拨打她的手机，可是无人接听；他开始跑回酒店去敲宾馆的房门，却无人打开；他去附近的南湖公园不停地奔跑寻找，却终究没有再遇到她。

他不停地一次又一次地来回找寻着，不停地打着电话，不停地喊着夏天的名字，却终究全都是一场空。

好似一场梦一样，醒来除了枕边的睡痕，什么都未曾留下。

他终于跑不动了，坐在南湖的桥上，一个人喃喃自语地对着天空喊着："夏天，你在哪里？"

不知道过了多久，手机响起。他接听后急忙喊了一声："夏天！"

"我把宾馆的房卡放到前台了。去那取，然后回去拿好你的东西，立马给我滚。"

"夏天你听我说——"余未言急忙解释道。

"滚，滚，滚，立马给我滚。我最讨厌的就是欺骗，所以以后再也不要见到你。"说完就挂上了电话。无论怎么拨打都无人接听。

那一刻，余未言突然明白了失去的味道，就犹如天塌下来一样。他缓缓地走出公园，回到宾馆，取好行李包背在身上，然后离开。

似乎这只是一次偶然的邂逅，本不该开始，现在就要结束。

似乎这只是一本好看的小说，早晚该有结局。

似乎这只是青春的梦一场，一定会醒来。

在这样一个异地的城市，他一个人这样地行走着，却不知道走向哪里。只是慢慢地听着周围马路上车水马龙的声音，看着面前灯光闪烁的街道。

他想起曾经在一起的过往，想起那些短暂却又甜蜜的日子，想起那些曾经说过的话。自己那么小心翼翼地去守护的这份爱情，现在却丢掉了。

他终于控制不住自己，蹲在地上大声地哭起来。他终于无法抑制自己的情绪，大声地喊着夏天的名字。

然后他一边哭泣，一边断断续续地喊着："夏天，我爱你。夏天，我真的爱你。夏天，再不会有人比我更爱你了。"

失去后那么难过的悲伤，此刻，似乎像都发泄出一样。可却犹如控制不住的洪水，无论怎样，都无法停止。

直至……

后面突然有那么一双手，紧紧地，抱住了他，透过他的腰间，将他抱住。那一刻，余未言感到即使是寒冷的北极冰渊也被溶化了吧！

余未言抓住她的手，然后一下子失去了力气倒在地上，蜷缩着身体哭泣着："夏天，我好怕，再也不要让我失去你了好不好？"他抽搐地说。

"嗯，好。别在这儿哭了，多丢人，我们回去吧！"

她拉着他，两个人一前一后地走着。他在后面望着她，突然感到，失去的感觉是那么可怕。

好似自己的鲜血被人抽空了，只剩下那么一个麻木的躯壳在不停地行走。

而失而复得，就犹如被人在你奄奄一息的时候为你输送到血管里的那源源不断的血液。

夏天，感谢你，让我明白了失而复得的珍贵。

6>

两个人这么一闹，夏天直到后半夜才睡着。那一夜，余未言一直看着夏天，好似无论怎么样都看不够似的。

天亮的时候，他依然去为她买早餐。在回来的路上，他看到街边有卖玫瑰的，就买了一束。在夏天打开宾馆门的时候，他将花放在她面前对她说："十一朵，一心一意，再不隐瞒你任何事情。那个女人是我前女友，原本在昨天打电话的时候我还对她似乎有那么一些感情，然后有点儿犹犹豫豫。而现在，我终于明白了，对你的感情，是独一无二的，再无隐瞒的。"

"再不骗我？"夏天问他。

"再不骗你。"余未言坚定地回答。

"记住，余未言，只许这一次。以后无论什么事情，哪怕小到上厕所带手纸是什么牌子的，只要我问，你都不能说假话，懂吗？我最讨厌的就是欺骗。"

"我懂。"

"那好，这次就原谅你了，现在我要吃早餐了。"她打开 KFC 的早餐，将油条放到粥里润湿，放到嘴里嚼起来，然后大口地喝着粥。

他看着夏天吃东西的样子，情不自禁地叫了声夏天。

"嗯？什么事？"

"以后这一辈子，我都愿意给你买早餐，每一天都不会断。"

"你说的？"夏天问他。

"嗯，我说的。"

"不反悔？"

"永不反悔。"

"要能说到做到才好啊！"夏天吃完后，懒洋洋地躺在床上感叹。

"时间啊！"余未言躺在她的身边说，"时间会证明一切的。"

两个人一同望着头上的墙壁发呆。

时间，是证明一段感情的最好方式，时间，也是证明谁最爱你的最好方式。

也唯有时间，才能证明我才是这个世间最疼你最宠你的男人。

也唯有时间，才能证明我愿为你付出一切，只要你开心，只要你幸福。

这就是时间，一旦流逝就再也无法回来的时间，这就是时间，证明一切的时间。

7>

在回青耳的火车上，夏天突然问他："她叫什么名字？"

"谁？"余未言不明所以地问。

"你前女友。"

"漠然，吴漠然。"

"为什么分开？"

"异地，第三者，种种原因。"

"你还爱她吗？"夏天问。

"不爱了，早就不爱了。"

"我希望你说实话，不要敷衍我。"她依旧严肃地说。

"真的不爱了，我没必要骗你。"

"怎么不爱了？那么短的时间你就不爱了？你觉得这话说出来会有人相信吗？"

余未言看了看她，又缓缓地看了看窗外，然后说："你知道吗？我原本是非常爱她的，甚至可以说是愿意拿出生命一样地爱。那个时候我们两个异地，她考上了中央戏剧学院，在北京，而我在青耳。临走的时候，我把她头上的簪子挂在脖子上，从来没有拿下来过。这样每走一步都能感觉到簪子在心头晃悠着。偶尔还会用它扎在胸口，疼痛不堪。就是这样的感觉，提醒我时刻要想着她，爱着她，想着以后去北京和她好好为了未来而努力。

可突然有一天，她告诉我，她跟了别的男人，她虽然不爱他，但是人在异地，寂寞时总是需要个伴，那个男人对她好，在她头疼脑热时会出现帮助她。所以希望我理解，在我到北京之前，允许她有第二个男朋友，也就是所谓的一脚踏两船。

那个时候，我被国家派到南方做支教。上山的时候，簪子上的红绳不小心被树枝挂断，簪子就那么掉了下去。那一刻我绝望极了，甚至想立马下山去找。可终究还是被大家拉住，走上了山。

在夜晚的时候，我还是控制不住自己，一个人顺着山坡慢慢地，慢慢地去找。

那一夜，天空中忽然下起了大雨，我被困在半山腰一个坑坑洼洼的岩洞里，泥石流就从身边滑过，大块大块的石头从山顶摔落下来。那个时候我吓傻了，一下子就对着天空哇哇地哭起来，因为我觉得死亡那么近，说不定哪块石头掉下来就砸在我的头上。而我还是个处男呢！我他妈的还没活够呢！我还没孝敬我父母呢！我在山涧一边哭喊着，一边自己诉说着。可那些声音，却连自己都听不到。

你知道吗？未曾经历过死亡的人，不会知道活着有多么珍贵。那一夜，我就在雨水与恐慌中度过，直到天亮，才一个人爬了上去。

后来她和那个人分开后，我原谅了她，终究还是和她在一起。对她依旧和以前一样好，还是那般爱她。因为我觉得可以理解她，毕竟一个女子在外面不容易，生个病发个烧感个冒什么的，难免需要人照顾。可这一次，她是真的伤害了我。我一直在犹豫要不要原谅她的时候，就在昨晚，你离开我的那一刻，我明白，我全部都放下了，对于她，我全部都放下了。

仿佛只是那么一瞬间，说不上爱恨，说不上所谓的难过与不难过，就是没有感觉了，而脑子里，满满的都是你。心里都是你，整个世界都是你。

而她，就让她随往事如风一般散去吧。即使现在偶尔让我见到，最多就是微微一笑而已。

那种一瞬间全部都忘记的感觉，不知道你懂不懂？那种一瞬间确定了你为我生命中最重要的一个人，不知道你懂不懂？”余未言看着她，说道。

“是不是有一天如果你我分开了，你也会这般遗忘我？”夏天问他。

“不会，只要你不背弃我，希望你千万不要背弃我。那么，我就会包容你的一切缺点，任打任骂任你埋怨。就算真的不在一起了，只要你需要，叫我一声，哪怕我在天南海北，也会立马出现。这是我给你的承诺，一个男人永恒不变的承诺。你懂吗？”

“嗯，知道了。”夏天慢慢地，将头靠在他的肩膀上，“只要你不欺骗我，我不背叛你。这是我们给彼此的承诺。”

他将手搭在夏天的肩膀上，慢慢地拍打着，窗外的景色随着火车的前进一点点地向后退。而那些往事的记忆，也随着时光，一点点地，消失在空气中，无影无踪。

只因，再也不愿或者无法想起。

8>

在某个叫不上来的名字的面店里，秦受见到了那个不愿被他称为母亲的人。她似乎显得很落魄，头发蓬乱，指甲里也有脏脏的泥巴。她正对着一碗面条大口大口地吃着，恨不得将碗底都吞下去。

秦受看着她的样子，叫服务员又上了一碗面，递给她，让她慢点吃，别烫着。直到两碗全部下肚以后，她才缓过来，看着秦受，然后说道："你还好吧？"

"嗯，还好。"和别的母子不一样的是，他们显得很陌生，甚至有些本末倒置。原本应该是母亲让儿子多吃多喝的，现在，却变成了秦受来怜悯自己的母亲。

是的，怜悯。他在内心里不得不用上这个词。甚至外带一些憎恨，哪怕这两个词语用在自己的母亲身上，都是那么的不合适。

"吃完了吧？"秦受问她，"吃完我走了。"

"你就不能原谅我吗？"在他转身的时候，母亲在后面问他。

"原谅？你叫我原谅你？"秦受突然回头说，"当年在我和我爸两个人最困难的时候，你离开了我们，跟了别的男人。现在返回来叫我原谅，你叫我怎么原谅？原谅你的背弃，还是原谅你的另结新欢？"

"可我是女人，我不能看着你爸都要穷死在那儿了，我还在那儿陪他一起死。"

"可你是妻子，你离开了你最爱的丈夫。"

"没有什么爱与不爱，我们那个时候的姻缘，都是别人介绍的。当初选择他，只是因为他有钱，能给我好的生活，让我享受这个世界。而离开，只是因为我不能拿自己的一辈子和他赌，我赌不起。"

"那个时候你才三十岁不到，为什么就不能和你的丈夫一起渡过那个难关，就那么甩开他跟了别的男人？而且，你还甩下了我，甩下了你的儿子？你不觉得你自私吗？就为了一个'钱'字？哪怕我当初在门口那么求你，抱着你的大腿哭泣，你却连头也没回，上了别人的车。你让我的童年一直被人侮辱，被邻居家的小朋友们说'你的妈妈跟着大款跑了'。你知道那种感觉吗？就是在那种侮辱下，我逐渐地成长，我开始不相信女人，甚至是玩弄女人。你让我一辈子都活在了一个该被我称为母亲的人的阴影下。你让我再也不相信女人，甚至对女人绝望。

这就是你，我所谓的母亲，教给我对女人的全部了解就是，她们贪慕虚荣，自私自利，甚至是冷血，没有人情。

这就是你，我所谓的母亲，让我在每一个寒冷的夜里被梦惊醒的时候，都会想到那一天，我抱着你，而你却上了别的男人的车。

这就是你，我所谓的母亲，现在混得不好了，却要回到我这里，因为知道我终究还是无法放弃你，只因你生了我，给了我生命。

可有时候我想你为什么要生我呢！而现在，你为什么又要回来呢！原本我都已经忘记了那些伤害，现在看到你，又全部都想起了。”

秦受说完这些后，突然控制不住地流下泪来。

“什么都不用说，我知道你混得并不好。所以也不需要解释什么，我也不想问。”他从衣服里拿出把钥匙，“这是咱们以前一起居住的那个房子，你可以回那去住，找个工作，好好养活自己。我会偶尔去看你，仅此而已。”

他将钥匙放到桌子上，便出门打车离去。他不知道生活为什么会开这样的玩笑，给他安排了一个这样的插曲。他也不知道现在还在面馆里的那个女人是什么感觉，是哭泣，还是因为有了住的地方而高兴。

他有好多事情都不知道，也不想知道，却又有好多事情不知道想要去知道，犹如打在心里的一个死结，狠狠地系在那里，形成一个疙瘩。不停地，在心口晃悠个不停。

夜色，逐渐降临，灯火迷离，照亮了他的全部记忆。

9>

秦受关于儿时的所有回忆，并不是贫穷，并不是被人嘲笑。只是在那一天，自己的母亲收拾好行李，毫不犹豫地离开自己。

哪怕自己那么哀求，都无动于衷。那个时候，周围的邻居都说什么他母亲是个贪慕虚荣的女子，为了钱，可以放弃一切，哪怕是自己的孩子。

而年少的秦受根本不知道虚荣是什么，他只知道自己可能再也见不到母亲了。那一天对于他和父亲来说，都是一个恐慌的记忆。所以，从那一刻开始，父亲开始拼了命地赚钱，而秦受，也因此对女人再没有一点儿好感。在他的印象里，所有的女人都是虚荣的，为钱而生存。所以他玩弄女子，玩弄这些所谓的虚情假意的人来填补空虚，来平衡这种畸形的本不该有的憎恨。他一直以为自己就需要在这种生活中继续下去，享受这种灯红酒绿的生活，唯我独尊的寂寞。

直至遇到了李落落，那个将第一次给了他、染红了那片床单的李落落。

只因他知道女人第一次的重要性，若是李落落真那么贪慕虚荣，可能早已轮不到自己。

只因他突然明白自己如果这样下去，可能会毁了一个女孩子的一生，所以他清醒了过来。他觉得自己仿佛洗了一个冷水澡一样，而似乎这么多年，自己都没认认真真地谈一场恋爱。

所以他想好好对她，在这场悄无声息的恋爱中好好对她。

而他也相信有一天她会因此而感动，哪怕不知何时，何地。

就是这么一种等待，是他对这种爱，对自己唯一的一场拯救。

只是不知何时，方能休。

10>

所谓爱情，就是很多年后你可能早已忘记我对你的千般好，而我，却依旧靠这些想念中的记忆独活。

不停地去拼搏，不停地去努力，不停地去奋斗，只是希望有一天，在你需要的时候，有能力出现在你面前。

哪怕岁月流逝，历经沧桑，我也依然记得你的容颜。

第六章　愿与你化蝶，生死成错觉

1>

时间在转瞬间就走到了六月，青耳终于彻底地脱离了冬天，仿佛一夜之间，就从寒冷走向了温暖。

而余未言和夏天的感情，却和天气截然相反，从温暖转变成了寒冷。那个时候，两个人总是会因为生活上的一些琐碎事情吵架。

例如余未言在洗完碗后总不记得将里面的水控干，以至于下次拿碗的时候总会发现里面还有好多的水。

例如他在擦地的时候总是不能认真地去擦，左面一下，右面一下，以至于弄得地板上和地图一样。

还有就是他总会将随身的东西到处乱扔，弄得屋子里显得凌乱不堪。

就好像细节打败爱情一样，也许是年龄的原因，也许是生活方式的问题。即使余未言努力地去改了，却还总是惹她生气。有的时候可能只是一句话，就让她突然大发脾气，和他大吵一架。

其实所谓的吵架，无非就是夏天在那边不停地说个没完，然后余未言在一边不停地哄着。可是时间久了，终究会厌倦。就好像跷跷板一样，不能总向一边倾斜。于是，终于在某一天，余未言爆发了，和她争吵了起来。

这就犹如火山喷发一样，不停地燃烧着周围，然后慢慢地，两个人都争吵完后，夏天突然说了一句："怎么，余未言，受不了是吗？"

余未言想了想说："没有，只是很讨厌每天这样吵架。"

夏天："那你的那些不是问题吗？还不让人说吗？"

"是，我承认我不对，但你也没必要这么大声的，有什么不能心平气和地解决？"

"从第一天在一起的时候我就告诉过你，我脾气不好，特别不好，是你说的你能接受，你要接受不了，那么现在你随时可以离开。"

"我不会离开你的，以后不顶嘴了，我注意。"余未言说。

"算了吧！我觉得我们分手吧！"夏天突然说出了一句。

"为什么？"余未言瞪大眼睛看向她。

"你难不成没有发现吗？你现在已经开始不耐烦了，开始顶嘴了。那些开始说的宠我疼我，现在已经一点点地消失了，只是几个月，就这个样子。那么你叫我如何把一生都托付给你？等到咱俩结婚后，你真的对我一点点地厌倦了，我该怎么办？那个时候离开你我多大了，还能再有个好的依靠吗？所以，趁着现在，别耽误我。分开吧！"

"我……"

"别说了，"夏天打断他，"你走吧！"

"不，我不走！"余未言索性坐在了一旁，"我以后都注意就是了，你别生气了还不行吗？"

“你不走是吗？”夏天看了看他，“好，我走，你自己在这儿待着吧！”她说完就站起来向门口跑去，也不知道哪来的力气，她一下子将站起来准备拦住他的余未言推倒在地，等到他再站起来的时候，夏天已经夺门而出，拦也拦不住。他急忙跑出门口想要拦住她，电梯门却早已合上。他看着她就那么消失，眼睛里突然充满了失去的绝望。然后就是漫长的等待，等到另一部电梯上来，他走出楼，开始疯狂地寻找。

和上次在长春一样，她再一次消失得无影无踪，以至于余未言有些纳闷儿：为什么她总是这么爱玩消失，并且不停地挂断自己的电话？

有那么一瞬间，他甚至有些讨厌她这个样子，在漆黑的夜里，一个女子不接电话，在外面胡乱行走，让他硬生生地干着急，内心里有一种说不出的愤怒或者是委屈，又或者是某种说不出的感觉压抑在那里。可他终究还是要不停地寻找，喊着夏天的名字，在家里的周围以及两个人常去的地方。直到他筋疲力尽的时候，他坐在家里附近的某个长凳上，才喃喃自语说：“夏天，请你出来吧。”

好久以后，夏天才来电话说：“同事找我，我有些事情要去办。你先回学校吧！我们都冷静几天再说。”

那个时候不知为什么，余未言恐慌得要死，他一直害怕，所谓的冷静，就是把两个人放在两个地方独立去思考，然后越来越远，直至分开，再不相见。

他一直坐在那里，呆呆地望着远处，直至已经说不出几点，终于看到夏天从一辆车上下来。他不懂车，可却能看出来，那辆车似乎价值不菲。那一刻，他突然觉得自尊像被人狠狠地践踏在地底下一样。

手机在这个时候莫名地响起了一段铃声。打开来看，上面写着提示：

距离夏天生日，还有三天。

也就是说，还有三天就是夏天的生日，她和他提出分手，这场感情，就这样走到了尽头。

一瞬间好像整个世界都塌下来一样，让他连躲藏的地方都没有，就那么狠狠地，狠狠地压了下去。

连苟延残喘的机会都不给，疼痛，化作漫天伤悲。

2>

你知道分手两个字的沉重吗？

就是分开了，再也别牵手；就是分开了，你我从此形同陌路；就是分开了，你可能慢慢忘记我。而我，却要靠着这几个月的记忆而活。

哪怕时光荏苒，我也无法忘记这段情感。

是么！又或者，不是么！

3>

记不得有多少天没见到父亲了。

上一次两个人聊天，已不知道是几个月前。而现在，当两个人好不容易坐在一起吃饭的时候，谈到的，却是他一直想念，却不爱提起的人。

“我前几天见到李桂娥了。”秦受放下筷子对父亲说。

“是吗？”秦父将手中的筷子停了停，然后继续问，“在哪里？”

“在街角的一家面馆内。”

“她怎么样？还好吗？”

“怎么，你还在乎她？”

“怎么能不在乎呢，毕竟两个人在一起那么久，而且，她还是你的妈妈。”

“那你不恨她吗？”秦受继续问道。

“恨她什么，恨她在我们最危难的时候抛弃了我们父子？”

“是的，你为什么不恨她？”

秦父没有回答他，而是转而问道：“你和那个女孩怎么样了？”

“哪个女孩？”秦受一下子愣在了那里。

“我虽然不常问你，但不代表我不关心你，不清楚你身边所发生的事情。所以，你身边有什么样的女孩其实我都知道。之所以这次问你，是因为我知道你玩了这么久，终于认真一次了。”

“挺好的。”秦受回答。

“你知道什么是爱情吗？”秦父突然提到这个话题，继而说道，“在你们这个年龄，很多男孩女孩都会觉得爱情就是相互玩一玩，或者永远地相爱就是爱情。然后如果失恋了，可能就说，永远不再相信爱情了，还有我心已死之类的话。这些话其实都是很幼稚的。

当到了我这个年龄，没有了所谓的激情和浪漫之后，爱情其实就意味着一种责任，对妻子和儿女。你要有能力照顾她，给她安稳的家，这才是爱情。这一点，我当年其实没有做到，所以也并没有怪你母亲。甚至我心里有一些自责，而之所以现在还能接受她，其实也还是因为，无论何时，我心里都还保留着年轻时的那种爱，那种不知为何，好像青春期的冲动，却一直无法释怀的，吸引我的爱。所以啊，我希望她能回来，然后和你、我，三个人，组成一个完美的家。”

他看了看秦受，继续说：“我这么讲你能懂吗？每一次刻骨铭心的爱情，其实都会叫人成长。所以，你现在爱了，很好，因为你也会在这场爱情中成长，懂吗？”他说完后，拿起桌上的碗筷，向洗碗池走去，留下秦受一个人在桌子旁发呆。

在他的记忆里，似乎从当年母亲离开之后的那场伤害中，父亲就一直是个忙于事业的人，甚至忙得连照顾他的时间都没有，任他放任自流。而现在，秦受却不知道父亲还有着这般细腻的情感，当他将自己的碗筷也扔在洗碗池然后打开水龙头的一瞬间，哗啦啦的流水声打在了他的手中，那个时候他突然想："对于我来说，所谓的爱情，又是什么呢？"

4>

门被打开的时候，映现在眼前的是一个很清秀的女子。确定了身份和来意之后，她让余未言走了进去。

将准备材料做好后，女子开始教他如何一步步地去做。在中途，两个人聊天，余未言问她："怎么称呼你？"

"哦，我叫夏天。"女子回答他。

"什么，你再说一遍，你叫什么？"余未言像没有听清一样，再次询问。

"夏天，怎么了？"

"真巧，我的女朋友也叫夏天，和你一样的名字。"

"那你这个蛋糕，就是给她做的喽！"

"是的，两天后是她的生日。和她在一起也好久了，没有送过什么像样的礼物，所以想自己给她做一份蛋糕，当作惊喜。"

"挺好的。你女朋友一定很好看吧！"

"嗯，我一直觉得她是全世界最好看的女人，那种美很吸引人，它和相貌有关，和气质有关，和身材有关，又或者和这一切都无关。我就是不知道她什么地方吸引我，让我喜欢得不得了。"

"真酸，她又不在这儿，你说那些肉麻的话做什么啊！"女人一边指导他如何在面包上涂满奶油，一边说，“真受不了你们90后小孩的爱情，看来啊，我真是老了。”

“我们不是90后，最起码她不是。”

“怎么的，难不成她还比你大？”

“嗯，是的。”余未言一边笨手笨脚地涂着奶油，一边说。

“大多少？女大三抱金砖，也挺好。”

“比那还要大一点点。”

“那大多少？四岁？五岁？还是六岁？”

“十岁。”余未言对她说。

“天啊！你疯了吧！”

“啊！你刚才不还说羡慕感情的人都是麻木的么？”

“可也没你这么不靠谱的啊！”

“我怎么不靠谱了？我又没偷别人家老婆，我踏实地谈自己的恋爱，怎么了？”

“可她的年龄大你……”

“大我太多是吗？”余未言打断她说，“那又怎么样呢？我有的时候就搞不明白，为什么大家都能接受男人比女人大十岁，而如果一个女人大男人十岁，就会引来那么大议论。他们会在你背后议论：哎呦喂，这可不行，那女的年龄大啊，老得快！会说，用不了多久，两个人一定会分手，又或者没有理由，莫名的，就是讨厌，反感，抵触，不让我们在一起，在中间各种挑拨。以一种过来人的语气，说我们一定成不了。可是，过来的人一定是对的吗？没有经历过我们又怎么去相信？三毛与荷西，那不是爱情吗？文章和马伊俐，那不是爱情吗？他们过得不都是很好吗？而我就是想守护这场爱，小心翼翼地守护着，不离不弃地守护着。我对她好，疼她，宠她，不做任何对不起她的事，她又怎么会离开我？”

“你敢保证你一辈子爱她吗？”蛋糕师夏天问他。

“你敢保证你男朋友一辈子爱你吗？”

她一下子愣在了那里。

“没有什么会保证一辈子，而我所能做的，只是一直对她好，因为我爱她，就算时间久了，激情过了，平淡了，我依然如此。只因在我最贫困的时候，她放弃很多选择与我在一起，这是人应有的一种本性。永远不要忘记那个在你危难时与你一起走过的人，因为那个人，才是最值得你去珍惜的。”

“你确定你不会后悔？这么做是对的？”她问余未言。

“我只知道，我这么做没有错，而且，我不想为以后留下遗憾。可能你们都无法理解我的这份情感，对于此，我只能说，时间，会证明一切。”

“你说时间？”她继续问。

“是的，时间。”余未言答道，“时间会证明很多事情，究竟什么是好，什么是坏，究竟我会对她爱多久，也唯有时间，会将诸如你和所有不相信我们这份感情的人击败。我会告诉你们什么是爱情，真真正正、彻彻底底的爱情。”

“可能不是生死相依，但却是永不离弃。”

余未言一边坚定地说着，一边手指加速搅动着碗里的鸡蛋。从手上搅到心里，似乎永不停止。

就是这样吧！夏天。就是这样不停地搅拌着。

我为你加快了心跳的速度。

而你也为我写下了相思的孤独。

5>

秦受一路颠簸地坐着客车从青耳到达了聂海。秦受隐瞒着李落落来到了她的家乡。既然没有人告诉他事情的原委，那么，就要自己来找寻。

在陌生的地方，与陌生的人，来找与她有关的一切记忆。

在这个从街头走到街尾只需要三个小时的小镇里，秦受却走了将近一整天。他慢慢地观赏着周围的一切，直至在镇子上最大的广场上方，看到了一个广告牌。上面是聂海县内特产大米的广告宣传语。标语旁边，还有两个幸福的孩子面带笑容，闻着大米香。

其中一个是李落落。而另一个，竟然是孔奇。

一个是他的女朋友，一个是他的室友；一个是现在自己每晚睡觉都要搂着的女人，一个是曾经和他共处一室的兄弟。

他们两个，竟然认识。而自己却被隐瞒其中，一点儿都不知情。秦受现在想想，其实余未言也知道，只是没有告诉自己。

他看了看周围，在角落里，一个老大爷正在抽着旱烟。他便走过去问："老大爷，这上面这两个孩子是什么关系？"

老大爷很自豪地回答："这两个孩子啊！曾经是镇上的小明星。从小就是邻居，也算是青梅竹马吧！好多镇上的人都是看着他们长大的，而且现在他们两个都考上了青耳大学。只不过遗憾的是，李落落她父亲，今年生了一场很严重的病，一下子家里就变困难了。而孔奇，家里条件也不怎么好。但我听说，他前几天还给李家拿了几万块钱。嗐！都挺出息的两个孩子，现在，也长大了，懂事了，但是家庭啊，却成了他们的负担，也不知道他们两个现在咋样了。"老大爷一边抽着烟一边感叹着。而后面的那些话，秦受也一点儿都没听下去。

他只听到，两个人，青梅竹马。

似乎曾经他不会这样的，女人嘛！只是自己一个打发寂寞无聊的产物，但现在，当听到自己所爱的女子和别人青梅竹马的时候，秦受竟然莫名地多了一丝妒意。虽然那些可能只是过往，但却让他那原本已经有些寒冷的心上，又加上了一层霜。

爱情这东西其实很多时候和人类交朋友是一样的道理。

雪上加霜易，雪中送炭难。

6>

“夏天，请你原谅我，好吗？”

在某个公用电话亭里，余未言对电话那边的她说道。

“原谅你什么？你哪儿错了？”夏天问他。

“对不起，我不该和你顶嘴。”

“还有呢？”

“我不该感觉厌烦。”

“你知道吗？很多时候我不想和你吵架，但是没有办法，很多事情你总是会做得很幼稚，无法成熟得像个男人，你也有很多杂七杂八的小毛病，我说了一遍又一遍，你总是不去改。而你也知道，我脾气不好，每当这个时候，我都会莫名地想发脾气，因为我眼睛里容忍不了一点点的瑕疵。我有的时候会想，你到底爱我吗？爱我的话为什么我讨厌什么你做什么，爱我，为什么这些小问题，你都记，不，住呢！”

“我没有，我只是觉得生活当中的一些坏习惯，这么多年来，无法一下子改变，我已经在一点一点地改了，我已经在用全部的能力去改了，所以我希望你给我时间，毕竟不是一下子就能解决的。”

“要给你多久呢？余未言，多久才是个头呢？多久才能等你成长为一个男人，娶我回家呢？我已经三十了，你知道吗？”电话那边的夏天，突然有点喃喃自语一样地说道。

“我知道，所以我在一点点地努力，希望尽快成长为一个男人。”

“可你却让我看不到希望，你让我没有安全与踏实感。”

“我已经在尽量了，在马不停蹄地做了，可我却不会飞，哪怕跑起来，也跟不上你身边那些人的脚步。你知道吗？那天你跑出去我疯了一样地找你，可你却不接我电话。那么晚了，你知道我是什么感觉吗？那一刻我恨自己惹你生气，恨不得自己一头撞死在那里，我担心地找啊找啊找的，直到看到你从那辆车里下来，才放心。”

“那天我去借钱，因为要出差没钱了，总不能向你要吧！你一个学生。所以，你别……”

“你不用和我解释，”余未言打断她说，“我相信你的一切。若你想要离开我，早就已经离开了，也没必要欺骗，我只是觉得很难过。你原本可以过更好的生活，可是却选择跟了我，吃了那么多苦。但是天知道，我是爱你的，真的是爱你的，哪怕在现实的社会里，爱那么不值钱，却被我一直以来视为全部，我是拿生命一样地爱你啊！我看到你从车上下来的时候我多难过。我多想也以后同样有辆车，为你而开，不让你受任何风吹雨打。我看到你的脚步从车上踏下来的那一瞬，我觉得自己太卑微，卑微得像一只蚂蚁一样，恨不得找个地缝钻下去。可是，卑微有用吗？一直卑微当不了饭吃，我只有好好努力，才是解决所有问题的唯一出路。”

“你今天别过来了。”夏天说，“我明天要出差，现在收拾行李呢。你来了，我又什么都做不了。”

“可明天是你生日，我还想陪你过呢！”余未言说。

“那有什么办法。台里让我出差，我就必须走。要不然我就失业了，失业了怎么办？靠现在的你养吗？我们去喝西北风吗？”

“你别生气！我只是想告诉你，我亲手给你做了一个蛋糕。原本以为能和你一起过，现在既然你出差，那么就算了，只是那个蛋糕你多少要吃一点。我刚刚就放到家门口了，你一打开门就能看到，也不知道好不好吃。我在上面写了几个字，是‘小贱贱的，夏天主义’是的，”余未言像是喃喃自语一样地说着，“我的夏天主义。”然后就挂上了电话。

挂上电话后，他一个人在街上漫无目的地行走着。他一直害怕失去她，所以小心翼翼地维护。只要她能高兴，他怎么样都行。他曾恨命运欺人，为什么要他们相差十年？可恨过之后，依旧要自己努力。只因命运，永远不会可怜你。

但是，总会好难过的，那么艰难的路，那么多困苦，让他一个人，难过。

他为她做蛋糕时，心里都是两个人一起吃蛋糕时候幸福的样子。而现在，却是自己在寂寞的夜行走，孤独地，没有目标地行走，也不知道，什么时候才是个尽头。

直至，电话铃声突然响起。接听后，那边传出来一句怒骂：“余未言你个混蛋，谁叫你先挂我电话的？”

“我……”余未言一下子愣在了那里。

“从此刻开始无论什么时候，都是我挂电话后你再挂，你明白吗？”

“明白。”

“好吧，现在回来吃蛋糕。”

“你说什么？”他有些不敢相信地说。

“我说，你现在回来陪我一起吃蛋糕，能听懂人话吗？”夏天一字一字地回答他。然后挂上了电话，他就飞奔一样地向她那儿跑去。

谁又能知道那种一直以来珍为生命的宝贝失而复得的心情呢！

若你没有，永远不会知道那种幸福感。你会觉得再也不想失去。所以，在夏天打开门的时候，他狠狠地，狠狠地，将她抱在怀里，甚至让她连气都喘不过来，以至于夏天不停地在他耳边喊：“你弄疼我了，余未言，快松开，快松开。”

“夏天，”他抱着她说，“再也不要那么跑出去了，再也不要让我失去你了，哪怕以后你打我骂我，都不要让我再找不到你了。你不知道我有多担心，多难过。你不知道我有多在乎你，你不知道没有你，我甚至都感觉天要塌下来一样。拜托，我的夏天，请你不要让我一个人空欢喜，好不好？”

就是那样吧！在那年盛夏的某一天，在还有几个小时便是所爱女子的生日的那个夜，他将她狠狠地抱住。

只因，曾经有那么短暂的失去，让他难过不已。只因他害怕失去，一个人在黑夜里喃喃自语。

只因，他害怕一个人难过，想遗忘，悲伤成河，只因，他害怕从此以后靠想念她而活，哪怕只是那么短暂的时光。

只因，那是别人无法理解的，情到深处，人孤独。

7>

所有的隐瞒和欺骗，在现实面前，终究会被揭穿。

所以，关于孔奇和李落落的事情，也瞒不过秦受。他之所以不揭穿，只是一直以“过往的永远只是过去”来安慰自己。谁还没点过去的事呢！就好像他自己曾经也有那么多风流债一样。

只不过，还是有些弄不懂，弄不懂为什么李落落不和他说，是故意隐瞒还是怕引起更多的风波？孔奇也应该知道他们两个在一起，如果他在乎的话，心里会是什么的感觉？

在课间的时候，他把余未言叫到厕所里，责问他为什么明明知道两个人认识并且还有过一段感情却不告诉他。

好久，在烟雾飘渺的缝隙中，他对秦受说："知道又能怎么样，都已经是过去了。我也是在大一的时候偶然看到他们在一起才知道的。而现在再提起，除了让大家都很难堪，又有什么用呢！不如索性装作不知道，让大家都好好的。"

可无论余未言怎么解释，他都有些想不通，甚至要跑到李落落的教室问问为什么。那一刻，冲动冲进了他的脑袋。他离开厕所，向李落落的教室走去。

然后，在快到的时候，他接到了她的信息。说晚上不一起吃饭了，学校有活动，再然后，他看到李落落悄悄地从教室后门出来，向楼梯走去。

那一刻，天塌地陷。

他知道，自己最爱的人欺骗了他。可下一秒，他就想知道为什么，她为什么欺骗了自己。于是，他便同样悄悄地尾随下去。

仿佛爱情就是一场追踪战。躲躲藏藏，哪怕害怕受伤害，也要走下去，看个究竟。

在勾心斗角，躲躲藏藏中，继续……

此时的李落落，其实也一样地在小心翼翼。她从校园门口打车，到某个并不熟悉的街道，直到看到某个熟悉的身影从一个小区单元里走出来，然后开始跟随着。

而秦受，也依然悄悄地跟了上去，拳头却在不知不觉间握紧，犹如无声的战争，时刻就要爆发一样。

直至，在某个灯红酒绿的场所门口，三个人在三个地方不约而同地停了下来。

孔奇看了看门口的牌匾，似乎很轻车熟路地走了进去。而李落落看了一眼，就呆呆地愣在那，一瞬间，好像对全部都绝望了一样。

秦受看了看上面的名字，心里有一种说不出的滋味。这是青耳镇最大的一家夜总会，也就是有钱人来寻找欢乐的地方。只不过，有钱，似乎和孔奇一点儿都不沾边。唯一可能的是，他在这里，做那个职业。

只因，有钱人，也包括有钱的，女人。

一颗久藏在心的炸弹，马上就要爆炸了。

在李落落心里，也在秦受心里。

闭上眼，都静静地，等待着那一份响声。

8>

似乎已经习惯了两个人的生活，所以夏天的突然离开，叫余未言有些不适应。

他开始每天按时上课，下课，去图书馆看书，学习，然后写稿子。将一直以来拖着的工作，一点点地赶回来。

他在电脑上编织着一个又一个的故事。美好的，伤感的，然后看着它们幻化成文字，给自己的读者看。每当写完一个故事的时候，他都会幻想，自己和夏天，以后又会是什么样子呢？是会永远在一起，还是，以一个悲剧为结局？

余未言每天都会想她，直到图书馆关门的时候，一个人走着夜路回寝室。

两个人在一起久了，就会变得不习惯一个人的床。每晚，他都会看着手机里的相片发呆，然后放在枕边说晚安。

期盼一个有关于她的梦在深夜到来，然后，在思念中入睡。

一个人不孤单，想一个人，才孤单。

记不得是哪一年曾听到的一句歌词，现在，他懂得了。

“夏天，”他总是会在夜里醒来时，花痴一样地念着，“请你快点回来，我好想你。”

9>

在哗啦啦的雨水中迎来了这个寂静的夜。在窗外的灯光中，雨水显得那么明显，一滴一滴地，打在李落落的身上。有那么几次，秦受都想从后面跑出来将她拉走，可终究还是忍住了。

他想知道一切原由，他想知道，她的心，到底在谁那里。哪怕结果是自己输了，也愿意。

他望着她，她望着里面，两个人，两个目标，都呆呆地望着。好像如果不知道结果，就要那么一直望下去一样。

记不得过去了几个小时，终于看到孔奇从里面出来，并且，牵着一个脸扑满粉，但却看上去已有五十多岁的女人。两个人暧昧地从门口走出，然后女人去开车，孔奇在门口等着。似乎有些冷，他抱紧自己的肩膀，然后来回地望着。

接着，在那么一瞬间，他们四目相对，仿若地火勾动了天雷。然后，同时劈到了三个人的脑海里。

由上至下，由肌肤到内心，每一寸，都不曾逃脱。

对于孔奇来说，虽然懂得早晚有一天会被人揭穿，但他却万万没有想到，会被她看到。

对于落落来讲，哪怕早就知道会有这么一回事，却宁愿谣言是假的，期盼自己看不到。

秦受虽然知道他们两个人可能再也不能在一起了，却没有一丝一毫的开心，反而，是说不清的难过。

“你怎么来这里了？”孔奇问她。

“你呢！不给我一个解释吗？”李落落对他讲。

“还有什么要解释的呢？你都看到了。”孔奇坦然地回答道，“我又何必弄一些虚假的谎言来欺骗你呢！”

“你是不是还想告诉我，你给我家里的那些钱，也是这么得来的？”她继续问道。

“是。”孔奇叹了一口气，回答她。

“你知道吗？如果你刚才说一句不是，你看错了，我都会用尽一切办法说服自己去相信你。而现在……若是早知道是这样，我宁愿一分钱都不要。而且我对你，一点儿感激都没有了，一点点都没有。哪怕我们曾经有那么深的情感，哪怕我们一起长大，哪怕我们是别人眼中的青梅竹马。在这一刻，都比不上我对你的讨厌，那种从内心里想到你所做的这种职业的讨厌。你知道吗？孔奇，在这个镇里，在这个灯红酒绿的城镇，你丢掉了你自己，你丢掉了你最为宝贝的东西。”李落落生气地对着他大声地呼喊着。

“是，我丢掉了我自己，可我又能怎么办？”孔奇对她怒喊着，“我家里本身就很贫穷你知道的，而且，我看着你一点点地被人抢走，我能不着急吗？你跟秦受在一起为了什么？不也是为了钱吗？他除了是富二代还有什么值得炫耀的啊？我出身比他差我有办法吗？我一直在想，等我有钱了，毕业了，就离开这个城镇，我们重新在一起，过着稳定的生活不好吗？是，我出卖了自己，可这个社会谁会看你的过程，人们所看的，都只是你最后的风光。”

雨水一点点地在两个人中间流着，雨渐渐下大了，很快，他们连看对方都模糊起来。唯独声音，在寒冷的夜晚中传递着。

“你错了，我不否认我和他在一起是因为他有钱，这是一点原因，可更重要的，是他爱我。他让我明白了什么是真正的恋爱。哪怕一开始我不爱他，但最起码，我会觉得踏实，哪怕他有那么多缺点，他可以慢慢地为我去改，这一点，是人的本性，无论有钱没钱都能看得出来。而你，虽然也爱我，可却走上了不该走的道路，这一点，是你的本性，无论因为什么，其实都是因为你没有控制住自己的欲望。而他对我好，真心实意地对我好。慢慢地，我会感动，甚至到现在，到此刻，我确定对他的感情，已变成了爱。对你的爱，也已经变成了过去时。而且，是永永远远地过去了，哪怕想给你机会，自己的内心，都已经不同意了。就是说，再也不爱了。”她不知道是怎样说出最后一句话的，只不过，她说得很坚定。以至于让对面的孔奇疯了一样地向她走来，抓住她疯狂地抱住她，甚至是亲吻。

他控制不住地说:“你是我的，你永远是我的。”无论落落怎么推他，都无济于事。两个人在雨中推搡着，然后都倒在地上。

接着就是孔奇莫名地被人拎起来，然后拳头一点点地打在他的身上。直至将他再次打倒，让雨水不停地淋着。

这一刻，秦受终于控制不住地出来了，只不过心里的滋味确实说不上难过还是开心。开心的是，落落终于爱上了自己，难过的却是，和自己睡在一个屋里两年多的室友，现在竟然堕落成这个样子。

他想打醒他，用尽全力地打醒他，让他明白爱情的意义，让他明白，做人的意义。

在这个过程中，落落一点儿都没有去阻拦，只是在那不停地望着。

雨，不停地下。孔奇躺在地上疯狂地张着嘴，喝着天上的雨水，然后大声呼喊着。

他错了，错得一塌糊涂，可一旦陷入了，却找不到原来的路。他似乎已成为了一个疯子，叫人觉得怜悯，却又不值得同情。

这种情况直至夜总会里一个女人在门口扯着高八度的嗓门喊着：“孔奇你干什么呢？老板都等你半天了！”

听到叫声后，孔奇麻木地站起来，一步步地向远处的车内走去。而依然愤怒的秦受，却准备张开嘴大声骂在那儿叫嚷的女人。

只不过，抬起头：对面那个满脸扑粉的领班，竟然是李桂娥。

透过漆黑的夜以及满天的大雨，他也能清清楚楚地看到，那个人，是自己的母亲。

“砰”的一声，他倒在了地上。

无论李落落怎么叫，他都无法醒来。

10>

整个世界都从此黑暗了吧！

再也看不到一点点的光明存在，不是吗？

第七章　你所不能读懂的寂寞

1>

秦受常常会梦到大片大片的深海中的巨浪，向自己袭来。

一个人沿着某个不熟悉的道路奔跑，然后跑到万丈深渊。

后有海水，前是悬崖。

再无去路，也无抉择。

仅仅是恐慌，不停地恐慌，在绝望中形成无数个大大小小的分子，向自己袭来。然后，在濒临绝望的那一刻，醒来。

阳光，耀眼地袭入眼球。

只是，有那么一瞬间，他似乎看不到整个世界。然后再用力地揉了揉眼睛后，才看到，躺在病床旁边的李落落，以及床边那不停地滴答滴答的声音。

他轻轻地抬起手掌去抚摸她的头发，缓缓地，温馨地，疼爱地。

然后，就再也舍不得离开。

原来爱情就是这样的，从我们相爱的那一刻，就想自己占有，直到彼此都白了头，方能休。

“你醒啦？”被惊醒的李落落揉了揉自己的眼睛问他。

“嗯，我这是在医院吗？”

“对，是我和……”她看了秦受的表情，然后说，“是我和阿姨将你送来的。”

“是吗？她现在在哪儿？”秦受问。

“刚走，看你稳定下来，便离开了。”

“是的，她是该走的，也没有脸面再待在这里。”

“你们就一定要这个样子吗？有什么问题不能好好解决吗？”

“你以为呢！如果换作你是我，看到你母亲在做那个职业，你会怎么样？我想，你可能比我还要过激。而现在，我之所以这样，是已经麻木了。她一定跟你说她这么多年吃了多少苦吧！还鼻涕一把泪一把的。所以说，女人，都是感情骗子。有些女人会用软弱来博取别人的同情，也有些女人会利用男朋友对她的信任，欺骗说晚上有事，然后去看前男友。你说，我说的对吗，李落落？”他望向她，一字一句地说道。

“不是这样的，你听我解释。”

“不用解释了。”秦受打断她，“你有你的过去，我不想问，就好像我也有我的过去一样。这些都已经不重要了。我和你说这些，只是因为我相信你，我听到了你昨晚的那些话，没怪你，我也很心疼他。只是，很多时候，下坡容易上坡难。他陷入那种境地很难走出了，就好像我的母亲，很难再出来了。我很感谢你爱上了我，这证明我这么多天的努力没有白费。既然如此，忘掉过去把！落落，忘掉所有的不安与难过，忘掉不开心，忘掉他，我们在一起好吗？我会好好对你，再也不出去花天酒地，再也不出去胡扯。只因你爱我，我也爱你，那么，我们就拿生命去爱彼此，好不好？”

他们两个人在医院里相互对望，然后相拥。

就是这样吧！在这段初春的季节里，在这万物复苏的时光里。

两个人，相遇，相恋，在一起。

过去，已是过往。

未来，不敢想象。

会不会一直这般走下去呢？以爱的名义，两个人不离不弃地坚守着，无论是前方惊涛骇浪，还是布满荆棘，也不离？

会吗？

2>

夏天下飞机的时候，余未言早已在出站口等待。

虽然只是十几天没见，但对于热恋中的他来说，却度日如年。他高兴地从夏天手中接过行李，然后递上了两盒她爱吃的双皮奶。

一盒里有红豆，一盒没有。

在回去的大巴上，他说：“知道你爱吃双皮奶，但不知道你喜欢哪种口味的，所以就一样买一盒。你尝尝，快尝尝。喜欢哪种以后买给你吃。”

他一边说着，一边用卫生纸擦着手上洒落的双皮奶，那是来时坐大巴一路颠簸的，现在已经变得黏黏的。

夏天将两盒都吃完后，吧唧吧唧嘴说：“没红豆的好吃，因为能吃到纯奶香。”

“好嘞，小贱贱收到。”看到她都吃完，余未言屁颠屁颠地在一旁乐着。

“在好远的地方买的吧！咱家那儿都没有。”

“还好吧！一个多小时公交而已。就是在坐大巴的时候洒了好多，让你少吃了好几口。”

“傻瓜，这算什么啊？计较这些干什么？”

“没有啊！我只是觉得你喜欢吃，让你少吃一口都对不起你。你看，你和我在一起这么久了，山珍海味没让你吃上，但这些，无论多少，我都想让你吃个够，要不然你多委屈。”

“你啊！”夏天一边用湿巾擦着他的手，一边说道，“我喜欢的很多时候不是这个东西的味道，而是你对我的好。只是，就是不知道，你会这样对我到多久。”

“哎呀呀，我的夏主子，你为什么每次都担心这个呢！我都不知道该怎么办了，恨不得立马把心给你挖出来看看。时间啊！时间会证明一切的，而我，也会一直这么对你好的。”

“希望我对你的这场赌注不要输了才好，我的小贱贱。毕竟我年龄在这儿呢！输不起。”夏天给他擦完手后望向他。

“主子，也请你相信，不管别人怎么不看好我们，我都会对你一如既往，而你其实在做一场有赢无输的赌局。”

他握住夏天的手，望着她。好久没见，表面似乎有些陌生，但内心却是那么地熟悉。

只因他内心里一直都在深深地想念她，每一分每一秒，在没有她的日子里，都那么漫长。

仿佛喃喃自语，又仿佛是在坚定自己的信念，他望着她，又重复了一句。

“真的，这一场，我定不会让你输。哪怕有一天，我粉身碎骨，也一定会让你赢。”

窗外的雨水哗啦啦地下着，夏季似乎真的就这么到来了。

那些曾经年少时所说过的幼稚话，

那些不被人看好的爱情故事，

其实，都会在时光中形成一道最深最疼的伤疤，

永远都不会忘记，一直被藏在心底。

只是一句简简单单的我爱你，却要用一辈子来忘记。

哪怕思念是永远地暗无天日，只要有你，也愿意。

哪怕你早已忘了我，哪怕，你并不懂得我的寂寞。

哪怕，你永远都不会知道，我所要给予你的，那份爱。

哪怕，你并不清楚，我对你的那份，情到深处，人孤独。

都没关系。只要你好，我便是好的。

3>

包厢门被打开的时候，李桂娥正一脸谄媚地走进来，刚要习惯性地叫着老板，脸上的笑容，却一下子消失不见。

只因，屋子里坐着的，竟然是秦志安——秦受的父亲，那个曾经被她抛弃过的人。

而现在，他已高高在上。

尴尬地愣在那里几秒之后，李桂娥转身就要离开这个是非之地，却被他的一句话停留在那儿。

“想走吗？来这里就是客，顾客就是上帝，怎么，你想得罪上帝吗？”

“哪有。”李桂娥立马露出一副笑脸，“只是不知道您喜欢什么样的，我出去给您找一找。”

“不用了，就你吧！坐这儿。”他拍了拍身旁的沙发说。

“别啊秦老板，我这么老，怎么能让您喜欢，我还是……”

“坐这里。”他再次拍了拍沙发说，“要不然就不这样和你说话了，你们这儿老板我也挺熟的，我直接到他那里喝茶好不好？”虽是一模一样的语气，却是另外一种气势，让她无法拒绝。

“好吧！”李桂娥一副破罐子破摔的样子走了过去，坐在沙发上，“你无非就是来羞辱我看我笑话的，想怎么样，说吧！”

“你还好吗？”他问。

“你看呢！觉得我还好吗？”

“也是，这么多年不见了，你竟然没怎么见老。”

“得了吧！这都是电视上多老土的情节，你忽悠别人去还可以，到这里来和我说这些，你觉得我怎么能相信？你来到底想做什么，直接说吧！我真的很忙。”

李桂娥猜不透他到底要干什么，直到她快要不耐烦的时候，他才缓缓地开了口。

“你要是过得不好，就跟我回去吧！回到有我、还有儿子的那个家，我们一家三口好好过日子，你看好不好？”

李桂娥像是看精神病人一样地看着他：“你没吃错药吧！”她问。

“你觉得我像是吃错药的吗？”秦志安看向她，一脸微笑。

“那你图什么，你现在已经高高在上了，要什么样的女人没有，各种各样的美女，只要你高兴，便都会来，而你让我重新回到你那儿，图的什么？”

"图孩子需要一个母亲，而我，需要你。"

"需要我什么？我现在这样回去不给你丢人吗？"

"我们过我们的日子，在乎那些闲言碎语做什么！"他突然大声地说，"十几年了，我一直在等你。我也不清楚为何对你这般迷恋，当初你走之后，我也谈不上恨，只是告诉自己，一定要成功。而我所做的一切，其实都是在等待，等待若有一天你回到我这边，我有能力，让你不再走。我就一直努力着去奋斗，这期间吃了好多苦，受过好多磨难，不过这都不必细说。只因想到你，我便有动力去做任何事；只因想到你，我便坚强起来；只因想到你，我就会觉得生活中有种寄托。"

秦志安越说越激动，以至于人到中年的他竟然流出了眼泪。

他说："桂娥，我不知道为什么，就这样爱上你了。哪怕两个人分开比聚首还要长，这么多年来，我也一直都在等。爱情这东西真的好莫名其妙。所以，请你跟我走吧！当初让你吃苦，现在，我什么都有了，你会过最好的生活。你会拥有一切。所以，回来吧！回到我们这个家来。只有你、我，还有孩子，我们三个在一起，家才能称得上一个完美的家。"

"你就不怕我哪天再次离开？"李桂娥对他说。

"那么我就再等，你想走就走，想回来就回来。"

她被他望着，那一刻，突然有一种悔恨，在她心里，不停地燃烧着。

虚荣，浮华，这些女人的本性，曾经都在她身上一点点地体现，她受不了苦，所以一直在外面靠男人维持着自己的生活。

可她终究还是个女人，需要一个家。她想跟秦志安走，却羞愧得不敢抬头。

然后，她就看着秦志安拉着她的手，将她拉起，打开门，两个人向外行走。

灯红酒绿的生活，搔首弄姿的地方，这些，从此以后再也和她无关了吧！

他接受她的一切，这么多年一直在等，这，就是爱吗？

每一天都会梦到她在身边，这种度日如年的思念，就是爱吗？

每一次醒来，都会对着寂寞的黑夜发呆，这就是爱吗？

那些曾经别人不信任的相守，相望，等待，现在他都做到了，这就是爱吗？

那么多的难过，那么多年日日夜夜的等待，除了当事人，又有谁清楚？

还好，这么多年，你依然回到了我身边。

让寒冷变温暖，让冬天变春天。让思念变相守，让等待变相牵。

那么，我们再也不要分开了。

那么，很庆幸我老的时候，依然有你在我身旁。

那么，我们就一直等到彼此死亡的那一刻，永不弃。

而我，所能给你的，只是执子之手，与子偕老，仅此而已。

4>

两个人在一起久了，必须要考虑到很多问题。生活，并不是简单的情爱，并不是嘴上的甜言蜜语，至死不渝。

而是，要落实到柴米油盐酱醋茶上，这些一点点从细节到微末的东西。

那个时候的夏天，知道余未言是学生，所以，总会千方百计地以各种方法为他节省。例如，两个人在外面吃饭的时候，几乎不会点超过一百元的菜。这样，他既能消费得起，也不会让生活太过于困窘。

可即使如此，有的时候，余未言还是无法承付得起。

她是个好女人，虽然已经为他考虑了很多，可毕竟以前大手大脚惯了，无论怎么样节省，她都会有一些零散的小习惯。而余未言每个月只有八百多块的生活费。除了他自己的必要花销外，那些夏天所遗留下的小习惯也让他很为难。

时间久了，他会越来越卑微，哪怕这一切不是他的错，不是夏天的错，只因年龄差距在这儿。他二十岁无法做到别人三十岁的成果。以至于当偶尔夏天回来和他说单位某某某又买了什么给他女朋友，单位某某某又挣了什么钱的时候，他总会在心里暗暗地告诉自己，终有一天，要和他们一样，给夏天最好的生活，无论是物质上的，还是精神上的，都要给她最好的。哪怕夏天从不和他提起，他依然清楚，她想要一些奢侈品，甚至可以出门不用和他坐公交，想要生活稳定一些，有个安稳的家。

这些，其实是每个女人都想要的，她也不例外。只不过，她隐藏得很好，因为她知道余未言对自己好，而那些，早晚有一天，也都会有的。

可是，早晚会是多早和多晚呢?

偶尔要看一场电影吧！如果回去晚了要打车吧！周末可以出去散散心吃点东西吧！女人需要逛逛商店买些换季的衣服吧！等等等等。

哪怕夏天已经很少去看电影，出门就是坐公交车，吃东西从不挑贵的，和他在一起逛街也从来没买过衣服。

可他依然很窘迫，那个时候学校的课程总是很忙，连做兼职的时间都没有，稿费又迟迟都不发。以至于常常地，他身上只有几块钱而已。

即使如此，他也是快乐的。

那个时候，年少的他，虽然意识到金钱的重要性，却没有认真地去体会，以至于，常常会活在美好的幻想当中。

例如，每天早上起来变样子给她买早餐。

例如，每周给她买一朵玫瑰花。

例如，每天回家第一件事就是把她脱下的袜子洗掉晒好。

例如，每当惹她生气的时候任打任骂任埋怨。

他总是会想，熬一熬就好了，等自己明年大四了，熬过去就没事了，只要自己努力对她好，她也会明白。

可事实是，她真的明白，以至于好多东西自己其实很喜欢，哪怕看到了也不要，但终究还是控制不了那种想买的欲望，一个人偷偷地买了。

就好像，突然有一天，她在他洗碗的时候对他说："如果我说我今天心情莫名的不好，去花钱了，你会不会在意或者生气？"

"我所在意的只是你为什么会生气，而不是你花了多少钱。"

"你会不会觉得压力好大？"

"为什么？"

"因为我很能花钱啊！你以后会不会害怕养不起我？"

"那先说说你买的是什么吧！"

"你看，是手机。"说着她从手里拿出个苹果4S，那一刻，他一下子愣在了那里。只因她已经有了苹果4。

"挺好的，"余未言一边洗碗一边说，"只要你喜欢就好。"

"我知道你不开心，可我就是控制不住地买了，我就是喜欢。"夏天站在一旁，一边看他洗碗一边嘟着嘴说。

"你想多了。"余未言擦干手上的水，将她拉到椅子上，然后蹲在她身边对她说："别说你现在花的不是我的钱，就算是，我也无话可说。

女人花男人的钱，天经地义，何况，就算不让你花你也控制不了不是吗？我觉得压力大是不假，可那有什么办法呢？如果你不买，你会觉得不开心，你不开心就会觉得委屈不平衡，虽然你会以我对你好为理由安慰自己，可终究还是偶尔会想的，所以啊！我是很不开心，是觉得压力大，可这未必是坏事，压力大，动力也大。也终有一天，你所想要的，我都会买给你。"

"其实……"她看着余未言，欲言又止地说。

"其实什么你说吧！"

"其实 4S 跟 4 比没什么太大的改观，我还在等 5 的出现。"

"这样吧，夏主子，等我这本书写完了，5 上市了，我买给你。"

"真的吗？"夏天吃惊地看着他。

"小贱贱什么时候欺骗过你？"他说。

"那我以后要是喜欢上别的杂七杂八的奢侈品什么的怎么办？"

"小贱贱也不能总是学生吧！只要你喜欢，我就去为了这个目标努力。"

"其实我可以控制自己的，我会逐渐努力地去控制。"

"一点点地吧！其实我也是可以赚钱的，我会逐渐努力地去写东西，来拼搏。"

她看着他，觉得自己有好多话语要讲。似乎是感动，似乎是爱，又似乎是恐慌。

他看着她，也有好多话要讲，似乎是压力，也似乎只是想不停地说下去。又似乎，其实只是想那么望着。

两个人彼此，连眼睛都不想眨一下地望着。

只是在相望的一瞬间，好似就确定了永恒。

我爱你，哪怕有着天大的压力也愿意。

我爱你，每一分每一秒，爱你，都胜过爱自己。

5>

好久不见，其实是会陌生的，无论是情侣，还是亲人。

所以，当秦受和父母在一张桌子上吃饭时，终究还有些不适应。虽然他心里已经接受了把她当作自己母亲的事实，可每当看见她的时候，都会想起她曾抛弃过自己，还有曾在那最肮脏的地方，做过那样的职业。

即使秦受再想忘记，心里也依然有那么一个结，系得死死的，解不开。弄得原本应该其乐融融的饭桌,安静得甚至让人觉得有些不正常。

像是电视剧里演的老土桥段一样，两个人的筷子同时夹到了一块菜上。然后秦受将筷子收回，李桂娥夹起后，便放到了他的碗里，并向他微微一笑。

在那一瞬间，他突然有那么一刻感觉到了前所未有的温暖，一口一口地将菜吃下。似乎有些感情终究是断也断不了的，哪怕自己不愿意承认，但她终是自己的母亲，并且为了让父亲高兴，他总是尽量地配合着。

哪怕，显得有些假。

“我吃饱了。”他说完后，便放下筷子回到了自己的房间。

后面，传来了李桂娥的一声叹息，划过空气，到他的耳旁。

“给他一些时间。”秦志安拍了拍她的手说,“我了解这孩子,慢慢地，就会接受你。你要明白，血浓于水，这个亲情，是无论怎样都割舍不掉的。”

“嗯，我知道。”李桂娥将手中的筷子拿起，继续和他吃着。

而屋子里，当秦受躺在床上望着天花板发呆的时候，却不禁想起了小时候，在他最需要母亲的年龄，她跟着另外一个男人残忍地离开了他和父亲的情景。

然后，父亲带着他为了生活开始拼搏。

这么多年，种种苦难，屈辱，现在都漂浮在脑海里，犹如电影片断，在脑海里一一放映。

那个时候真是与父亲相依为命，冷静时想想，其实他对母亲，更多的还是恨。恨她的贪财，恨她抛弃自己和父亲，恨她让自己的童年没有母爱，恨她让自己变得不相信一切女人。恨她的种种。

他越想越难过，刚刚有的温馨，一下子都消失不见。取而代之的，是不停的冰封雪山一样袭来的寒气。

然后，温度降低，不停地变凉，变凉，直至到身体里再也无法承受住的那一刻，他手里的铃声突然响起。

很温暖的和弦，以及那属于他独有的铃声。只是那么一秒，内心里所有的躁动与寒冷，都被融化了。

多年前被女子伤害，留下一辈子的伤疤，多年后，又是一个女子，轻轻地用手为他修复好这块烙印。

原来，从冰冷到火焰，只是一瞬间的事情，从寒冷到温暖，只是眨眼间。

接下来，他面带笑容地说了一声："喂，亲爱的，想我没？"接着听到的，就是电话里喊出的一声："救我……"听起来撕心裂肺的。

然后电话便嘟嘟地被挂断。他仿佛没有听清一样，急忙打过去，然后便是传来的关机声。接着再打，哪怕明明知道是关机还是拨个不停。

一瞬间，慌乱，焦躁，绝望，种种困扰全部进了他的脑海。然后，他就接到了手机短信。

他打开时看到上面写着：

若想救她，就按照我说的做。首先，不用回信息，你只要按照指令做就好了，还有就是一定不许报警。

那一刻，秦受好似刚刚得到温暖的儿童，又一下子跌到了深不见底的寒谷里一样。

冷热交替，害怕至极。

他抱着自己，坐在床沿。呆呆地，望着那个电话。等着下一个信息，来摆弄他的命运。

钟表声，一秒，一秒，滴答，滴答地，流淌着。

6>

周末的时候，余未言和夏天两个人在街道上漫无目的地走着。有的时候，他享受这样的感觉。和最爱的人，在街上散步，现在是这样，三十年后也是这样，可能以后她会比自己先老了，那么就用轮椅推着她在街道上行走。

就是这样地在想象中，并且为之努力着，接着就被一声“哎呀”打断。他看到夏天跑到一个橱窗边，对着里面的那个模特身上所穿的衣服发呆。

“这是Prada新出的限量版衣服，全世界只有那么几套。未言，我们去看看。”夏天说完后就立马飞快地向里面跑去，也不管对方答不答应。

余未言无奈地笑了笑，也跟了进去。

高档奢华的货架，琳琅满目的衣服……这些都是女孩子的最爱，无论夏天多么想掩饰，很多时候，也控制不住自己的情感。

“未言，你看好看吗？”夏天从试衣间里走了出来，对着余未言左摇右摆着。

“嗯，很好看啊！”余未言对她说道。

似乎是注意到了什么。夏天看了看衣服上的标签，上面的那四个零让她的笑容一下子就消失不见了，却在下一秒换成了一副惋惜的神态：“还好吧！我突然觉得不是那么好看，而且，穿着也不是很舒服。还是去别的地方看看吧！”她刚要走进试衣间脱掉衣服，就听见一个嗲嗲的声音从门口处传来对着夏天喊：“老公，我要那个女人身上穿的那一件。”

“好。”一个粗犷的男声从门口传入余未言的耳里。然后就看到一个大腹便便的男子，和一个看起来很会撒娇的女人，一起从门口走进来。

男子走到柜台边，指着夏天对收银员说：“就那件衣服，给我来件一模一样的。”

“对不起。先生，这件衣服是今年的新款，所以卖得很快。我们，也只剩下一件了。”收银小姐很礼貌地对他说。

“宝贝，你看，就一件了。”那个男人对撒娇女说道。

“我不管，我不管，我就要。你看着办吧！”女孩撒娇着。

“哎！”男子无奈地继续问售货员，“你去问下，那个女人买不买，看她的样子磨蹭半天了，也不像能买得起的主儿。不买就让她赶紧换下来。”

这些话，一字一句，清清楚楚地传到了余未言和夏天的耳朵里。那个时候，余未言恨不得像小的时候在作文里写的那样，找个地缝钻进去，然后再也不出来，就那么将自己封闭得死死的。

没等售货员来，就看见夏天走进更衣室，将衣服换下，然后递给售货员：“对不起，这个衣服不适合我，谢谢。”然后她就将还在发呆的余未言拉了出去。

那一刻，现实让他一下子卑微到了极点。他想要钻到比地缝还要深的地下。也许永远不要看到光明，才能让他心里隐隐地减少那些卑微。

“未言，我走累了，我们去休息休息好不好？”

“嗯。”两个人一起走到了街道旁的长凳上，他为她脱下鞋子轻轻地揉捏她的脚。

“多好的空气啊！周末就这样出来走走也挺好的。”夏天说。

“嗯，是啊，呼吸呼吸空气。”

“以后我们一定要经常出来走走，哪怕不走远，就在家楼下附近逛逛也好。”

“好啊！家附近就有个广场，我们没事就可以去坐坐，那儿还每天都有些老年人在跳舞，我们也可以去跳。”

“我才不去呢！都是些老人跳的舞，我不能和他们待在一起，那样会让我也很快变老的。”

“那我们就看着，等我们老了，也去跳。”

“那个时候我就老了，我走路都麻烦了，你还是个健壮小老头。说不定会有很多老太太和你抛媚眼什么的。”

“得了吧！我害怕有别人对你那样呢！我要把你看得紧紧的，时刻都不让你跑掉。然后向所有人说，你是我女人，年轻时候是，老了时候是，一辈子都是。”

“哎呀，你就会说，也不知道真假，好啦。”她抽回脚穿上鞋子，“走吧！去那边坐公交车。”

“不了，夏天，今天你脚不舒服，打车吧！”余未言说道。

“你又有钱了是不？公交车两块，打车二十块呢！”夏天对他嚷嚷着。

“和有钱没钱无关，听我的。”他轻轻地拍了拍夏天的头，严肃地说。

这个时候，刚才那个大腹便便的男子和他那个发嗲的女友也走了过来。只见他两手提满了大包小包的东西笨笨地行走着。

“好好的，车胎怎么爆了？你说这怎么办嘛！”女子一边在旁边走着，一边撒娇个不停。

“我能怎么办啊！打车吧！车先放在这儿，一会儿找人来修。”

“车打到了，走吧！夏天。”余未言走过来叫着夏天，向出租车那儿走去。

突然，就在夏天即将跨入后座的那一刻，那个撒娇的女子，毫不犹豫地将她推倒在地，一屁股坐了上去。

“你们有病吧！”余未言将夏天扶起,对着里面的那个女子喊着,“我们打到的车你干吗上啊！而且还推人呢怎么？”

“可是我先坐上来的。谁叫你们磨磨蹭蹭。”撒娇女说道。

“对不起对不起对不起，”大腹男走过来急忙道歉，然后从衣服口袋里掏出几百块钱硬要递过来，“怪我们，怪我们，我们道歉。”

“我操，你还真以为有钱了不起能买来一切啊！”那一刻，余未言生气得恨不得揍他一顿。

然后，他被夏天拦住，伸手接过钱并且一脸微笑地对大腹男说：“没事，您坐吧！谢谢您的钱。祝您一路顺风。”

“你——”余未言不明所以地看着夏天，看着大腹男上车与那个女子远去。

“我什么我啊！摔了个跟头，赚了几百块钱，多好啊！”

“可你的脚……”余未言望着一瘸一拐的她说。

“哎呀，回去拿热水泡泡，吃两块猪蹄什么都回来了。”

余未言看了看她，然后，转过身，慢慢地蹲下去：“上来，我背你。”

“哎呀，你又抽哪门子疯啊？”夏天说，“街上这么多人呢！”

“别废话，上来，打不到车咱这儿有人力的。舒服，安全。”

“你行吗你？”当夏天趴在他身上的时候，担忧地说道，“你一个文弱书生玩儿什么浪漫啊！”

“行不行试试就知道了。好嘞，发车喽。请坐稳。”余未言背着她站起来，开始向人群中行走着。

“小贱贱。”夏天在他耳旁轻声地叫着他。

“什么事？”

“你会永远这么背着我吗？无论现在我是三十、四十，还是变成五十、六十？”

“就是你一百岁，我也会背着你。”

“你说话算数吗？”

“当然。”他一边气喘吁吁地走着，一边回答着。

“你说的每一句话我都会记得。我都会清清楚楚地记在心里。你要是做不到，我就立马离开你，让你再也找不到。”

“你放心吧！我不会让你有离开我的机会的。”

夏天慢慢地趴在他的后背上，感受着他的气息以及汗味，甚至是那一起一动的颠簸。

“未言。”她在心里喃喃自语地说，“多希望有一天，你的肩膀能为我遮挡所有的风雨，让今天的事，再不发生，让我们的生活变得安稳。”

她想象着，期待着，然后等待着，然后在他背上瞌睡着。

等待，是一个漫长而又心酸的过程。

但是，我愿意等，只希望，这一天，不会太久。

7>

滴答，滴答，滴答。水滴声在耳朵边响个不停。

似乎熟悉得有些陌生，时间，让人们将很多事情都忘记，又让人将很多忘记的事情再次想起。

时间也会改变很多人，哪怕曾经那么相好，说好一辈子不离不弃的人，也可能现在，互为仇敌。说不出原因，道不明真相，只是在时间中，在现实中，那些曾经所相信的，变了质。

“你还记得这里吗？”孔奇对被绑在凳子上的李落落说。

“记得，小学三年级的时候，这个小楼房本来要拆迁，屋子里的住户都要移走，可不知道为什么，却一直空了下去。由于离学校很近，每当放学的时候，你、我还有一些同学，都会被六年级的孩子们欺负，他们将我们拦在这里，吓唬我们，不让回家。没想到，这么多年，一直还在。”

“是啊！想不到你还会记得这些。那个时候每当被关在这里的时候，你还总会哭个不停，然后我就会对你说：‘别怕，我会保护你一辈子。’”

“可你现在是在保护吗？”李落落对将自己绑在这里的孔奇喊，“你到底想要干什么？”

“当然了。”孔奇一边在她周围转悠着，一边说，“我想告诉你谁最爱你啊！我想让你知道，那个禽兽不如的秦受，到底会不会来，我想让你知道，他只是个胆小鬼。我想让你知道，只有我才是对你好的人。”

“孔奇，你怎么变成了这个样子？真不可理喻。”

“是我变了吗？”孔奇犹如发了疯一样地怒喊着，“你我认识十几年了，从小长到大彼此相互依靠，我一直以为能和你在一起一辈子，而现在，你却跟了别人。你跟谁不好，跟了他！我和他在一个寝室两年多，我还不知道他吗？玩女人，富二代，该有的优点一个都没有，缺点却一地，数也数不清，还每天和我称兄道弟，现在，却抢了自己兄弟的女人。你说，怪我吗？十多年的感情啊！一直以来你在我心里都是最重要的，现在，你却要离开我，你叫我怎么能接受得了？”

“我知道他以前不好，我知道。可那又如何呢！他现在为我改变了。而且，我真正能接受他还应该谢谢你，是你变了质，你再也不是曾经的你了，你懂吗？”

李落落和他对望着，两个人就那么看着对方。

“我做的这一切还不都是为了你，是你让我变成今天的这个样子！”孔奇突然控制不住自己，掐住了她的脸，一字一句地说。

“别什么都与我有关系。为了我，你就该放了我，是你在这个地方丢掉了你自己，怪不得任何人。你这么做根本不是爱，只是让我越来越远离你。哪怕今天你不放了我，我也无法再接受你。因为，你变了，因为你堕落了，因为，你肮脏了。孔奇。我们，再也，回不去了。”

“是啊！回不去了。”孔奇突然喃喃自语地说着，“我们再也不是那两个天真无邪的少年了。可我知道，这个世界只有我最爱你，你看，已经过去这么久了，他还没有来，就证明他只是和你玩玩而已。他不敢，他只是个欺骗感情的骗子。”

“那又怎么样呢！我倒是情愿他不来。最起码他不会像你一样，因爱成恨，做出绑架我的事情来。”李落落对他说。

“不过让你失望了。”门口突然传来了一句熟悉的声音，“我来了，并且准备带你走。”

一瞬间，李落落竟然说不出是难过还是高兴。高兴的是，自己期待见到的人，来了，在她需要的时候，会出现在自己身边；而难过的是，她其实心里并不期望他来，哪怕期待见到。也是如此，她不希望他受到伤害，尤其在这样的一场骗局当中。

“你终于来了，”孔奇对他说，“我等你好久了。”

“我一定会来的，你放心。”秦受一点点地向前走着，并且说道，“我来不光是为了她，还有，把你也带走。毕竟咱们两年多的兄弟，我不希望你变成这样。”

“你闭嘴，”孔奇大喊着，并且拿出手中的刀子，指向李落落的脖子，“装什么好人啊在这儿？兄弟？谁和你是兄弟？兄弟还抢我的女人啊！好嘛！兄弟，我的好兄弟，现在这个女人已经在我手里了，你如果再往前一步的话，你信不信，我这刀子，可就真的进去了。”

“你不会的。”秦受依然一点点地向前移着，“你那么爱她，怎么忍心伤害她。”

“这，可不一定哦！”孔奇的刀子慢慢地在李落落的脖子上划了一个小口子。血，流淌了出来。滴答，滴答，滴答的，和房檐上掉落下的流进屋里的雨水混合在一起，化入泥中。

只是这一刻，李落落却一声疼都没喊，只是那么望着秦受，充满信任地望着他。但眼睛里，却早已含满泪水。

“你到底他妈的想要干什么？那是你爱的女人！”秦受大声地喊着。

“我知道，”孔奇说，“这是我爱的女人，但现在我得不到了，就要毁掉她，然后再毁掉我自己，这样我们两个就永远都能在一起了。”他将刀子在手中把玩着，面带微笑地说着，“你永远都得不到她。我要让你看见你所爱的人死在你面前的那种感觉。让你恐慌、后悔、绝望一辈子。这就是代价，抢夺别人女人的代价。”

“一定还有解决的办法的，一定还有的。只要你说，我都答应你。”

秦受恐慌地对他说着，“别冲动。你无非是恨我，恨我夺走了她。所以你有什么事冲我来，只要你放了她。”

“不用，秦受。”李落落开口道，“你错了，他现在已经疯了，所以，他已经不明白什么是爱了，这和你无关。你现在可以报警，让警察来抓他。我就不信他敢弄死我，他能下得了这个手！”

“你的皮肤还是那么好。认识你这么多年，我都没舍得碰，却让他下了手。”

“你放了她，孔奇，你是男人吗？你到底想怎么样？”

“我？”他继续把玩着手里的刀子，然后像妖孽一样说道，“我想要你们永远不能在一起。”

“好，我答应你，你放了她，我就离开她，不见她。”秦受说。

“你真当我傻啊！说说就放了？两个人永远不能在一起的可能性只有一个，那就是，其中一个，死了。你懂吗？”

“那好，如果这样的话，我从这儿跳下去，然后不管结果怎样，你放她走好不好？”秦受走到楼房边缘那里对他说。

“你装什么痴情啊！这才三层，跳下去也未必会怎么样。”孔奇讲。

“那你他妈的到底想怎么样啊？你倒是说话啊！”

“你知道这里是什么地方吗？”孔奇指着远处说。那里，黄昏时的最后一道光射进来，是那么刺眼。

“聂海，你们两个人的家乡。”

“就是这样的一个地方，这样一个城镇，将我们俩生育，以及抚养长大，让我们从小到大都在一起。说是青梅竹马也不过分。我们两个人一起上下学，一起吃学校门口路边的小摊上的零食；一起逃课，一起诉说着心事，然后，在青春期的时光悄悄地恋爱，在一起。打小，我就对自己说，一定要给她最好的生活。所以，小的时候，当我们俩被人拦在这里，我会对她说：‘别怕，有我呢！’初中时，有流氓在校门口调戏她，我朝着那家伙后脑勺就是一砖头；高中的时候，我们恋爱了，我把家里给的午饭钱省下来给她买各种各样的零食，然后自己天天在操场上跑圈饿肚子。那个时候只要看见她，便是幸福的。”

孔奇一边说着一边回忆着。然后他看着李落落，似乎她也想起了很多事情，和他一起陷入沉思当中。

“这样的感情你是不会懂得的，秦受。”孔奇对他讲，“这也不是三言两语能说得清的，我们从小到大两个人在一起那么多年，多少故事，多少回忆，都在这儿呢！所以啊！大学后当我知道她父亲生病的时候，我选择去做那份职业，也是想能给她解决一些问题。只为对得起儿时的那句‘别怕，有我呢’是的，我就想告诉她，有我呢！哪怕我知道爱变质了，回不来了，也愿意。可是，你知道吗？爱情是这个世界上最混蛋的东西，我有的时候想，放手吧！我真的不适合她了，可我解不开这个结，我过不了自己心里的这道坎儿。我为了她付出这么多，一定是要她和我在一起的，要不然我会疯掉，我一定会彻底疯掉，与其如此，一个人疯掉不如两个人灭亡，你们说我混蛋也好，说我变态也好，我得不到就要毁掉，和我一起毁掉。”

孔奇越说越冲动，以至于一下子走到李落落身旁，恨不得要把刀子插入她的咽喉。

然后，就看到李落落一下子站起来，笨笨地撞了他一下。可是由于带着凳子，终究还是摔倒在他身上。这个时候秦受想要跑过来，却早已来不及。

旁边坠落的地方，就是楼层的边缘，他眼看着孔奇抱着李落落就要坠下去。他用尽全力，却只抓住了凳子上的一条腿。

这样，就形成了孔奇带着李落落在空中悬浮着，而秦受在后面抓住凳子上的一个腿，却在一点点地下滑着，眼看就要支撑不住。

“放开她！”秦受说，“你现在垂直落下去，也就两层多一点，不会有任何问题。而她，如果掉下去就是头部向下。你口口声声所说的爱就是这样吗？”

孔奇没有理他，反而对在怀里的落落说：“亲爱的，你有什么话想要讲的吗，你害怕吗？”

“孔奇，我害怕，我很害怕，我非常地害怕，可我不爱你，永远地不爱你。你懂了吗？你根本不懂得爱，所以也谈不上爱我，在你从夜总会出来的那一刻，在你现在将我这般对待的这一刻，我就不爱你了，而对你是鄙夷，憎恨，永远的憎恨，哪怕死在这里也永远不会停止的憎恨。”她不能回头，但却叫了一声：“秦受，谢谢你一直以来给我的这份感情，谢谢你一直对我的好。谢谢你的所有，我知道你支撑不了了，我从这儿下去，也可能就离开你了。但是，我很开心，有你一直在我身边。在一起的这些日子从来没有对你说过任何甜言蜜语，现在，请你记得，我爱你。而且，你放心，这份爱再也没有机会给别人了。”

只是这么一句我爱你，伤害的却是两个人，一个爱着，得不到；一个爱着，却可能再也走不到一起。

这个时候的秦受，却不知道说些什么。只是眼角开始流出了泪，一滴，一滴地，滴落在落落的头发上。

然后，就是孔奇那边一用力，秦受再也承受不住，看着两个人，下坠。

只是三层，很快的，一秒都不到。

那一刻，他想全力呼喊却再也没有勇气。

雨忽然哗啦啦地下大了，和下面的血水混合在了一起，还有那无尽的泪，以及他们说不清、道不明的绝望与伤悲。

皆为飞灰，全部飘散。

他开始大声呼喊着，不顾周围任何情况地抱起她，向医院跑去。然后看着她在自己怀里慢慢地，慢慢地微笑着，闭上自己的眼睛。

你可知永远失去你的那种难过?

你可知要用余生来想念你时，会是多么的寂寞?

所以，请不要让我以后一个人靠着想念来生存下去，所以，请你要坚强地，好好地活。

那一刻，他突然觉得，这一生，再也不会有比这更伤悲的绝望了。

而黑夜，趁虚而入，无处躲藏。

8>

夏天在屋子里看电视——《喜羊羊和灰太狼》。这是每晚她必看的动画片。她坐在床上一边吃着零食,一边抖动着双脚晃悠着。一不小心，脚撞到了床板上，她开始哎哟哟地叫着，并且大声喊:“小贱贱你快点。一会儿电视演完了我就睡觉了。不等你了啊！”

“来啦来啦来啦！”余未言急忙从卫生间里跑出来，端着一盆水走到她身旁，放到地下后自己也蹲下，轻轻地将她的脚放到盆子里。

“哎呀，烫。”她脚丫子一下从盆里拿出来嚷嚷着。

“哪有，不烫。”余未言试了试水温说，“我就知道你受不了烫的，特意弄的温水。”他将夏天的脚轻轻地放到盆子里，一点点，一点点地，往上淋水。

“下午呢，已经上过云南白药了，现在给你好好地洗一洗，晚上你睡个好觉。明天你就会变得又和以前一样又蹦又跳还能欺负小贱贱了。”

“怎么，我总欺负你吗？”夏天说道，“你的意思是我很凶呗！”

“没有，是我自愿的，我就贱贱的，贱贱的，想让主子欺负。一天你不打我几下我就浑身难受得慌。”

“你啊！”夏天乐着指着他，“真贱。”

“谢谢主子夸奖，小贱贱就爱对你这么贱。”

“嗯，知道啦！快快洗，快快洗。洗完了我好去睡觉，困死啦！”

“马上了，别催，你看你，哪像个三十岁的女人，还一天这么蹦蹦跳跳的。”

“你看看你啊！哪像个二十岁的男人。”夏天对他说，“胡子那么长，比我还要老。”

“就这样才好，你显得年轻一点，我显得老一点，走在街上，我们是幸福的一对。”

他给她洗着脚，她幸福地享受着，看着他。两个人彼此微笑着，在这夜晚的灯光下，幸福，又美好。

慢慢地，慢慢地，等到洗完的时候，余未言突然说出了一句：“对不起。”

“你说什么？”夏天没有听清地问。

“我说，对不起。”

“又抽哪门子疯啊？你对不起我什么啊？”

他摸着她的脚，一字一句地说着：“我是说，下午的事对不起。对不起没有给你买好看的衣裳，对不起让你跟我在一起受了好多委屈，对不起让那个女人将你推倒在地，对不起让你没车回来让你脚肿成这个样子。我很难过，是我没有能力，才让你这个样子。”他将她的脚放在怀里，喃喃自语地说着。

“好啦！小贱贱。”她拍了拍他的肩膀，“我知道你对我好就够了，而我们也早晚有一天会很有钱的，因为我相信你。只不过，再也不要因为这些事情而难过了。努力去学习，去工作，等你强大后，那些人就不会再欺负你了。而我，也再不会被人推倒在地。去把水倒掉吧！然后早点睡觉。明天，又是新的一天。我们加油就好了。”

“嗯。”余未言点点头，将水倒掉后准备睡觉，在关上灯的时候，手机却响了起来。

“谁啊？”他皱皱眉，这么晚还打来电话。拿起电话，上面显示的名字是秦受。按住接听键后，就听对面颤抖地说了一句：“未言，快来。我在聂海。”

“怎么了？”已经躺在被窝里的夏天问他，“这么晚谁找你？”

“是秦受。”余未言答道，“他在聂海，出事了。”

9>

在一路的颠簸中迎来了黎明，车在青耳启程，在聂海停止。一路上两个人都没有说多少话。他只是将她轻轻地搂在身旁，让她安睡，直到下车的时候，才将她叫醒。

两个人打车去医院，小镇的物价很便宜，打车费五块钱，从南走到北。然后,便是绝望一般的肃静以及深深的压抑感进入两个人的心底。

在急救室旁，余未言见到了秦受，还有李落落的父母。

看来她父亲的病情已经基本上好得差不多了，要不然，也不会告诉他。

她母亲在一旁哭哭啼啼的，然后每隔几分钟就会控制不住地向秦受打去，没有理由地，只是莫名地埋怨。说他害了自己的女儿，说他影响了她的幸福生活等等，直到医生来警告他们才停止。

生活，原本就是一个坑人的东西。

秦受蜷缩在角落里，直到余未言和夏天到来，才站起来，然后走到他身边，两个人没有任何过多的语言，只是轻轻地拍了拍对方。

夏天从包里递给他一瓶水，秦受一口气咕咚咕咚地全部喝了下去。

孔奇也没有死，一个钉子扎进了他腿里，在没有人注意到他的时候，他一瘸一拐地跑掉了。

急救室里的灯一直在亮着，牵扯着所有人的心。偶尔能看到一两个大夫进去出来，却得不到一点点消息。无论是好的，还是坏的。

时间，一分一秒地，滴答，滴答……

当灯光暗下来的时候，所有人都瞪大眼睛望着里面，然后，就看到李落落被插满了氧气罩推了出来，还有各种仪器在她身上。

李母哭叫个不停，也不见她醒来。所有的人都着急地看着李落落，唯独余未言还算清醒，问大夫："她怎么样了？"

大夫看了看他说："你是病人家属？"

余未言看了看李母，发现她依然在那儿哭个不停，早已没有了正常的行为意识。然后，李父向大夫点了点头，便说道："我们都是，你说吧！"

"患者的大脑皮层功能受到了严重损害，受害者处于不可逆的深昏迷状态，并且丧失了意识活动，但皮质下中枢可维持自主呼吸运动和心跳，还有就是……"

"等等大夫，"余未言突然打断他说，"你说的这些，对我们来讲，太深奥了，能简单点说明吗？就是，她现在脱离危险没？"

"脱离了。"大夫说。

所有人都长长地呼了一口气，无论是秦受还是在一旁看着的李父，李母更是在那儿谢天谢地的。

“不过由于她从高处掉下来的时候脑部受到了重击，很可能一辈子都醒不过来了。”

“你说什么？醒不过来了是什么意思？”夏天问。

“就是我们通常讲的，植物人。你们做好打持久战的准备吧！”

身后的那几个人，呆呆地，愣在那里。

“大夫，这不是偶像剧，你能不能别说这些老土的情节？”余未言又愣在那里说。

“你觉得我像和你们开玩笑吗？”大夫说完这些，便离开了。

然后，是无休止的哭声。所有人都看着李母坐在地上不停地拍打着地面。好久，李父终于忍受不住喊了一声：“哭什么哭？只是动不了，又不是死亡！说不定哪一天她就会醒来，我们现在能做的，就是好好照顾她。而不是在这里撒丫子哭。有什么用！”

李父一直是家里的脊梁骨，李父的话语，让李母从大声的哭嚎变成了小声的抽泣，也帮所有人打了一针强心剂。

“叔叔，”秦受突然走向李父说，“我没有别的意思，但植物人这个病是个耗费金钱的病，要打持久战，您家的生活条件也不是很好，所以，我想让她出院后，住在我家，我请最好的大夫照顾她。您看可以吗？”

“孩子，我知道这个事情根本不怪你，你也完全没有必要这样。这就算是我们家的劫难吧！而你，应该去寻找更好的生活。”李父看着他说，然后又自言自语道：“想不到辛辛苦苦把孩子从小拉扯大，原本以为大学快毕业了就可以放手享福了，没想到，还要用下半辈子继续照顾她。命啊！操心的命。”

“叔，您相信我，我既然和您女儿是恋爱关系，就一定不是那种遇到事情就跑的人，现在也不是客气的时候，只是希望您答应我这个事，等过几天，您和阿姨都可以住我那儿，如果你们不放心的话。而我，一定会好好照顾她。真的，毕竟这个病需要一个好的环境调养，而您，现在要做两件事：第一，那边有好多需要家属签字的单子，我签不了，您去，没钱和我说，我这儿有；第二，好好照顾自己的身体，万一哪天落落醒了，我希望您身体好好的，让她能看到自己的父母在身旁。好吗？”

李父看了看他：“孩子你说，她会醒吗？”

秦受和他对视了几秒，坚定地说：“相信我，一定会的。”

然后，夏天带着他们两个人去医院那边签着各种手续。

余未言看了看秦受，问道：“你真准备一直照顾她？”

“嗯。”他坚定地答着，“我觉得，这是一个男人应该做的事情，我也知道我没必要这么做，我也知道会有很多困难。可没办法，我就是喜欢她，爱上她，就好像一场劫难一样，在劫难逃。”

“你觉得多久她能醒过来？”

“说实话吗？”秦受看向他。

“嗯。”

“我根本没抱有任何希望，之所以说她能醒过来，只是给叔叔阿姨一个寄托，他们年龄大了，需要靠一个动力活下去，要不然，会撑不住。而那些偶像剧所演的植物人醒过来什么的，我是不会相信的，骗骗小女孩还好。”

“但你要知道，照顾一个植物人要有多少困难，吃喝拉撒不说，还有……”

“我知道。”秦受看向他，并且坚定地说着，“相信我，我做好准备了。所以，作为我的兄弟，请你支持我。”

那一刻，在余未言眼里，秦受再也不是那个不务正业随便胡乱扯淡的富二代；那一刻，他突然觉得，秦受已经成为了一个真正的男人。

从那一刻开始，秦受也要一直忍受着，每天和心爱的人见面，却不能沟通的痛苦。

那一刻，秦受才开始享受真正意义的，情到深处，人孤独。

10>

那一刻，秦受虽然年轻，却早已准备好了和李落落坚定地走下去。

不论多少人阻挠，多少人嘲笑，都无所畏惧，如果前方是万丈深渊，没有路，那么他便趴下去，给她当座桥，为她搭上一条路，让她走。

哪怕是荆棘万丈，哪怕是沼泽深渊，也，不会停止。

就是这样吧！落落，他在心里对自己讲，让我们，一起加油。

第八章　青春年少，终是浮华

1>

那一年，我们曾年轻，我们曾相信爱情；

那一年，我们曾义无反顾，以青春的名义；

那一年，我们曾被伤害过，然后慢慢地走向成熟，从青涩年华，到成熟干练。

只是，很多年以后，当你已有了家，有了爱人与孩子，生活看似圆满或者幸福时，会不会在某一个夜里，安静的时候，突然想到，那个曾经爱自己或者自己爱过的人，现在在做什么？如果当初没因为种种理由和他分开，现在也会很好吧！

很多事情，当初留下了遗憾，会不会一辈子都无法释怀。

所以，哪怕被人不理解，哪怕被人看不懂，有些人也愿意义无反顾地爱下去。

秦受是，余未言也是。

当他和夏天走在聂海县的大街上时，两个人突然觉得，若是余未言以后毕业了，两个人回到类似于家乡这样的一个小镇，不去追寻大城市的繁华与名利，和家里人好好地在一起，踏实地过着一些小日子，未必不是件好事。然后相亲相爱，彼此相扶到终老。只不过，很多时候永远都只是想想而已，和现实不同的是，现实永远是现实，幻想永远是幻想。

那是两条平行线，永远都不可能相交。

“想不到落落的家乡挺安逸的。”余未言说。

“嗯。”

“哎，什么时候你带我去你的家乡看一看？”余未言问她。

“等你差不多什么都稳定的时候，我就带你回去，也让你深入地了解下那个生我养我的地方。”

“好吧！也不知道秦受现在的心情怎么样了，说实话，我开始有些佩服他。”

“他坚持不了多久的。”夏天说。

“为什么？”

“你们啊！还都是因为年轻，想什么就说什么，想什么就做什么，可时间久了，就容易后悔。照顾一个病人哪是那么容易的，吃喝拉撒，样样都要细心，哪一点有问题都不行，这对于他那样娇生惯养的富二代来说，或许一天两天还可以坚持，但一个月两个月呢？一年半载呢？十年八年呢？一辈子呢？他能忍受得了吗？就算他能干得了，他父母能答应吗？他不再结婚生子了吗？对爱情有美好的憧憬是可以的，但是，现实是很残酷的。”

“又有多残酷呢？”余未言问她。

“残酷到再相爱也会有别离，很多美好的幻想，也终究会被现实打击，一点点地，赤裸裸地，毫不犹豫地，毫不保留地，打击。”

“我不信。”余未言说。

“那是因为你还小。”她答道。

“你信了，是因为你已经被这个社会的坏风气所污染了。”余未言对她说，“不管你长得多年轻，心态多么好，可毕竟年龄的现实在这儿呢！接触得多了，就越来越不相信什么爱情、梦想，这些在你们这个年龄段的人都很难相信。唯有现实，赤裸裸的现实，让你们变得同样现实。”他看着她，然后继续说，“当然，这并不怪你，是社会越来越这个样子。可你们却没有想过，你们早已丢掉了你们最原本的初衷。你们变得丢掉了你们自己。那些相信爱情的人会被嘲笑，会被人骂缺心眼，傻子，白痴，神经病。而我和秦受不一样，我们相信爱，信仰爱，并且努力爱，狠狠爱。这种话虽然说起来很肉麻不能让人去信，但是，我们一直努力地去做，无论是他那样的一个富二代，还是我这样的一个贫民小子，我们都在为了这个‘爱’字去努力奋斗着。”

“而和你在一起，选择你，也是如此，我就要在这个别人不敢相信爱的社会风气中，杀出一条血路来。哪怕伤痕累累也在所不惜，哪怕死在这条路上也没有任何怨言。只因，我不想让自己的人生中有这样的遗憾，一个关于感情的遗憾。哪怕有一天你因为年龄的问题等不了，但我努力去争取，去奋斗了，也不会后悔。我这么说，你懂吗？我的夏天？”他看着她，情绪激动地说着。

“你这么做，万一有一天我真的忍受不了压力离开了你怎么办？你想过没有，你一定会受伤的。”她看着他说道。

“那我就认了，真的认命了，只要你好，我怎么样都愿意。”他看着她，坚定地说，“我将青春期最后的爱给了你，所以，决定伤我与否的权利也在你。”

“你会伤害我吗？”他看着她说。

“不是我，而是社会决定这一切，很多事情，不是你我能抉择的。”

两个人相互凝望着。

这犹如一场赌注，他与她的赌注，爱情与现实的赌注，生活与命运的赌注。

生活，原本就是一场战争，虽然没有硝烟，但是，却更加惨烈。

只因，他伤害的是人的内心。熬过来，便为王；失败了，便再也无法翻身。

伤痕累累，体无完肤。

聂海的阳光终于刺眼地照耀到两个人的脸上。

那未知的前方，还有多少困难在等待？

时间，是验证一切的真理。

愿生活安好，爱情安好，一切，安好。

2>

洁白的床单以及高大的落地窗前，阳光顺着窗户照耀着整个屋子。

这是李落落的新栖息地——秦受在家里为她安排的一个住所。在她出院后，就将她搬到了这里。

“你到底想要干什么？这个家是你说了算还是我说了算？”当秦父知道这一切后，便不顾一切地怒吼着。

“您说了算。”秦受说。

“那你为什么把一个已经这个样子的女人弄回家里？”

“不是您说的吗？要是爱了就好好爱，这样才可以。”

“可那个时候她是健康的人，现在她……”

“现在她怎么了？她不是两个眼睛一个鼻子一个嘴巴两个耳朵吗？她和别人有什么不一样吗？”

“现在她成了植物人了，你才20岁，难不成要照顾她一辈子？若是她醒了还好，若是不醒呢？你的路还那么远，难不成你以后还不娶妻生子了？”

“若是以后真的碰上了适合我的人，我会去结婚。但前提是，她必须能接受我的一切，还有，帮我照顾她。”

“你是不是傻了？我怎么就不理解你到底为什么呢？”秦父在那儿大喊着。

“因为我爱她，你不用理解，就好像我永远不理解你为什么能原谅李桂娥一样，你明白吗？”秦受向父亲大喊着，犹如两个人在战争。

没有那么多争吵，没有原本预想的持久战准备，只是一句爱，一句我不能理解你的爱，就好像你不能理解我的爱一样。

爱原本就是不能理解的，但又是共通的。

“爸！”他突然叫道，“请您理解我，就好像我也在努力去理解您一样。我陷入这场爱里了。它犹如一片沼泽，让我出不去。我想好好照顾她，来弥补曾经给她带来的伤害。”

“出去吃饭吧！也不能总你一个人，明天雇几个高护。”秦父说完后便走了出去，只是此时已经说不出是难过还是欣慰。

他心里难过的是，他和自己的儿子，两个人这一生，都注定陷入了所谓的感情沼泽当中，哪怕已经淹没到头顶，也甘愿。

高兴的是，自己的儿子，终于逐渐成长为一个男人，有责任感，有担当，敢面对一切。感情也好，事业也罢，都开始知道肩膀上所扛着担子的重要性。

这是一条路，陷入感情的，不归路。

只因，情到深处，人孤独。

3>

这个地球，不会因为一个人怎么样，就停止转动。所以，无论在前一天晚上经历了什么变故，第二天，人们依然该上学的上学，该上班的上班，只因生活，要继续。

当清晨的闹钟还未响起时，余未言依旧会习惯性地悄悄从床上爬起来，去给夏天买早餐，然后叫她起床，看着她幸福地吃掉，然后自己去上学。日子平稳又安逸，从来没有改变。不同的是，当两个人经历了一些磨难后，开始更加珍惜对方，因为知道在一起的不容易。

“我的天啊！你竟然真和那个小孩子在一起了，还这么久。”好久没见面的蓉蓉对夏天说。

“是啊。怎么了？”

“你是认真的，还是玩玩而已？”

“你看我什么时候玩过？”

“我的天啊！你不会因为一个男人，每天给你一首情诗、任打任骂任埋怨这些小恩小惠，就被他打败了吧？”

“那你还想怎么样啊！在这个社会，找到一个认真对你好的男人，并且拿出百分之二百的真心对你，这不就是一个女人想要的吗？”

“可他才多大？就算现在对你好吧，以后呢？十年二十年呢！当他逐渐从现在的幼稚走向成熟了，当这个社会也将他变得和那些人一样了，那个时候你已经变得老态龙钟，容颜不再了，那个时候如果他将你抛弃了你怎么办？你连哭的权利都没有了，你披头散发，满脸皱纹。而他英气勃发，正值男人最好的时候，在外面花天酒地纸醉金迷，那个时候你还没钱没势，就是死路一条。与其那样，你不如现在趁着相貌出众，找一个经济条件好的男人。哪怕以后他抛弃你了，你还有钱，还不至于很惨。至于什么狗屁爱情啊，得了吧！我信鬼都不信男人。”蓉蓉点燃一根烟对她说道。

“我信啊！”夏天一脸无所谓地说道。

“你是真糊涂了吧！那小子给你灌什么迷魂药了啊！让你这个样子？我敢和你打赌，现在如果有个前凸后翘的女人去诱惑他，他立马受不了就地屈服你信吗？”她一边说道，一边挺了挺自己的胸部，以此来证明，自己就是那个前凸后翘的女人。

“不用赌了，你一定输。”夏天微笑地看着她。

“我靠，老娘还真不信这个邪。”蓉蓉生气地将烟掐灭，然后说，“我就非得要和你赌这一把，谁输了，就请对方吃顿饭，要最贵的。”

“好。”夏天依旧微笑地看着她。

“十顿。”看着她微笑，蓉蓉生气地说着。

“好。”她依旧微笑。

“这次不把你吃破产了我就不是蓉蓉。”一边说着，蓉蓉一边挺了挺自己的胸，来证明自己的身材，并且向夏天示威，这场战争，她一定赢。

而夏天所想的是，只是十顿饭而已，若是赢了，便是赢了；若是输了，又怎么只是十顿饭，而是自己最后所信赖的爱情。

“余未言，我为了你下掉了全部的赌注，也请你，千万不要输。”

你输得起，我输不起。

4>

“小的时候，我总是会被邻居的小朋友嘲笑。那个时候，他们看到了我母亲和别的男人走了，于是就把自己家里家长背后议论的话学过来，用在我的身上。什么你的妈妈跟野男人跑了，什么可怜可悲的孩子，附近所有的人，都用一种悲哀的眼神看着我。那个时候，爸爸开始做生意，没有多少时间管我，以至于我从小都活在自卑中。我对女人有好多的阴影，觉得女人都不是好东西。随着自己逐渐长大了，家里也越来越有钱。身边对我父亲献媚的女人越来越多，这越发增加了我对女人的厌恶。以至于我开始玩弄女人，一个又一个，开始变得麻木不仁，以此来麻醉自己的意识。所有人都觉得我荒诞，是个不学无术的富二代，却没人知道，我生活在一个什么样的家庭下，女人，对我来说，有多么大的阴影。直至遇到你，我才开始觉得，爱情是个很美好的东西。是你，让我一下子从阴霾中走出来。虽然相识的时间并不长，但是，我却很开心。是一种发自肺腑的，说不清道不明的开心，那种每天看到你，就能从心中微笑的开心。所以啊！我努力改变自己的恶习，努力对你好。我幻想着种种对你的好，我幻想着我们的未来。我那个时候所想的，只是一个时间的问题，早晚的，我们会好好的，然后结婚，生子，过上幸福的生活。”

“可是现在，我的落落，你为什么躺在这里呢？你是在考验我吗？你千万不要叫我所有的幻想，都变成永远的幻想啊！”秦受一边用热毛巾给她擦拭着肩膀，一边说着。

这是李落落躺在这里的第十天。这十天来，秦志安为她找了两个看护，可秦受依然不放心。每天只要一睁眼，就来到她身边陪着她，与她聊天，给她擦洗身体。

生活，已将他从毛手毛脚的男孩子逐渐变为一个心细懂得照顾人的男人。他请最好的大夫，隔几天给她检查一次。还有，落落的父母也过来两次，他顺便带他们检查了下身体，以至于让落落的母亲从对他开始的憎恨，变为了现在的愧疚。

而秦受就总是开玩笑地说：“您把我当您女婿不就好了，对自己的女婿，愧疚什么。”

周围的邻居依旧会议论个不停。以前的话题是：“他母亲被人拐跑了，他母亲又回来了。”现在换成了：“家里养了个植物人做儿媳妇。”

流言蜚语，这么多年，都没在他的耳边断过。

秦受仿佛没听见一样，每天只是对着自己所爱的人说话，给她擦拭身体。

他相信她能听到的，哪怕两个人不能沟通，但她也能听到，每天，在另一个沉睡的世界里，听着自己所说的点点滴滴，入梦。

他依赖她，不知从何时起，她已成了自己的全部，哪怕她现在已成这个样子。

他爱着她，哪怕相识的时间这么短，哪怕这份爱不被世人所理解也情愿。

他并不觉得寂寞，因为两个相爱的人，能一直在一起。

从一开始不能接受的躁动，到每天沉浸在自我拯救的边缘。他开始一点一点地沉稳下来，让心态变得健康。

吊瓶里的液体滴答、滴答地进入李落落的身体里。

而秦受，也不知何时开始无声地哭泣起来。眼泪，一滴一滴地掉落在地上。

从落落出事到现在，他从来没有哭过，当着她父母面，当着自己父母面，当着余未言与夏天的面，他都是那么坚强。他让所有人都以为他是乐观的，他是有着坚定信念的，可却没有任何人能理解他的那种难过。

他对自己说："我很好，我很好，可他却依旧很难过。"

他宁愿躺在床上不醒来的那个是自己，他宁愿两个人原本从没相识，他宁愿所有的都只是梦一场，醒来后，她还在自己身边。

可是，不幸终究还是发生了，那个自己最爱的女子，就那么躺在自己的身边，很可能永远无法醒来。

他悲哀，难过，绝望。他犹如一下子就从天堂掉到了地狱，恨不得也嚎啕大哭一场，让自己心里好受一些。

只不过哭泣之后，依旧要站起来，勇敢地行走。

只因，他已在不知不觉间，成为所有人的希望。

在最绝望的时光中，他成为了那盏灯。可能并不明亮，但却能照亮前面的方向。

就那么疲惫着吧！又能怎样呢？不是吗？

5>

周末的时候，两个人总是懒洋洋地赖在床上，直到阳光真的晒到屁股上的时候，夏天才被余未言叫起来吃早餐。

"对了，"夏天一边懒洋洋地刷牙，一边含糊不清地说道，"今天蓉蓉要搬家，我要加班，你一会儿去她家看一下，看有什么要帮忙的。"

"哪个蓉蓉？"余未言问她。

“就是，上次你跳钢管舞的时候，坐我旁边的那个。”

“哦，知道了。”他有些不开心地说。

“怎么了，闷闷不乐的？”夏天看他表情不对，问道。

“你能告诉我那个蓉蓉是做什么的吗？我总感觉她妖里妖气的。”

“给一个大老板当小三。”夏天刷完牙后，毫不在意地说着。

“就是不太喜欢和她接触，总觉得不像什么好人。”

“哎呀呀，她做什么的和你我无关不是？只要她对我好不就得了吗？所以啊，对我好的朋友你是不是应该去帮忙？”夏天一边吃着，一边说着。

“好吧！我去。”余未言答应道，“晚上你下班后提前告诉我下，我去接你。我们一起吃饭。”

“嗯，好。”夏天说完后，就拎包准备走出家门。

“站住！”余未言喊道。

“做什么？”夏天不解地问。

“来来来，亲一个，以后每天上班前都要亲一个。”他走过去，对着夏天的嘴唇轻吻一下，然后才放她离开。

“哎呀呀，你真讨厌。不多说了，我去上班，记得去蓉蓉那里帮她干干活。”

“知道啦！”他将夏天送走后，也穿上衣服准备出去。

他知道蓉蓉家的地址，以前曾有一次接夏天的时候去过。有些女孩是他并不想接触的，例如太风姿绰约或者说话没有边际，什么都说的那种。不是他非摆出一副正人君子的样子，只是想避嫌。很多时候，女人都是多疑的，尤其是夏天，每当有一个女孩和他多说一句话时，她都要问个没完没了。所以，时间久了，除了工作他几乎不和身边的女人多说一句话。哪怕开玩笑，也只是适可而止。

唯独这个蓉蓉，因为是夏天的朋友，所以没办法。

余未言依然习惯性地上公交车，然后在公交车上补觉。醒来的时候，刚好到达地点。拨通电话的时候，电话那边传来了句嗲嗲的声音，让他鸡皮疙瘩起了一身。

对方打开门的时候，却让余未言吃了一惊。只见她穿了个超短裙，透视装，身材若隐若现地站在门口，有那么一秒，余未言有些愣在那里。

"进来啊！瞧你那傻样。"

"你不是要搬家吗？"余未言问她。

"是啊！"她指着屋子里的各种大小箱子说，"这不正在收拾吗？"

"那你穿成这个样子，一会儿干活的时候方便吗？"余未言指着她这一身说。

"哦！这个是刚好收拾行李发现的好久没穿的衣服，于是就换上看看还合适不。一会儿当然会换掉的。怎么样，还好看吗？"她一面摆弄着各种造型，一边问余未言。

"嗯，挺好看的。"余未言一边答道，一边将这些箱子往门口整理。

"你先坐会儿，喝口水，不着急。反正搬家公司还没来。"蓉蓉一边将他往沙发上拉，一边倾斜着身体露出她那若隐若现的胸脯。

"哦，好。"他尴尬地坐在那里，不停地搓弄两个手掌心。

"哎呀，干了一小天的活，好热啊！我去洗个澡。等搬家公司来了，咱们再弄，你说好吗？"蓉蓉问他。

"成，你说怎样就怎样吧！"他一边喝着水一边说。

"嗯，那我就不照顾你了啦！"她说完后，就屁股一扭一扭地向浴室走去。

只不过让余未言接受不了的是，她走进浴室后，竟然没有关门。然后，就听见水流下的声音，以及拉链向下拉的声音。

还有，不知是有意还是无意的，她的一件内衣，竟然被随手扔了出来，刚好落在余未言旁边的地上。

“哎呀，未言，”她又在里面继续喊着：“我刚刚进来得匆忙，忘记带浴巾进来了，你帮我拿过来好不好，就在你旁边的沙发上。”

“啊，哦。”反应过来的余未言拿起浴巾走到浴室门口，一下子将浴巾扔到里面。“给你扔到里面了，你自己拿吧！”他回到沙发上说。

过了一会儿，蓉蓉系着浴巾从里面走了出来，长发从她的肩膀披肩而下，肩膀上还有几滴水珠向下流淌着。

“我说你这人怎么这么不爱卫生啊！让你拿个浴巾给我，竟然随手往地下一扔。那地下有多少细菌你知道吗？”她一边说着，一边向余未言走来。

“那个，刚洗完澡，容易感冒，我觉得，你还是多穿件衣服比较好。”余未言看着她说。

哪知道就在这个时候，像所有电影里所演的狗血镜头一样，在行走的过程中，蓉蓉突然脚下一滑就向他倒去，于是余未言条件反射性地站了起来，抱住了她。

那么近的距离，他已经能闻到她的体香，以及看到她胸前一起一伏的喘息状。他开始有些躁动，甚至觉得身体有些发热，甚至连喘气也都有些困难。

接着，就是不知在什么时候，蓉蓉的手已经开始抚摸他的脸，一点点地，将唇迎了上去。

那一刻，他已经控制不住，在他也即将相迎的时候，脑子里，一瞬间，突然想起了夏天，想起了那个每天喊他小贱贱的女子，想起了那个让他在长春为之疯狂的女子，想起了那个和她一起哭、一起笑的女子，想起了那个他说过要永远疼爱她的女子。

于是，余未言便再没有任何犹豫，任何挣扎。他双手一松，只听“哎呀”一声，蓉蓉毫无准备地，倒在了地上。

他没有去扶，而是趁着神志清醒的时候，转身打开门走了出去，然后就是奔跑，不停地奔跑。跑到外面，任由阳光照耀在他身上，他开始大口大口地呼吸，然后莫名地微笑。那一刻，他突然有些佩服自己：佩服自己对爱情的忠贞，佩服自己战胜了女人的诱惑，佩服自己没有违背自己内心最深的，最深的意愿。

而此时的夏天，当她从里面的屋子里走出来的时候，看到蓉蓉坐在沙发上气冲冲地说：“我就没见过对我没有兴趣的男人，我估计你那男朋友不是太监就是一性无能。”

“都不是，他只是一个一直以来真正对我好的男人，他不想背叛自己的承诺而已。所以，即使你再有魅力，他也不会为你心动。”

“那又怎么样，有爱没钱，终是白搭。”

“早晚都会有的，他才二十。当他像别人那样三十岁的时候，也一定什么都会好的。”

“可那个时候你已经四十了。他还会爱你吗？不会被别的女人诱惑走？”

“他今天不也没有被你诱惑到吗？”夏天问她。

“切，反正男人都不靠谱，我不管，我今天为你牺牲这么多，你必须请我吃饭。”

“得了吧！你见了男人就这德行。打赌你都输了，我没让你请吃饭就不错了。”

“那个那个……”蓉蓉正在绞尽脑汁想着怎么赖账时候，夏天突然在那说了一句：“祝福我们吧！蓉蓉。”

就是这么一句祝福吧，突然让蓉蓉愣在了那里。曾几何时，她也有过青春年少；曾几何时，她也想过美丽的爱情；曾几何时，她也一直为了所谓的爱去追逐着。然后，被欺骗，伤害，渐渐开始变得现实甚至是丢失了自己。然后，在她的世界里，爱情开始变成了鄙夷的代名词，唯独金钱，才高高在上。

而现在，她却因一句祝福而想到了自己的青春。如果当初碰到了一个这样的男子肯为她付出一切，现在她也应该结婚生子了吧！也不会像此时这样，不相信爱情，靠做别人的情妇活着。

只可惜，如果，永远都只能是如果；曾经，也永远地成为了曾经。

“祝福你，夏天。”她发自内心地说，“希望你们一切都好。希望在这段不被人看好或者理解的爱情上，你们能走到最后。”

她看着夏天，发自内心地说着。

或许真的是这样，如果有这样一个男人，肯一心一意地对你好，任打任骂任埋怨，并且抵挡得住一切外界的诱惑，那么，你就嫁了吧！

如果你碰到了这样一个男人，那么，就请好好珍惜，一定不要错过。

要用力爱，狠狠爱，努力爱。

执子之手，与子偕老。朝暮相伴，永不分离。

生死相依，永久相随。两心相依，再无离弃。

千万不要像我现在这样，永远也无法体会到拥有爱情的幸福。

千万不要像我现在这样，永远只能享受黑夜里一个人醒来的孤独。

愿你们经受住时光的考验，岁月的变迁。

愿你们的爱，成为这个现实社会最宝贵的一块珍宝。

愿你们，永远地，安好。

6>

新来的高护叫尹雪，一个二十岁左右的姑娘，长得很秀气，是李桂娥看儿子太辛苦给找的。

自从家里有了病人之后，一直紧张的气氛似乎好了很多。偶尔李桂娥看儿子太辛苦，还会亲自去厨房给他熬一碗汤端过来。

生活，就是这样在平淡中延续着，哪怕让人很疲惫，也依然得继续下去。

“你妈妈对你真好。”在一起给李落落擦拭身体的时候，尹雪对秦受说。

“啊！”被别人说自己妈妈好的秦受一下子没有反应过来，然后说道：“是，是啊！不都是这样吗？每个母亲对自己的儿女都会很好的。你呢，你妈妈现在在哪儿？一定也对你很好吧！”

“她？或许吧！她也在这个城市，也应该过得很好。”

“怎么，自己的母亲你还不知道吗？”

“不提了，我似乎也好久没喝过母亲熬给我的汤了，真羡慕你。”尹雪说。

“是吗？那以后李桂娥再做的时候，我叫她给你留一碗。”

“可以吗？真的可以吗？”尹雪眼睛发亮地问。

“当然，只要你帮我照顾好落落，你的什么愿望我都会尽量帮你完成。”

“你对她真好。”尹雪说，“换做任何一个女人，碰到你这样的一个男朋友，都会觉得很满足了。”

“是吗？也不算好吧！若是真的好，也不会让她变成现在这个样子。”秦受低落地说。

“也不能这么想，我一直觉得，人这一生中一定会遇到好多事情，会有好多遗憾发生在每个人的身上，这些东西都是命中注定的，是不可抵挡的，就好像火山喷发，地震海啸，很多时候都是我们无法阻拦的。而我们，只要做到一个人应该做的事情，做到问心无愧，就好了。就算有一些遗憾，但是既然已经发生了，又能有什么办法呢？只有努力地活在当下，让以后不再发生不爽的事情，才是对的。”给落落盖完被子后，她对秦受说了这些话。

“天啊！我真想知道你是什么学校毕业的，竟然能说出这样有哲理的话！”秦受笑着问她。

“我啊！小的时候家里条件不好，所以初中没毕业就上了高护了。这些话都是这么多年在社会飘荡中学来的，我一直觉得，要想学到更多的东西，唯有社会，是最好的老师。它教我们遇到问题要自己解决，渐渐长大，然后成熟，继而坚强。”

“谢谢你，虽然我上了大学，可却并没有你懂的那么多，而且，和你在一起让我心情好了很多。”

“也没有，两个人这样闷的时候说说话，不也挺好的吗？”

“嗯，对了，你男朋友是做什么的？”

“我还单身着呢！一个人多好，自由自在的，想做什么做什么。”

“哦,这样啊！也挺好的。”秦受一下子不知道再找什么话题聊下去，只能尴尬地坐在那里。然后，继续看着躺在床上的落落。

已经一个月了，似乎和一辈子相比，这只是微不足道的一个点，又似乎，对于照顾一个植物病人来说，只是刚刚开始。

只不过，秦受觉得好难过。他难过的不是照顾病人多么劳累，他难过的不是一个人每天对着她喃喃自语有多么苦闷，他难过的只是好难过。

种种理由他心里都清楚，却无法用语言表达得出。他怀念两个人第一次相遇，她递给他毛巾的情景。

他怀念她曾经心里抵触她，晚上一个人跑到卫生间去哭泣。

他怀念她曾经对孔奇说：“我爱上了秦受。”

他怀念曾经和她在一起的每一分每一秒，他也珍惜着现在和她在一起的每一刻。

每天为她擦拭身体，处理大小便。种种困难，都不用再言语。

只是，他无法对人说出的是，他真的好绝望。这么多年，心刚刚为一个女子打开门，就被无情地合上。

那把锁还在，而开锁的人，却不知道会不会再回来。

“你很难过吗？”尹雪在一旁问他。

“啊！什么？”从发呆中缓过神来的秦受说。

“其实谁碰到这样的事都会难过的，你无非也就在别人面前表现得坚强而已，我能感受得到。因为你知道，如果你放弃，就不会再有人抱有希望了。在照顾病人上，你是他们最后的精神支柱。”

“嗯，是的。”秦受摸了摸落落的手说。

“而有你这样的恋人，她也一定是幸福的。”

“是吗？我希望她能够幸福。”

“所以啊，你要更加振作，哪怕你觉得希望很渺茫，也要坚持下去，哪一天她真的醒了，一定希望看到你健健康康地在她身边。”

“谢谢你，我知道了。”秦受微笑地看着她。

在那么一瞬间，原本内心里有很多不开心，突然都消失不见了，秦受心里一直以来所压抑的阴霾，也都消失了。原来，隐藏得最深最坚强的动力，是因为心里有她，希望若是她真的醒来，能看到自己最好的一面。

原来，在不知不觉间，她已成为了自己的全部。

原来，这就是爱一个人的感觉。只要一想到她，无论什么都是甜的。

那种无法用语言来修饰的甜，甜到骨子里的味道，将冰山都融化了。

“出去透透气吧！你待这么久了，我来照顾她。”尹雪对他说。

“嗯，也好，麻烦你了。”他站起来的时候突然觉得大脑里一片空白，然后一下子向后仰去，好在尹雪在旁边扶住了他。

“你啊！坐得太久了，快出去活动活动筋骨。”

“嗯，知道啦！”他看了看落落，准备走出去。却在这个时候，电话响了起来。按了接听键，那边传来了一个熟悉的声音，让他愣在了那里。

那种心里从没停止的憎恨，已经被压抑很久的憎恨，突然被这一个电话，全部挖掘出来。

万千种恶毒肮脏的语言，也无法排泄出的那种恨，一直向外如巨浪一般波涛汹涌地袭来。

你怎么还不去死？

你怎么还活在这个世上？

你怎么还有脸打通我的电话，让我知道你现在的消息？

是想生不如死吗？既然如此，那我满足你。

脸上的微笑一下子化成了冰霜。

最坚固的冰，以及最寒冷的霜。

还有，那带着恨意的，深不见底的绝望。

都在这一刻，爆发……

7>

没有永不休止的恨，又哪来永不放弃的爱？

因爱生恨，才是这个世间最可悲的一件事，是吗？

8>

从外面吃完饭回来后，一进屋，余未言就蹲在地上为夏大脱她的长筒靴。有那么一阵子，他曾抱怨女人的鞋子真麻烦，不好脱，以至于老让夏天弯腰，后来，每当他发现抱怨也没有用，夏天依旧爱穿，于是每天进屋的第一件事，就是蹲在地上给她拽下鞋子，然后让她坐在床上，接着再帮她脱掉袜子拿去洗。

时间久了,这些都已经成为了他生活中的习惯。他愿意这般贱贱地，贱贱地爱着，贱贱地守护这份感情。“喂！主子。”余未言一边在卫生间洗着袜子，一边叫她。

“什么事？”夏天一边吃着水果一边问。

“那个蓉蓉和你联系了吗今天？”他问道。

“没啊！怎么了？你不会没去吧？”她假装惊讶地说。

“去，去了。就是……”他吞吞吐吐地答着。

“就是怎么了？你说啊！别磨磨叽叽的。”

“就是什么都没干，我就回来了。”

“哦！那你吞吞吐吐，一惊一乍的做什么？”夏天心里笑个不停，但还装作不知道一样地说着。

“就是觉得她不是什么好女人。以后，少和她联系好一些。”

“怎么啦？她不会吃你豆腐了吧？”夏天从床上走下来，看着正在卫生间里洗袜子的余未言说道。

“没有，没有。”他把洗完的袜子搭在阳台上，然后坐在椅子上看电视。

“快说，你不许向我隐瞒任何事。”夏天一脸严肃地问他。

“就是我去她家她穿得很少，然后……然后洗完澡后，还倒在了我的身上。”

“接着呢？”夏天问他。

“接着，接着，我就松手将她扔在了地上。一个人跑开了啊！”他窘迫地说。

“你和我说实话。”夏天调戏他一样地问着，“我和蓉蓉，谁身材更好一些？”

“那个那个……”

“说啊！怎么吞吞吐吐的？”夏天问。

“其实没看见，当时都紧张死了。所以就没敢看她，现在也什么都想不起来了。”

“真的假的？”夏天怀疑地问，“有那么个大美女投怀送抱，你还不多看两眼？”

“真的，我不骗你，骗你我王八蛋的。”余未言看夏天怀疑自己，急忙说道，“不管站在我面前的是什么样的女人，我都不看，我只看你一个。”

“那么紧张干什么？我只是问问。”夏天说，“为什么不多看两眼？那可是美女。”

“世界上美女多了，我还都看啊！我是想每天都看你一个，然后两个人踏实地上班、下班，一起吃饭、散步。然后一起相互搂着睡觉，踏踏实实地过着小日子，这才是生活。而那些所谓的美女，与我又有什么关系呢！只不过，那个蓉蓉，你真要离她远一点才好。”

“为什么，她是我朋友。”

“她太随便了,这样的女人你和她在一起久了,很容易把自己也带坏。”

“放心吧！我有分寸，而且，虽然她是随便点，但毕竟对我还是很好的。”

“反正我不喜欢你和她在一起，我也只是好心提醒下你而已。”

“知道啦知道啦！真啰嗦！好啦，我累了，要早点洗洗睡了。对了，我明天又要去长春出差，这几天你乖乖地在学校上课，知道吗？”

“明天啊！什么时候回来？”

“不知道啊！有什么事吗？”

“没有，就是情人节要到了，我长这么大，还没和女朋友过过情人节呢！所以……”

“没有办法嘛！我说了工作第一，等以后你稳定些了，我们永远在一起，不是有很多机会过节吗？”

“好吧！反正和你在一起，我天天都像过节一样。”两个人都洗漱完后,余未言习惯性地关上了灯,然后侧身睡去。但是紧接着就听到“啪”的一声，夏天在后面给了他后背一巴掌。

“你干吗啊？姑奶奶。”他问。

“没有，就是告诉你，不可以背对着我睡觉。”

“哦！知道了。”余未言转过身来对着她，“这样可以了吗？”

“嗯，乖。”她拍了拍他的脸，然后说晚安。

“嗯，晚安。”

良久，夏天突然说了句：“未言，我爱你。”

接着，夏天便感觉到了旁边有隐隐约约的抽泣声，接着便是他再也控制不住地哭泣起来。

这是两个人在一起这么久，她第一次说“我爱你”。

这也是两个人到后来，她唯一一次说的“我爱你”。

就是在这样的一个尘世上，两个人的爱情不被人看好，被外人所嘲弄，可彼此却依旧小心翼翼地守护着。

我一心，疼你，宠你，爱你，从没有一点点的犹豫。我拿出全部的生命来爱你，我把我的世界都给了你。只是期盼有一天能将你感动，得到一句“我爱你”。

就是这样的一句“我爱你”，已挡得住千言万语。

就是这样的一句“我爱你”，让我更有勇气和你在一起。

就是这样的一句“我爱你”，让我再次控制不住自己的哭泣。

就是这样的一句“我爱你”，让我永远不能失去你。

就这样吧！我爱你，你也爱着我，那么让我们靠着彼此，努力地去生活。

“夏天，”他控制不住地抱着她，“我一定会对你更好，给你一个踏实而又稳定的家。请你再等一等，等一等。”

那一刻，他抱着她，突然特别希望时间能停止，停止在这一刹那，甚至能永恒。

那一刻，他希望就这么抱着她幸福地睡下去，以后每天都这么甜蜜。

那一刻，他真的希望这样会是永远。

我们永远在一起。

甚至，比永远还要远。

9>

“如果不是看在落落的面子上，你今天一定是瘸着腿进来，横着走出去。”秦受站在门口对外面的人说。

“我知道，如果不是因为落落，今天你也见不到我。”站在门口回他话的，竟然是孔奇。

“看到她这个样子你想说什么，你不愧疚吗？你口口声声说爱她，结果，却把她害成这个样子！”

“又怎么能不愧疚呢？我对她的爱，丝毫不比你少。可，那又能怎么样呢！”

“怎么样？你他妈的还好意思在我这说怎么样？”秦受对他说道，“你最爱的人，让你弄得一辈子都起不来了，一辈子躺在了这儿。如果不是因为落落曾经爱过你，我现在恨不得揍你一顿然后让警察把你带走，让你一辈子都在监狱里度过。”

“我其实只是想来看一看她，之后，随便你怎么处置。”他说完后，一瘸一拐地从门口穿过，走到落落的床边，看着她躺在上面，眼泪不由得一滴一滴地流了下来，手指情不自禁地伸出来抚摸她的脸庞。

“你别碰她。”秦受伸出手来将他的手打掉，以至于瘸腿的他有些不适应，差点摔倒在地。稳了稳身子后，他向秦受笑了笑，继续伸出手去抚摸她的脸，这一次，秦受再没有阻拦。

“对不起，落落。”他说，“对不起，让你受了这么多的罪。”他边说边跪在了床边。

“对不起，落落。”他说，“我辜负了咱们两个这么多年的感情！”

“对不起，落落。”他说，“我是个王八蛋，求你醒一醒。无论打我，骂我都可以！”

不知道为何，秦受在门口处看着他这个样子，突然有些怜悯他。他觉得他是个可怜的人，走入了感情的误区，哪怕他更可恨，将落落弄成这个样子，其实最可悲的，还是他自己。

他陷入了那种深深的带着恨意的爱中，不可自拔。

他在那不停地说着"对不起"，却不能让自己好受一点点。除了这些，他又能做些什么呢！

他一直将自己带入那种深深的谷里，不愿意出来，连唯一能救赎他的，现在也躺在那里无法醒来。

算是可怜吧，但也必有可恨之处。

他想把孔奇赶走。时间久了，孔奇让他觉得厌烦。

"快走吧！"他走到他身边，秦受看着他依然跪在地上说着"对不起"，就想拉起他。却一下子看到，他的双手，竟然全部按在了落落的脖子上，正狠狠地，狠狠地，掐着。

秦受用尽全身的力气将他拉起，却依旧没有松开他的手。他在那儿疯了一般地喊着："既然那么痛苦，就陪我一起去死吧！你先走，我马上就到。"

然后就是秦受用尽全力地一脚踢在孔奇身上，终于将他踢开。

"落落！"他急忙走过去去试探落落的呼吸。看到她依然完好，就转身毫不留情地将所有的拳头砸在了孔奇的身上。

这么多天来，屈辱、仇恨，以及内心里所压抑的不能说出的苦，现在，都一股脑地像暴雨一样用拳头发泄了出来。

而孔奇，却在墙壁的角落里哭个不停。他大声地叫喊着，犹如疯子一般。

他哭泣，不是因为拳脚的袭击，而是自己的难过，自己走不开那个黑暗的洞穴，依旧越陷越深。

他不停地叫着落落的名字来抵挡自己内心深处的痛苦。他不停地胡乱嚷嚷着来弥补自己的想念以及愧疚。而秦受的拳头却越来越迅速，越来越用力。

终于，一股鲜血，从空中飘落在地。可是秦受发现自己的腿，不知道什么时候被划出了一道口子。再看孔奇，手里已多出了一把尖刀，尖利得在月色下反光。然后，趁着他愣神之际，孔奇跑了出去。

他边跑边嚷嚷着，以至于将其他屋子的人全部吵醒。

所有人都来到了这个屋子，看到了他腿下的伤以及不停滴落的鲜血。

滴答，滴答着，和吊瓶里的液体形成了一样的节奏。

滴答，滴答着，他终于再也忍受不住，当着所有人的面，哭泣起来，泪流成河。

滴答，滴答着，眼泪和血水，混成了最深最深的漩涡。

滴答，滴答着，唯有落落，在那银白色的月光下，安静地睡着。

夜色寂寞，万千难过，又能和谁来说？

那么那么多的绝望，谁又能懂得？

落落。

我多希望你能醒来。

然后，和我一起面对未来的生活。

黑夜，不断地蔓延，蔓延了这个多情，却又伤感的夏天。

思念，穿破了天，却没人能懂得，以及看得见。

10>

如果，所有的如果都只是如果。

希望，也只是希望。

梦境纵使再美好，也终究是梦。

那么，梦醒了，人未在，泪空流。

第九章　开尽梨花春又来

1>

夏天走的第三天，是情人节。

而余未言，也踏上了去长春的火车。

早在一周前，他就订好了玫瑰花，好大的一束，想在情人节那天给她一个惊喜。

然后，她出差了。

似乎所有的计划都没有变化快，现实会将我们预订好的一个又一个梦境打破。在考虑好久之后，他终于决定，带着这束玫瑰，去长春找她。

不知为何，八月的火车依旧那么拥挤，他笨拙地抱着一大束玫瑰在火车车厢里行走着，想找一个坐的位置都没有。

而手，却早已酸痛得不行。甚至连玫瑰花的花枝，也有些变弯。

良久，他才在餐厅里找到一处地方，花了25元，买了一份晚餐，人家才让他坐在那里。

周围所有的人都看向他，在那个夜，在那个情人节的夜，他犹如一个花痴一样，抱着那么大一束玫瑰，去找她。

他想念她，每一分，每一秒，从没停止。

从青耳到长春，火车一直咣当咣当地行驶着。每一下，都撞击着他心里最深处的那份思念。

他从列车员那里借来透明胶，将损坏的地方，一点一点地，黏上。

然后他抚摸着每一朵玫瑰，轻轻在心里对她诉说着思念。然后责怪自己的不小心，将好多玫瑰弄破。哪怕隔壁的女子劝慰他说："不管怎样，有这样一份心，你的女友会感动的。"可他依然有些责怪自己没有保护好这些花，依旧有些小难过。

或许，这些所有小心翼翼的事情，在别人看来都是幼稚的，可笑的。或许很多年后，连他自己也会笑自己的无理取闹，骂自己白痴。

可这就是青春期间的爱恋，那份最纯真，以及用尽全部力气地去爱的爱恋。

如果这次不去好好弥补，如果丢了这次爱恋，可能你就再也不会有这样的一次机会敢去用力爱，狠狠爱了。

他看着窗外的夜色阑珊，然后大口大口地吃着餐车上那难吃的饭，开始问自己："是吗？余未言，她会是你最后的那份纯真爱恋吗？"

一粒米饭哽咽在他喉头里，他狠狠地，狠狠地咽下去。

那一刻，他突然觉得好心酸。不知道是想念，还是这样一场爱情有些让他疲惫。

总之，那种难过，和窗外的夜一样逐渐地蔓延、混合在一起，狠狠地，狠狠地，侵入他的心中，化作万千种说不清道不明的伤痛，在不停地流淌着。

然后，悲伤成河，化成漩涡。

2>

“你啊！这几天不要大幅度地走动，要不然伤口很容易撕裂，会很疼的。落落那儿我会替你照顾好的。你就放心吧！”尹雪替秦受包扎好手上的伤口后说道。

“嗯，知道了。”躺在床上的秦受说。

“你也真是的，把我支走，大半夜的让那个神经病进来。现在怎么样，把自己也伤到了吧！把叔叔阿姨都吓死了，尤其是阿姨，现在还哭个不停。”

“是吗？”他问尹雪，“她很担心我？”

“废话，哪有妈妈不疼自己儿子的。”她对秦受说，“她现在还在那儿给你熬汤呢！说给你补一补，压压惊。”

“这个样子啊！这回我和她说下，熬汤一定有你的份儿。”

“那我就先谢谢你啦！我先去那屋看看落落，你乖乖地在这儿躺着啊！”

“嗯，好。”他微笑着，看着她离开这个屋子，然后脸一下子严肃起来。他本以为，毕竟曾经爱过，或者说一直爱着，所以，哪怕孔奇把落落弄成这个样子，也依旧让他来见一面，然后，孔奇可能会觉得自己错了，就去自首。而且，可能在落落心里，对他还是有感情的吧！所以，秦受也不想让她有遗憾。

只是没想到他依然如此执迷不悟，甚至比以前更疯狂。想到刚才那一瞬间，他现在心里还在后怕。

原来有些人，一旦陷入爱情里，是很难走出来的。那些心理已经扭曲的人，无论怎样，都无法轻易地从里面走出来。

因为他们看不到光，因为他们脑子里，全部都是绝望。

秦受想了一会儿他后，又控制不住地想起了落落，他也很迫切地想知道她现在怎么样，于是就慢慢地走下床，一点一点地，向落落的房间移去。

此时，他又莫名地想起了孔奇，想起他现在每天这么走路，又能跑到哪去呢！自己再也不会给他机会去接近落落了吧？

他顺着墙壁慢慢地走着，然后，在经过厨房的时候，却看到，尹雪，在端着一碗汤大口大口地喝着；而李桂娥，正站在她对面微笑着。

“你来了？”李桂娥看着他，有些不适应地说，“刚好我熬好了汤，看到小雪就给她一碗，正准备让她给你送去呢！”

“啊！让她多喝点儿吧！这几天照顾落落，也辛苦她了，也刚好需要营养。”他看了看两个人，然后开玩笑地说，“你们两个相处得倒不错嘛！要不小雪，你做她干女儿得了。”

原本只是一句玩笑话，不知道为什么两个人却都愣了一下。然后，小雪微笑了一下说：“好啊！那我就一下子飞上枝头变凤凰了。哈哈！”然后就转身走到了门口，“你们母子聊吧！我要去照顾落落了。”

秦受看着尹雪离开，然后对李桂娥说：“她倒是个好女孩，刚才我说的话你倒是可以考虑考虑。”

“啊！是啊！”李桂娥端来一碗汤递给他，然后回应着。在两个人双手相接的时候，他感觉到她的手还有些发抖。

“你怎么了？不舒服吗？”他问。

“有一点儿吧！刚才那个孔奇吓了我一大跳，还把你弄伤了。现在想起来，还是很害怕的。”

“这些事情你以前在夜总会应该总会经历的吧！那地方那么乱。”秦受似乎并不是有心的，只是以往常常用来讥讽她，已经形成了习惯，便随口说了出来，哪怕说出后，连他自己也是后悔的。

“哦，是的。”她尴尬地答着，“可毕竟对象不一样，以往都是一些社会流氓相互惹是生非，和我没多少关系。而现在，是我的亲生儿子，所以，我当然很担忧。”

“其实有个事情我一直埋在心里搞不懂，所以想问问你。”

“什么事？你说吧！”

“当初我遇到你的时候，将你领在家里的老房子那边，也给了你一笔生活费。如果你不太乱花的话，应该也够你维持一段生计的了，但是，为什么你又让我再在那种地方看见你，并且做那个职业？”他问道。

“很简单，我们两个毕竟分开那么久了，我不知道你会什么时候回来再看我，而且，你对我有那么深的敌意，以至于我常常有种如果待下去会坐吃山空的感觉。如果不出去找份工作来维持生计，我不知道该怎么活下去，但是，我又什么都不会，便只能继续做这个行业。我这么说，你懂吗？”

“哦！”秦受只随口应了一下，那么简单，连回答，也是漫不经心的，“既然回来了，就好好过日子吧！别再伤害我父亲了。”他说完后，就转身离开了。

那一刻，站在他后面的李桂娥，觉得自己的孩子依旧还是那么远。哪怕是近在咫尺，却依旧好像远在天边。

她突然想伸出手去抓住他，却又好似想到了什么，马上将手退缩回来。

所有的恐慌，突然在黑夜袭击而来。她开始觉得浑身发痒，像无数只蚂蚁在身上咬着一样。

让自己遍体鳞伤，无处安放。

李桂娥颤颤巍巍地拿出另一个手机，拨打了一个号码。当电话那边响起“喂”的一声的时候，她只说了句:“我要见你。”便挂下了电话。

夜，黑得叫人可怕……

她看着窗外的星星，眼泪开始一滴一滴地流下来。

绝望，一点点地扩散，看不到边缘。

好似万丈深渊，就在自己的眼前，明明知道不该如此，却依旧控制不住自己，想要跳下去。

哪怕，粉身碎骨，也愿意……

3>

八月的长春，似乎是最适合恋爱的季节。

气候宜人，道路两旁也开满了鲜花，马路上人来人往，车流不息。

在出租车上，他看到周围一对对的情侣们幸福地牵着手，幻想着自己见到夏天时，她惊讶的表情，自己也幸福地笑出声来。

鲜花已经零零散散地掉了很多，但依旧开得很妖艳。用不了多久，他和夏天也就会成为外面那一对对牵手的情侣之一。

生活，就是这样的，应该平凡，又幸福着。

他知道她住的宾馆，每次出差，都是那一家。他在前台打听出她的住房号，然后走上去，敲敲门，却没有人开门。于是他便走到楼下，在宾馆的不远处蹲下来，一个人等待。

是的，等待，那是一个幸福，但却又饱受煎熬的词语。

他幻想着见面时是突然走出来吓她一下，还是深情款款地装性感男人。

他不停地想着见面时应该说些什么，然后一句又一句地排练着。

他继续用透明胶笨拙地将花贴在一起。虽然样子很难看，但他依旧高兴地笑着。

然后，电话响起，是夏天打来的，本想接通的他却突然想到，如果接通后夏天问他在哪里，他说在长春的话就没有一点儿惊喜了，如果不说，他还不能对她撒谎。于是便将她的电话挂断，可她却依旧打个不停。

接着再挂断，再打来。直到几次之后，电话终于不再响起，随后就是一个短信声。

"你是想死吗？还是想让我发脾气？不接我电话，你在干什么？"

"糟糕，玩笑开大了。"他急忙拨打过去，接着在接通的时候，没等他说话，电话那边就劈头盖脸地数落个不停。

"你听我解释。夏天，事情是……"

"你不用解释……你知道今天是什么日子吗？你不主动给我打个电话就算了，竟然还敢挂我电话；你挂我电话也就得了，还挂了好几个，你是想死还是不想活？"

"夏天我……"

"你什么你，你这样子会很容易让我胡思乱想，会让我想情人节你到底干什么去了，是不是真的去约会情人了？"

余未言在电话里听她在那边训斥个不停。接着，就听到马路那边传来了熟悉的声音，依旧在那训斥着。训斥的言语和电话里一模一样。

他突然打断她说："夏天你回头。"

"回什么头回头，看鬼啊！"夏天虽然这么说可依旧转过了身，然后，就看见了站在对面的余未言手里捧着一束已经残破不堪的玫瑰站在那里。玫瑰底端，还在不停地滴答，滴答地淌着水。

"我像鬼吗？"余未言笑呵呵地对她说。

“你来为什么不事先告诉我下？”夏天愣在那里。

“告诉你了,还叫惊喜吗？”他抱着玫瑰花,走到她面前说,“对不起，我以后再也不挂你电话了，哪怕有理由都不会，所以你别生气。我来，是想和你一起度过一个情人节，属于我们自己的情人节。这束花是我一周前就已经买好的，现在虽然破了些，但是请你收下。在一起这么久,也没送过你什么东西,我一直很愧疚。我以后一定会更好好地对你，不再让你发任何脾气。好不好？别生气了。”他伸出双手将花递给她，然后深情款款地说着。

“那个……”夏天犹犹豫豫地不肯多说一个字。

“怎么了，你不会真的生气了不肯原谅我吧？”余未言恐慌地说。

“没有,我只是在想,这束花太大太沉了,你能不能帮我搬到房里去。然后，我们再去逛逛公园以及那条小吃街，像我们初相识的那样？”

“是的，像我们初相识的那样。”当两个人走在人来人往的小吃街，走在绿树成荫的南湖公园的时候，夏天突然想：多少年呢！这样的感情你能保持多少年呢，多少年你依旧还能这般爱我，疼我，宠我，就像我们初相识的那样？未言，你又会让我这份幸福持续到永久吗？

又有多少人，在恋爱多少年后，依旧像初相识那样呢！

像初相识那样，我疼你，爱你，宠你。

到我们老去的时候，我依旧如此，只不过，在所有的词语前面，要加个更字。

就是，更疼，更爱，更宠。

只因，在我最落魄的时候你放弃了一切，与我一起，那么，我们在一起后，我只能加倍如此，才不会让你后悔与失落。

“夏天。”他看着身边的她叫着。

“什么事？”

“我爱你。”他说道。

“什么，我没听到。”小吃街人来人往，吵闹得让他们连听到对方的说话声都麻烦。

“我说，我爱你。”他大声地喊着，以至于周围所有的人都向这里望来。

“你有病啊！那么多人呢！”夏天害羞地说。

“那又怎么啦！我对我女朋友说我爱你还有错吗？既然想说为什么要憋在心里这么难受？既然有甜言蜜语，不对自己女朋友说，又对谁说呢！”

“夏天，我爱你。”他再次说出了这三个字。

如果可以，他真想一辈子都这么说。

其实很多时候，说出一句“我爱你”很容易。困难的却是，能否一辈子都对一个人说这三个字。无论你是现在的相貌出众还是以后的皱纹满面，白发苍苍，我依然不吝啬我的甜言蜜语。无论你以后究竟是为我妻还是和别人在一起，若是爱你，无论怎么样都爱你。

只是那样，真的会好难过。

其实一句“我爱你”，真的无法证明，我有多爱你。

又有多爱你，才能永远不停止地，对你说着“我爱你”。

4>

“你会感受到屋子里的光吗？还有那逐渐上升的温度，带着那一点点的希望，逐渐明亮起来？”

秦受一边将屋子里的蜡烛一支支点燃，一边喃喃自语地对着躺在床上的落落说。

“你看，我多幼稚。我这一生都没想过我会玩这样的一个游戏，将屋子里点满蜡烛来哄女孩子开心。而现在，我却沉浸在其中，不能自拔。”他点完后，走到落落旁边握着她的手，“当初看见别人这么做的时候，我还嘲笑他们白痴，而现在，我也这样在一个白痴行列里了。原来爱一个人，是真的愿意为她做一切事的，哪怕被别人嘲笑，也不在乎；原来爱一个人，是真的整个世界里都有她的，哪怕被人误解，也不在乎；原来爱一个人没有任何理由的，哪怕无人懂得，也不在乎。”

他看着满屋子里逐渐变短的蜡烛，哪一支熄灭了，就走过去再添一支点燃，然后仿佛在对她说话，又更近似于喃喃自语一样：“其实我上次这样玩的时候还是在六岁母亲刚刚抛弃我们的时候，那时的我总是被隔壁的邻居嘲笑。爸爸又因为工作忙而没有时间陪我，所以，我就总是一个人在家。有一次，家里的电路不知道为什么坏掉了，我边哭边大声地呼喊着‘爸爸妈妈’，却没有人听见。直到自己在抽屉里点燃了一支蜡烛之后，才觉得有些温暖起来。

“我看着那一闪一闪的光在眼前不停地闪烁着。我莫名地有种踏实的感觉，温暖与光明同时到达了我的世界。赶走暗无天日的黑暗，赶走恐慌。于是我就找来了好多好多的蜡烛将我的屋子全部点亮。就这么一直持续着大概有将近一个月左右，直到某一天我睡着了，一支蜡烛倒掉，差点没将房子点燃，才停止。

“那一天，刚好爸爸回来看到，他告诉我，要成长为一个男人。那个时候，我还不知道什么是真正意义上的男人。我所崇拜的，就是像电影里那些解放军叔叔一样。

“于是，我开始成长，习惯了寂寞。于是，我再也没用过这些蜡烛。

“可现在，落落，当我再次点燃这些，我却愚笨得不知道用什么样的礼物来和你一起度过我们的第一个情人节。所以只能和以往一样，在这不停地诉说，和你回忆我小时候的故事，让你感觉到温暖以及光亮。

“让你在睡梦中，也能感受到我的存在。

“嗯，就是这样吧，我一直在你身边呢！从没离弃，等你醒来。”他拖着那一瘸一拐的腿，满屋子走着，不停地诉说。

蜡烛里映现的光照耀在落落的脸庞上。这些天来，他每天重复着一样的动作：为她擦拭身体，还有不停地诉说。他的生活和以往的花天酒地发生了翻天覆地的变化，单一而又不同，可他却从没厌烦。

对于她能否醒来，他并没有抱着多大的希望。时间久了，仿佛是一种寄托，也形成了一种习惯。他爱着她，宁愿一直照顾着，也毫无怨言。

又有几个人能懂得，这份情到深处的寂寞。

又有谁能明白，他内心深处的那种孤独。

无论多少年后，我依然在你身边，从没离弃。

无论你是健康，富有，贫穷还是疾病，我都与你永不分离。这些话很多人都说过，可真正做到的，又能有几个？

5>

从长春回来后，未言急忙去了一次秦受的家。自从上次分开后，两个人已有好久没见。

未言偶尔还在老师点名的时候去学校上上课，而秦受，却每天都待在家里，成了专职的高级护理。

“你没事吧！怎么弄这么严重？”他看着秦受的腿伤问。

“没事，就是刮了一小下。你呢，你们最近还好？”秦受问他。

“嗯，都挺好的。”

“两个人开心就好,不过,你想过没有,什么时候和家里说这个事情？”

“这个……”

“我是支持你们的，但是，毕竟你们父母还是在那个传统时代长大的人。让他们接受很难的。”

“可早晚都得说啊！”

“对啊！你不说，对你来说一定是个坏事情，而且，对她来说也不公平。”

“我知道。你应该知道的，我家里那两个就是老顽固。”

“是啊！所以你想办法吧！不管怎么样，若是你爱她，那么社会舆论、父母、经济以及好多种因素,都不过是你生命中的一道坎。无论如何,你都会跨过去的。虽然难，但是当你一路走下去的时候，就会觉得很幸福。就好像我现在这样，虽然有些累，但是只要和她在一起，我已经很知足了。而你们，现在生活得既然很好，就要努力去珍惜，排除一切苦难走下去。”

“嗯，我会的。对了，我刚来的时候看到那个小护士不错，人也挺好看的，其实我觉得你应该考虑下，毕竟这样也不知道什么时候是个头。”

“滚吧你。”秦受笑着骂他。似乎这是他这一个多月来，第一次笑出声来，原来只有两个交心的哥们儿，才能无话不谈，也才能让他开心一些。“我哪有心情想这个事情，而且说句难听的，如果今天这里躺的这个人是夏天，你会这么快再找吗？”

“你才滚呢！禽兽不如的秦受。”未言骂着他，然后仔细地想了想说，“不会，不管将来什么样，爱一个人，不会那么轻易忘记。其实，我挺佩服你的，这几个月，就有了这么大的转变。”

“是夸奖吗？不容易，咱俩认识三年了，你第一次夸奖我。对了，晚上叫夏天一起来吃饭吧！好久没见了，可以好好聊一聊。”

“不了，她加班要很晚，我接她后简单吃点就睡觉了。”

“那好吧！对了，你最近经济什么的怎么样。虽然她已经很替你节省了，但是我估计，以你的那点生活费应该不够吧！我给你拿点吧！”秦受说完就从兜里往外掏钱。

“你干什么呢你？”未言拦住他说。

“也没别的意思，我除了有点钱之外什么都没有，估计你肯定有困难。”

“秦受，你要这样我就生气了。”他看着秦受说，“你连这么大的寂寞和苦难都能忍受，而我，只是短暂的经济问题，又能算得了什么呢！再说了，我不能总靠你吧！相信我，没事的。”

“真的？”

“真的。”

“你啊，就撑吧！反正咱俩也不客气，你没钱就和我说。好吧？”

“嗯，我回去了。你也照顾好自己身体。”

“快走吧！别在这儿打扰我们的二人世界。”

未言看了看他，又看了看落落，转身离开。对于此时的秦受来说，他已经完全沉浸于此，他把这称为二人世界。

原来深陷感情深处的人，真的是让人觉得，又嫉妒，又可怜。

对于他来说，落落现在是他的一个梦，一个永远不会醒来的梦。

对于落落来说，或许秦受也是她的一个梦。在那个梦里，他守着她，照顾着她，疼爱着她。

每个人的梦中都有千千万万的美好，却不知道，梦外的那个男女主角，一直在苦苦地等待。

等待，等待，再等待。何时，你才能回来。

6>

“明早你要吃什么？”余未言一边给夏天洗着袜子一边说。

“蛋糕吧！就是米琪店里卖的那个十块钱的小芝士。”夏天在旁边看着他，然后摆弄着手机。

“收到。”

“对了，你今天去秦受那里，落落怎么样？”

“还能怎么样，一直躺在那儿呗。秦受也受伤了，前几天，孔奇跑到那里去看落落，结果把他弄伤了。”

“天啊！我有的时候都不知道秦受这小子在想些什么！明明就应该把孔奇千刀万剐然后送警察局去，怎么还让他去看落落！”

“傻呗。陷入感情当中的人都是傻子。”

“是吗！那你呢？”夏天走过去，从后面抓住他的脖子说，“你傻不傻？”

“我啊！我愿意做这样的傻子。快出去吧！这里湿，万一弄湿了你衣服就不好了。”

“嗯。”夏天出去后，就继续摆弄着她的手机。

“也不知道你那手机有什么好。天天摆弄个不停。”洗完袜子后，余未言问她。

“你不知道，有好多有趣的秘密。例如……”夏天刚要向他展示的时候，手机里传出来了一声QQ“滴滴”的声音。

“例如什么啊？”余未言走过去问她。

“站那儿别动……”夏天突然对他喊了起来，脸色也在一瞬间晴转多云。接着，就是她不停地按动着手指以及QQ滴滴的声音。所伴随的，是她越来越严肃的表情。

“怎么啦你这是？脸跟外面天气似的，说变就变呢？”

“你想知道这个手机有什么功能是吗？”夏天突然一脸笑容说道。但是那个笑，却让人觉得有些恐慌。

“是啊！怎么了？”

“你应该知道我有你的QQ密码吧！”

“是啊，我告诉你的，有什么问题吗？”

“那我就可以随时随地都上你的号，看看你网友都是什么人，对吧？”

“对啊！既然告诉你了，就不怕你知道什么，何况，我也没有什么瞒着你的事。”

“而我这个手机呢！有一个功能就是，只要上过一次你的号，那么以后无论什么人和你说话，包括群内的消息，都能传到我手机里。”

“啊！这个不错。挺高级的，然后呢？”

“都说到这里了，你就没有想对我说的吗？”

“说什么啊！你怎么神经兮兮的？”

“余未言你接着给我装，你过来，看看这是谁在和你聊天。”他接过夏天递过来的手机，一看上面的聊天记录，脑袋一下子就懵了。

因为上面清晰地写着某个女子和自己刚刚的聊天记录。内容是：

“你最近想我吗？”

“我想你了，快回到我身边吧！咱们两个好好生活。”

然后，就再也没有然后了。她用自己的号码和别人说话，来知道他的所有事情。

“你怎么解释这些东西？”夏天问他。

“那个……”

“这个人是谁，你一边口口声声说爱我，一边还和别人甜言蜜语是吗？”

“不是，夏天，你听我说。”未言解释着。

“什么都不用说，你想说什么？继续用花言巧语诉说着你对我的欺骗吗？”她大喊着，一下子让余未言愣在那里。

“你要怎么才能相信我？”

“我不相信你，我只相信眼睛所看到的东西。我只相信那些我亲眼看到的真真儿的东西。现实是，你和一个女子甜言蜜语，被我看到了。”

“那是好久以前的事情了。”

“好久以前你就开始欺骗隐瞒我了是吗？好久以前你就背着我和别人这样了是吗？”夏天越说声音越大，以至于将余未言的话语都掩埋在了她的声音下。

“夏天你别喊，你听我说好吗？”他几乎用恳求的语气对她说。

“我不想听你说，你就是个混蛋，王八蛋，你给我滚。”

“你真的让我走？不给我解释的机会？”

“滚，立刻，马上消失。”夏天指着门外，一字一句地说着。

“好！”余未言看着她，然后站起身，向门外走去。打开门的时候，他回头看着她，然后两个人那么相望着。那一刻，他想起了他曾在长春为了她不停地奔跑，然后一个人倒在地上哭泣；他想起了自己曾为她做蛋糕然后请求她原谅；他想起了自己说好要一辈子疼她宠她爱惜她，任打任骂任埋怨；他想起了自己说哪怕杀出一条血路也要和她在一起。

他想起了种种过往，一点点地袭入他的心里。

所有的过往，都让他控制不住自己的情感。

他知道，如果自己这一脚踏出，那么两个人就真的完了，再也没有继续地完了，彻彻底底地完了，就此而止地完了。

然后，他就那么关上了门。

“砰”的一声，接着就是他又回到夏天身边对她说：“请你听我解释好吗？如果这么走了，我会好难过好难过，我会一辈子都不能原谅自己。我不能失去你，真的不能。夏天，我会告诉你我所有的所有。只求你，别离开我，再也别赶我走！”

那时的夏天，看着站在自己身边的余未言，突然有些哽咽地说：“说吧！我给你五分钟的时间，希望你能说服我。要不然，我们就再见，不，再也不见了。”

余未言看着她，好久，终于说出了一句话：“那个号码，是吴漠然的。”

“你是想告诉我，你们还联系是吗？”

“没有，前一阵子联系过，就是咱们两个总是争吵的那一段时间。”

“然后呢？”

“那一阵子你总是莫名其妙地发脾气，好像我做什么都是错，从早到晚，都是你的抱怨声。那个时候我虽然很爱你，但是，每天这么争吵也终于让我厌烦了。于是某一天，当她在网上和我说话的时候，我就和她简单地聊了聊，她说她和新男朋友分手了，而我，也抱怨了几句和你在一起总是争吵的生活。”

“于是你们就复合了？激情燃烧了？是不是？”

“你知道吗？总是争吵，总是争吵，无论怎样大家都会累的，而且我才 20 岁，你非要拿 30 岁男人的标准来要求我，我会很难过。我就拖拖拉拉地和她聊了几次，也渐渐地想起了她的好。例如我们两个都是一个行业的，如果在一起，一定比一个人拼搏要容易很多。例如她这个小女人永远都不会和我争吵。可不知为何的，在某一天夜里，醒来看到你在我身边的时候，我突然自己好难过。在要抉择的时候，我突然发现，我不能没有你，哪怕你每天都和我发脾气。我害怕失去你，害怕得要死。我害怕没有你时一个人面对空空的大床以及空空的墙壁的滋味，就算以后换了她或者是换了别人，也依然不会让我有和你在一起的感觉；我害怕没有你时一个人的寂寞，哪怕换做别人，也不会有这样的感觉；我害怕没有你时，没有人打我骂我埋怨我，那样我会太孤单，活着太没劲了！

“我或许有种种离开你的理由，你脾气不好，你总是会打我，等等。可却有一点理由，叫我无法离开你。那就是我爱你，这就能战胜一切想离开你的原因。

“是的，夏天。不管你信不信，我爱你，胜过爱自己。”

“你叫我怎么能相信你呢，余未言？”夏天看向他。

“很简单啊！”他拿出她的手机，当着她的面，将吴漠然的号码删除，然后，又打开扩音拨通了她的号码。接着那边就传来了余未言好久没有听到过的声音。

“喂，你好。”

“是我，给你打这个电话只是想告诉你，以后我们再也不要联系了，你过你的日子，我过我的日子，以前的那些事都过去了，现在也没必要再提。而你，已经影响了我正常的感情生活，所以，希望你能照顾好自己，再也不要打扰我。”然后没等对方答复，余未言就挂上了电话。

“这样可以吗？”余未言对她说。

“你总是对你的旧情人这么绝情吗？会不会哪一天，对我也如此？”

“我只是觉得，有些东西该断就应该断了，没有必要藕断丝连的。而且，不是绝情，只是把话说清楚了比较好。而你，是我青春期间的最后一份爱恋，不管你信也好，不信也好，我把相信爱的最后勇气都给了你。以后，不管咱们两个在一起也好，不在一起也好，我都不会忘记你，并且，在你需要时出现。”

“这是你哄女孩的甜言蜜语吗？”

“不，是我给你的一个承诺。”他摸着她的脸继续说道，“夏天，请你相信我。这样的事情，再也不会发生。”接着，就是他手机响起的声音。

“看来对方不放弃，打过来找你了。”

他看了看号码，然后笑着说：“是我妈来找我了，你要检查下吗？”然后，余未言在对方的微笑中，接听了电话。

他刚说了一声：“喂。”然后就是电话那边传来了一句悠悠的声音：“听说，你和一个大你十岁的女人在一起了是吗？”

那一瞬间，他突然愣在了那里，所有该面对的，所有生活中的阻力，哪怕逃避，也都一点点地向他奔来，犹如洪水一样，侵入他的身体。

被水淹没的感觉，好难受。

电话那边的声音很大，足以叫站在一旁的夏天也听得清清楚楚，未言喘息了一口气，答着：“是，我们在一起很久了。”

“你神经不正常了吧！你找一个大你那么多的，你考虑过我们的感受没有？况且大你那么多，无论从哪里来说都不协调，而且以后你毕业了即将创业的时候，她可能已到中年开始生病的年龄了，到那个时候，会成为你的负担的。当你精力正值旺季时，她已经满脸皱纹，到时候你领出去，别人会怎么看？”

“别人怎么看很重要吗？你们为什么总是那么在乎别人呢？”

“废话，这人在社会不都是靠面子活着吗？人人尊重你，给你一份面子，你才能混下去。要不然的话，别人会在背后用口水将你淹没。”

“那又怎么样，为了面子就放弃一切，包括我最相信的感情？”

“什么感情啊！任何感情都抵不过现实的苦难以及时间的摧残，在社会面前，任何感情都是一文不值的。”

“你不能用你们的社会经验来教育我，那是不对的。”

“我是你妈，我还能害你吗？”

“可你已经在害我了。”

“随便你怎么想吧！给你打电话只是想告诉你，如果你要是和她在一起，就再也别回来，永远不要回这个家，就这么简单。”

“你不能不讲道理。”

“你说对了，我就是这么不讲道理，你看着办吧！”说完后，就挂断了电话，电话那边，传来了永无休止的嘟嘟声。

这就是所谓的福无双至，祸不单行吗？

不知道什么时候，夏天已走到了他的身边。

“你妈妈的嗓门真大，我都听到了。”

“哦，是啊，没事的，一些小问题。”

“原来你家里人还不知道我，两个人恋爱这么久了，家长都不知道，还算小问题吗？”夏天问他。

“不是，我只是还没准备好怎么对家里人说。”

“那你就准备一直这么拖着，拖到什么时候才是个头？”

“也没拖着，这不都知道了吗？”

“然后呢！你家里不同意怎么办？”

“不会不同意的，现在不同意只是他们接受不了，毕竟现实年龄因素在这儿呢！慢慢地，他们就会改变态度。”

“算了吧，余未言。”夏天说，“你听听你妈妈在电话里那个嗓门大的，都快把你吃了，连我站那么远都把所有的话听得一清二楚。”

"那又怎么样呢！她发她的脾气，我们该在一起还在一起。慢慢地，她就会接受了啊！"

"我不想让别人说我破坏你们母子的感情你懂吗？我有好多顾虑好多担忧，今天都一一变成现实在我面前出现了：在感情上你对我的忠贞，还有，家庭的阻拦，社会的因素，现在这些问题都一一出现了。我早就不应该相信你的甜言蜜语，现在，却又是伤害了自己。我突然好难过，余未言，我好难过。我一直以来那么信任你，那么相信你，从一开始的小心翼翼到现在将自己全部给了你，并且开始毫不保留地爱上了你，可现在呢？你将我对你的感情全部都变成了伤害，你彻彻底底地，完全伤害了我。

"你有种种不好的小坏毛病我都可以容忍，可你现在欺骗我，隐瞒我，这让我好难过。你知道吗？我现在甚至有种喘不过气来的感觉。"

夏天说着说着，就控制不住自己的眼泪，哭泣了起来，然后一个人跑到阳台，大声地抽噎起来。

"夏天，你听我说。"

"你滚蛋。"夏天推开他说道。然后从桌子上打开原准备邮给家里的一包烟，吸吮着。

"你干什么？"余未言急忙抢下来说。

"用不着你管。"她大力地吸吮着，对着窗外的星空发呆。然后就是余未言也同样点燃一根，两人在这样的黑夜中，在无尽的夜色中对望着。

"我们，分手吧！"夏天突然说道。

"为什么？"余未言着急地问她。

"我们在一起有好多问题，心理上的，生理上的，你也让我看不到希望。虽然你已经很努力，可毕竟和我这个年龄阶段的人相差很多。

有的时候和同龄的女人比，她们的男朋友会给她们买好多东西，而你，我已经很为你节省了，你有的时候却依然很贫穷，而且，这么久了一直如此。当然，我知道这不怪你，你毕竟是个学生，无法在20岁做到30岁人该做到的事情，可我心里会有落差。我是个女人，会有和别人相比较的心理。而且今天别人一直说的很多种担忧,现在都变成了现实。我真的害怕,彻彻底底完完全全地害怕了,我害怕现在这几年我跟着你，等到我老了，皱纹满脸了，你就甩了我不要我了，那么我就彻底地完蛋了你懂吗？”夏天对着他讲。

“你让我变得恐慌，对这份感情恐慌，对爱情恐慌，对你，恐慌。甚至是绝望，你懂吗？”

“可我一直在努力了！我真的，我一点儿隐瞒或者欺骗你的心都没有，而且我不会背叛你。”

“那又怎样呢！我眼看着明年三月份结婚无望，你是一个单纯的学生，可我想要的是一个家，一个能给我安稳妥贴的家的人。这些你不能给我，现在，你连对感情忠贞，或者是认真都不能给我，你能叫我怎么做？”

“我说了很多遍，我不会背弃你，你怎么就不相信？”余未言对她喊着。

“你叫我怎么相信？”夏天大口大口地抽着烟，然后咳嗽着，“你现在说话就跟我嘴里抽的这根烟一样。烟抽了，除了飘一阵烟，就什么痕迹都没了。”

“怎么没痕迹？”余未言喊，“怎么会？你怎么不相信我！你究竟怎样才能相信我？”他突然疯狂地吸着烟，然后胡乱地说着，在烟直到烟尾的时候，他抓起烟，突然向自己的肩膀上狠狠地按了下去，一瞬间，胳膊上便多了一朵烟花，绚丽而又残忍。接着又按下去，肩膀上便又多了一朵，然后，再按下去……

直到夏天看到他在这么做，一下子将烟头抢过来扔在地上，叫嚷着："你在干什么？"

"我小的时候吧！每当看到哪个男人身上有烟花的时候，我都觉得很傻。"未言说，"我觉得他们都是坏人，才会在身上留这样的东西去吓唬别人。而现在，当我陷入这场感情的劫难当中才明白，原来，这一瞬间的冲动，只是想为了纪念一个名叫爱情的东西，一个名叫永远的永恒。原来多年以后，我也成了年少时自己最讨厌的那种人。"

他看着夏天，继续说道："你总是说我欺骗你，你总是说多年以后我忘了你，那么现在，应该都不会忘记了吧！你笑我幼稚也好，冲动也好，傻也好。可以后每当我夜深抚摸起身上的这三个烟花时就会想起你。如果以后真的永远在一起了，那么我就一辈子疼你爱你，这三个烟花，都当作见证；如果以后不能在一起，我配不上你，那么，这三个烟花，都当作，永远的回忆。"

"你会后悔的。"夏天对他说。

"那我也愿意。你忍心让我后悔吗？"

"我只怕等不住了。"

"放心吧，很快的，"他牵着她的手，"想不到我现在也玩起了这个幼稚的把戏，竟然在身上烫这个东西。要是我们以后真结婚了，就在身上纹对方的名字怎么样？"

"好啊！好啊！就是不知道疼不疼？"

"知道你怕疼，所以，我纹就好了，无论在哪里，无论两个人是否在一地，我都要纹上，然后，想着你。"

"我总是会被你的甜言蜜语哄骗。"

"拜托，亲爱的，我说的这是实话。甜言蜜语和心里想说的实话，是能分得清的。”

“可你知道，陷入感情漩涡的女子，是分不清的。我不管，我要你给我签字画押。然后放到我这儿，例如什么不平等条约之类的，你得给我立下一个字据。”夏天突然撒娇地说。

“什么东西啊！你又想玩什么？”

“我不管我不管我不管，你写不写？”

“好，我写我写我写。”架不住她的各种要挟，余未言拿起笔在纸上开始认真地写起来。

“你写的什么？读给我听。”夏天坐在床边犹如一个悍妇一样地对着他说。那样子，有说不出的强势。

“你真的想听吗？”

“废话，赶快的啊！认真地，严肃地，大声地，念给我听。要是你念得不好，就让你重写。”

“好！”余未言看了看她。然后认真地念着：“以让老婆开心为荣，生气为耻；以让老婆高兴为荣，难过为耻；以只听老婆一个人的话为荣，以听别人的话为耻；以每天做家务为荣，不做家务为耻；以挣钱全部上交给老婆花为荣，以不给老婆花藏私房钱为耻；以每时每刻想着老婆为容，以偷看别的女人为耻；以二十四小时让老婆找得到为荣，以一秒让老婆找不到为耻；以老婆说的话都是对的为荣，以反抗老婆说的话为耻。”他念完后，看着面前的夏天，再也没有言语。而夏天突然眼泪，滴答，滴答地掉落在床上。

“别哭啊！夏天，我哪儿做错了？你告诉我，我改。”余未言急忙紧张地说道，而夏天却不停地用拳头打着他，喊道：“傻瓜，傻瓜，大傻瓜。你怎么可以这个样子！”然后，就突然被对方紧紧地抱紧，无论怎么挣扎，都逃脱不开。

“夏天。”他抱着对方，轻轻地叫着。

“什么事？”

“你知道吗？我爱你，我很爱很爱你。”余未言一边说，一边亲吻她的脸庞，将她眼角的泪，一点点地用舌头舔干，咽到肚子里。

泪是咸的，心却是疼的。很多年后，当余未言回顾此刻时都会忍不住地泪流满面：我是有多爱你，才会每一天都梦到你；我是有多爱你，才会每一天醒来的时候，都会对着空荡荡的房间说着早安；我是有多爱你，常常会觉得我们依然在一起；我是有多爱你，以为你一直在我的怀抱里，从没离去。

他抱着她，两个人带着泪水以及不安，慢慢地睡着。多希望，让流言蜚语，统统他妈的见鬼去吧！多希望，让那些不被人看好的有色眼镜，统统他妈的见鬼去吧！多希望，那些所有所有与你有关的不美好，统统他妈的见鬼去吧！

7>

“你看，外面下雨了。”在守候落落的时候，尹雪对秦受说道。

“嗯，是的。”他看着外面的雨水回答。

“你喜欢下雨吗？”

“不喜欢。”

“是因为雨天很伤感吗？”

“那倒不是，我不是余未言，没有那么多文绉绉的伤春悲秋，之所以不喜欢雨天，是因为李桂娥就是在雨天离开我的啊！以至于每当下雨的时候，我都会想起那一天，想起她上了另外一个男人的车，想起她曾抛弃过我。可即使这样，我还是会想念她。我会问我爸，妈妈究竟什么时候才能回来？他就会说，等雨停了，你妈妈就回来了。久而久之，我就很期盼下雨，可每次雨后，她都没回来过。再后来，我长大了，经历得也多了，就明白，妈妈其实再也不会回来了。哪怕我和父亲再想念她，她都不会回来了。也就是那个时候我明白了，这个世界很多时候，有些人无论你心中多么期盼她，怀念她，哪怕你为她流干了所有的眼泪，她都不会想念你一分一毫。

“无论亲情也好，友情也好，爱情也罢。若想不被伤害，那么，首先你就不要动真情。”他看着尹雪，一字一字地说着。

“那你为什么还对落落动了感情，而且那么深？”

“没有办法啊！我是想对世间所有女孩子都那么冷酷的，我是想一直都如此玩玩就算了的。可有些东西就好像命中注定一样，就是看上了，没办法。一开始是占有感，想要降服。后来，就是彻彻底底地爱上了。哪怕明知道爱情是一条不归路，以至于到现在期盼每时每刻都想和她在一起。哪怕她不能吃饭，说话，不能动弹。可若是少看她一眼，我都会觉得内心里有好多不安。你知道那种不安吗？就是那种浑身别扭，没有她就不踏实的感觉。然后吃不下饭睡不着觉，无法休息的那种感觉。不知道你曾有过吗？就是在爱上那一秒，以往所有对女人的仇恨，敌视，都没有了。不是我想这般，而是，感情，真是个奇怪的东西，它不讲道理，没有规矩可循。说不出为什么，怎么回事。只是在那么一刻，犹如王八看绿豆，对上眼了一般。谁遇上了，都命中注定，在劫难逃。”

“那你妈妈呢！你也原谅了？”

“我说过，不是我原谅了。只是随着时间的流逝没有那么恨了。不管如何，我们之间还是有那种血浓于水的亲情。而且，我爸爸努力了这么多年，也老了。既然他心里还爱着这个女人，我为什么不能让他开心呢！对于现在的我来说，让父母开心，好好地照顾好落落，是我唯一的愿望。”他看着尹雪，微笑着说。就在这个时候，门“吱嘎”的一声响起。李桂娥从外面走进来，将手里拿着的一碗汤递给秦受说："给，喝碗汤吧！"

"谢谢。"秦受从她手里接过汤继而转身递给尹雪说，"你也喝点吧！照顾落落这么久，辛苦你了。"哪知道尹雪看了看他，说道："汤里有好多海鲜啊！我对海鲜过敏。"

"嗐！悲催的孩子，这么多好东西你吃不了。"秦受无奈地看了看她，然后一仰头咕咚咕咚地喝掉了，在递给李桂娥的时候还不忘夸奖一句说："真好喝。我可以再来一碗吗？"哪知道李桂娥却在这一刻一下子愣在了那里，呆呆地看着他。

"妈，咋了？"秦受叫着她。

"没怎么，你刚才说什么？"

"没事，我就是说，我能不能再来一碗，我还想喝。"

"当然可以了。"回过神来的李桂娥接过汤碗，然后看着他，接着突然莫名其妙地说出一句："如果可以的话，还真想就这么一直煮汤给你喝。"

"说什么呢！怪怪的。"秦受看着莫名其妙地说话的她。然后就突然觉得头脑有些发晕，接着眼睛变花。最后，他看着李桂娥和尹雪，似乎明白了什么一样。他站了起来，却又"噗通"一下子倒在地上。虽然他的意识在逐渐清醒，但却早已无力说话，眼睛也只能模模糊糊地看向李桂娥。

就是那么的"噗通"一声，一下子砸在了李桂娥的心上，让她微微地颤了一颤，眼睛与秦受相互一对。可下一刻，她却又变成了那个以往冷漠的她，然后对着尹雪说："去开门。"

"我们一定要这样吗？"尹雪问她。

"去开门。"李桂娥又重复了一遍，坚定地说道。那种语气，没有给人任何迟疑的机会，犹如是一道命令，让尹雪不由自主地，向门口走去。打开门的时候，早已经有个男人站在那里等待着。看见尹雪，他急忙问道："都搞定了？"

"嗯。"尹雪点了点头，见到对方这么回答，男子一下子将她推向一旁，继而转身向里面走去。

见到屋子里的李桂娥，他便迫不及待地问："钱呢，钱都在哪里？"然后顺势踢了踢倒在地上的秦受，见对方只是有气无力地动了一动。男人的脸上，便立马露出了阴险的笑容。

而此时的秦受，却突然感觉到犹如五雷轰顶一样愤怒。

他清楚地明白，自己原本已经开始逐渐相信的妈妈，又欺骗了自己。而面前这个看似阴冷的男人，就是多年前抢走自己母亲的那个人。想不到，这又是一场阴谋，让自己对母亲那最后的，卑微的信任，都荡然无存了。

"快给我，快给我。"这个时候，李桂娥突然全身抽搐着对男人说道，"快，快。我受不了了。"

"钱呢！我问你钱呢！"男子这个时候抓起她，撕心裂肺地说着，"告诉我，钱在哪里？"

"快给我，给我就告诉你钱在哪里。"李桂娥此时已经披头散发的犹如疯子一般，不停地摇晃着男子的身体。可男人却置之不理，依旧在屋子里胡乱翻着。而李桂娥终于控制不住地开始不停地打着哈欠，甚至口水都流了一地。

"爸，你快给妈吧！给了她就告诉你了。"在一旁的尹雪，终于控制不住自己的情感，大声地喊了出来。而她，竟然叫男子，爸。叫李桂娥，妈。

是的，倒在地上的秦受清楚地听到，她叫李桂娥"妈"。若是如此的话，那么自己，是不是应该称她为，妹妹。

一个和自己相处多日、看似天真烂漫的护士，却是同母异父的妹妹。

一个让自己已经完全相信，并且在心中还逐渐将她当为知己的女子，竟然是自己的妹妹。而最为可笑的竟然是，自己的亲妹妹和母亲，合伙将自己给欺骗了。

生活啊生活，真他妈的狗血。他看着男子从衣服的兜里拿出一包白色粉末扔在地上。李桂娥毫不犹豫地就扑了上去，打开，小心翼翼地用鼻子吸着。

想不到，她竟然吸食白粉。这一刻，秦受突然觉得自己的命运好凄凉，甚至是绝望。那个曾经在自己小时候抛弃自己与父亲的女人，竟然在他的面前吸毒。

他曾想过无论她多么堕落，不可救药，可终究是自己的母亲。无论怎样，都不会抛弃她，哪怕再恨。可现在，他竟然连恨的心情都没有了。

那一刻，他躺在地上和李桂娥对望。看着她吸食完白粉后那种飘飘然的眼神，他突然觉得，她好可怜。可怜得都不值得自己去恨。

那一刻，他在心里狠狠地默念着："像你这种人，活着还有什么意义？从小抛弃丈夫和儿子，为了金钱出卖自己的身体。现在，又开始吸食毒品，连灵魂也丢掉了。所以，你怎么不去死呢！"

他内心里对自己的母亲这般说："李桂娥。你，为什么不去死呢！最好死得越远越好。不要让我和爸爸再看到。"

哗啦啦的雨水不停地在外面流淌着。而屋里的人，却更悲伤。李桂娥吸食完毒品后，领着那个男子向楼上摇摇晃晃地走去。而尹雪，却留在一楼，六神无主地来回行走着。

"对不起，"她看着秦受的眼睛说道，"很多时候，我无能为力。一个是我母亲，一个是我父亲，两个人我都不愿伤害，所以，只能选择伤害你。哪怕我现在应该叫你哥哥。是么，我的哥哥？”她开始轻轻地抚摸着秦受的脸说道，“若不是血缘关系，说不定我真有可能爱上你呢！我倒是有些嫉妒躺在床上的那个人。虽然她无法说话，不能动弹，但却有一个这么爱她的男人。有一个为她可以拼掉性命、不顾一切的男人。这样的男人，在现在可真是打着灯笼都难找啊！”她继续抚摸着秦受的脸蛋，但眼睛里已从开始的纯洁，变成现在说不清的惆怅。“可是，我更恨你啊！”她一字一句清清楚楚地说道，“你看，我们应该是兄妹吧！可从小到大，我们之间差距这么大：你每天住在大房子里高枕无忧地吃喝玩乐，想如何就如何，可我呢，从小和父母东躲西藏，有的时候见面了甚至连妈都不敢叫一声，甚至看到自己的母亲给别人煮着好吃的，我却只能在一旁装作不在乎。你知道那种感觉吗？”她看着秦受继续说道：“当然，你也可以说，不管怎么样，你从小还和母亲在一起呢！从小你们生活在一起，吃饭，睡觉。你们每天都能看到彼此，那么应该是幸福的，可事实呢？你叫我怎么幸福？和一个流氓父亲，和一个被人叫作妓女的母亲，东躲西藏，食不裹腹，这就是我的生活。如果可以的话，我倒宁愿和你换，如果可以，这样的母亲我宁愿每天都不见到。你懂吗？事实上，我又能有什么办法呢！就好像李桂娥再怎么对你，你再怎么恨她，还是要接受，毕竟，她是你的母亲。同样啊！无论如何，毕竟她是我的母亲。无论他们做什么事，我都要努力地配合他们去做。这些都是没有办法的事情。这些，都是命中注定的事情啊！”她看着窗外的雨水说道，“同样是看着雨水，你是思念着妈妈，而我，却要因为妈妈而忍受各种白眼和疾苦。你说，这样的天，怎么能叫人不伤感呢！你说对吗？哥。”

她突然叫秦受这么一声哥，然后眼泪就一滴一滴地掉落在地上，摔成无数瓣。以至于原本秦受对她的恨，都消失不见了。

那一刻，秦受似乎看到了这么多年来，面前这个多年来应该称为妹妹的女孩子，所遭受的凄苦，被人瞧不起，伤害，看到自己的母亲去做妓女……虽然他们是一母所生，但是命运截然不同。相比之下，她未必是幸福的，哪怕父母每天都和她在一起。

这个世界，每个人都有自己的幸与不幸。

就在这个时候，李桂娥和那个男子从楼上下来，男子背上的包已经从进来时扁扁的变得鼓鼓囊囊。他一边下楼梯还一边说道："有钱人家就是好，房子这么大不说，还这么多古董。随便拿出去一两件，就有个一二百万。哈哈，这次我们发了。"他走下来看了看尹雪和躺在地上的秦受，面目突然变得狰狞起来。

"东西也拿好了，我们走吧！爸。"尹雪对他说。

"不行。"他看了看躺在地上迷糊不醒的秦受说，"他看到了我们的样子。等我们走了，一定会报警的。"

"你想怎么样？"李桂娥此时的表情突然变得有些紧张起来。

半天，那个男人的嘴里突然蹦出了几个字："杀了他，灭口。"

"你开什么玩笑？"李桂娥大声喊道，"他是我儿子！"

"对，就因为是你儿子，才要杀了。他知道我们的样子，等醒过来就一定会报警，到时候我们就完蛋了。"

"不，不会的。他不会报警的。他一直以来对我这个母亲很好，一定不会的。"李桂娥几乎已经换了央求的语气说。

"别做梦了。你以为他还能原谅你？"男子看向李桂娥说道，"要是我，我也不会原谅你的。抛弃他们父子，吸毒，做妓女，坏事你都做绝了，还怎么央求别人原谅？听我的，拿了这些钱，灭口。趁警察没查出来之前，我们可以跑到国外去。到时候你不是想吸毒吗？我有好多好多的毒品，到国外随你便。你想怎么样就怎么样，如何？"

那一刻，李桂娥突然呆呆地愣在那儿看着秦受。而秦受的眼睛里，已经全部都是绝望。迷糊中，他仿佛看到自己的一只脚，已经伸进了地狱。

只见那个男子从身上拿出刀，一点一点地，向秦受靠近。脸上，满是说不出的狰狞。渐渐地，秦受竟然已经逐渐能感受到他的呼吸声。然后就看到他拿起手中的刀猛地一下子向自己扎来，好似早已闻到了空气中死亡的味道。秦受已经开始闭上了自己的眼睛。

接着，就听见“砰”的一声巨响，还有就是“叮当”的声音。秦受睁开眼，竟然看到那个男子已经靠在了墙上，刀子也掉落在地。原来在这关键时刻，李桂娥竟然使出全身的力气，将男子撞到一边，刀子也掉落了下来。

“你干什么？”男子对着李桂娥大喊着，“疯了吗？”

“不可以。”李桂娥对着他声嘶力竭地说道，“这是我儿子。十月怀胎的儿子，谁都不许伤害他。”

“你现在想到他是你儿子了。当初抛弃他做什么去了？当初答应我来拿这里的钱时做什么去了？”男子一边说道，一边愤怒地向刀子那里走去，准备捡起。

“是，当初是我错了，现在也是我错了。但是既然已经错了，就不能错上加错。我是不要脸，我是抛弃了他们，我是被你的甜言蜜语拐骗到手以至于现在这样。但是，我就是不能允许你伤害我孩子。因为，他和尹雪两个人，都是我的命。他们，是我的命。”

这一刻，突然秦受的脑子犹如被雷击穿了一样，说不出是什么滋味。这么多年来，对母亲的恨，虽然已经逐渐地丢弃，但却无法全部消去。

他恨她，是的，不是一般地恨，恨她抛弃了自己和父亲。

他恨他，恨她因为钱而做了不该做的职业。

他恨她，恨她丢弃了自己的人格吸食毒品以及欺骗自己甚至做各种不为人齿的事情。

没人能知道他的那种恨。那是一种可能用世间最恶毒的语言都无法形容的情感；那是一种恨不得外面的雨都化作刀子，然后一刀一刀地扎在她心里才能解恨的情感。

真的，特别恨。

可就在那一刻，她突然说，他是她的孩子，他们，是她的命。也许就那一瞬间，所有的恨都要消失不见了吧！所有的怒意都要消失了吧！他相信，哪怕外面下的是依然是刀子，可这个自己应该称为母亲的人，会在两个人同时走在外面的时候，用自己的身体挡住那片疼痛的，不是吗？我的妈妈。

那一刻，秦受的脸上有了微笑，甚至连外面的雨天也让他觉得好像都已变成了晴空万里一般。

天，其实是晴的吧？闭上眼，我也可以像儿时隔壁的孩子那样，躺在母亲的怀里，暖暖地晒着太阳不是吗？

妈妈，你也会给我剪指甲的吧！你也会给我掏耳屎的吧！你也会因为我不爱洗头，而硬生生地把我按在水盆里逼迫我洗吧！还有好多好多你做的菜。是吗？我的妈妈。

真温暖啊！多么大的雨，也挡不住这么温暖的光。

不是吗？妈妈。

8>

“刀给我。”男子对尹雪说道。早在刚才他和李桂娥对话的时候，尹雪就已经将刀子拿在自己的手里。

“爸，你就放了他吧！拿了这么多好东西。卖了，我们可以逃得远远的。不是吗？然后我们过上幸福的日子。何必一定要杀人呢！”

“怎么？”男子看了看她，然后说，“你也相信他不会报警是吗？”

“是。”尹雪点了点头，“我相信他。”

“那他爸呢？秦志安呢？”男子问个不停。

“他不会的。他很爱妈妈。他宁愿将自己所有的钱财都给妈妈也不会报警抓她的。”

“是吗？”男子嘴角微微一笑，“他很爱你妈妈是吗？”

“我没那个意思。爸，你别吃醋。我的意思是说……”尹雪不知道怎么解释，突然无法继续言语。

“没什么不能说的，小雪。”李桂娥插嘴道，“即使我和别的男人在一起，他也不会有任何的不开心。因为从骨子里，他就根本不爱我。甚至，一点儿都不在乎。在我年轻貌美时，他只是想占有。那个时候怪我贪图钱财，迷恋他的甜言蜜语，却不知道，他原本就是一个不学无术的混蛋。在败光了家里的钱之后，就开始出去用各种办法骗钱，甚至还贩毒，以至于逼迫我染上了毒瘾甚至出去坐台。这些，他都不在乎。甚至你也知道，在有了你以后，他也从没真正的关心过我。他完全是那种不会为任何人来付出真感情的人，哪怕是他的女人和孩子。”

“别听她胡说。”男子对尹雪说道，“我是你爸啊！我怎么会对你们不好？这不是被生活逼得嘛。以往就不说了，是我不对，我弄这么多钱做什么，你想，我也花不了。肯定是给你们母女花啊！等拿到钱了，我们找个地方隐居，多好。是吗？”他一边说道，一边向尹雪走去，嘴里还不停地念叨着：“乖，给爸。就差这一步了，听话。”

眼看男子离尹雪越来越近，而尹雪也站在那犹豫不决，她看了看地下的秦受。然后对他说：“给你可以，但是你别杀他。”

“嗯，不杀。只要他答应不说出去，我一定不杀他。”男子一边说着，一边继续靠近，“杀人是死罪，不到逼不得已，我也不愿意。给我吧，乖孩子。”他继续对尹雪说道，眼看手就要触碰到尹雪手中的匕首，李桂娥突然喊道：“雪，不要。他不是你父亲，秦志安才是。我在有了你之后才认识他的。”

“什么？”尹雪一下子没有回过神来，呆呆地看向她。也就在这时，男子突然从旁边捡起一把椅子硬生生地向她头上砸去。

“哗啦”，椅子四分五裂，而尹雪的眼睛也开始迷离起来，鲜血顺着她的额头，一点一点地掉落在地上。只见她望向李桂娥，然后用模糊不清的语言说道：

“妈，你为什么才告诉我。”然后就是“砰”的一声，倒在地上。

任凭鲜血模糊了她的脸，但她的眼睛却使劲儿地对向了秦受。

“这回，我能叫你哥了吧！”她在心里自言自语地说，“哪怕不知道为何突然变出了一个爸爸，可我却一直希望能有个哥啊！”

“是吗？哥。”

哪怕命运不同，哪怕命中注定要如此，可你依旧是我的哥哥啊！无论想怎么恨，都恨不起来。她慢慢地，慢慢地，在地上爬行着。慢慢地，慢慢地，爬到秦受的旁边，然后握紧他的手，两个人四目相望着。

他们狠狠地看着彼此，狠狠地握紧对方。就这样吧！无论别人用多大的力，都不会把我们分开。无论外面下多大的雨，你都会保护我的是吗？我的哥哥。

她看着他，然后微笑着，却莫名其妙地流下了眼泪，和鲜血汇集在一起。

血泪汇聚成河，在那个卑微的青春年少。难过，却又幸福地活。

雨，还在下着，越来越大。让人莫名地感觉到，连屋内，都开始变得寒冷起来了……男子再次捡起刀后，看着周围的几个人，然后对着尹雪说:“我告诉你为什么她才告诉你。因为她吸毒。对于一个吸毒的人来说，什么都不是最重要的，除了那些毒品。所以，这么多年来，她才没有对你说出实话，这也就是为什么这么多年来，我对你一直不好的原因。因为你根本就不是我的女儿，不是。我们认识的时候，她就已经有了你。只是那个时候，秦志安不知道而已。老子养了你这么多年，也算对得起你了。想不到现在你却这样对我。”他说完后又看了看李桂娥，“怎么，良心发现了是吗？那我就让你和你的孩子们一起去死。”说完，他就捡起刀准备向她身上扎去。哪知道李桂娥却没有反抗，只是闭上眼睛，好像早就想死一样。然后，就听见哗啦的声音，所有人都看到，秦志安不知道什么时候回来了，一下子从后面将男子抱起，按在地上，两个人厮打成了一团，他把男子压在身下不停地用拳头击打着。一下，又一下，每一下都打在男子的脸上。

“让你抢我的女人。”秦志安对他说道，说完一拳打了下去。

“让你打我的儿子女儿。”说完又是一拳。

“让你又回来破坏我的家庭。”他一拳又一拳地打在对方的身上，让对方无法抵挡，哪知道对方却在此时突然笑出声来，他哈哈地笑个不停，任凭嘴角流出了鲜血也未察觉。

“你乐什么？”秦志安停住手中的敲打问着。

男子看向他，然后笑呵呵地对他说:“我是乐无论你怎样打我，都无法消灭你心中的怒火，都无法改变，你的女人曾被我抢走，你的老婆被我睡了很多年的事实。甚至，她还出去陪别的男人。哈哈哈哈哈哈哈……说实话，她到现在还真是风韵犹存啊！”

男子的话惹怒了秦志安，以至于他的拳头更加猛烈地向男子打去，却被男子突然一下子一脚踢在地上，继而反身将他压在身下。

终究是因为坐办公室太久，以至于秦志安的体力不如一个地痞流氓。只见男子再次拿出一把刀子，对着秦志安，说道：“怎么，还因十几年前的事记恨我吗？一个女人而已，何必如此？你看多好，现在我将你的女人还给你了，也将你的女儿还给你了。”不过男子话锋一转，说：“你永远没有报仇的机会了。”说完一下子将刀子向秦志安扎去，嘴里还念叨着：“去死吧！”

那一刻，任凭秦志安怎么反抗都无济于事。一瞬间，他似乎闻到了死亡的味道，离自己那么近。他闭上眼，回顾这十几年，一直不停努力地工作，之所以如此，只是因为当不奔波的时候，自己就会在空荡的屋内想起她。所以，他确实疏忽了秦受，但这却又是没有办法的事情。

哪怕这个女子对他有万千不好，却终究令他无法忘记。

哪怕这个女子对他有种种不对，终究因为是孩子的母亲，而无法抛弃。

哪怕这个女子对他来说已算不上貌美如花，却终究因为三个人在一起，才能组成一个完美的家。或者现在说，应该是四个人了。

其实说到最后，无非是因为自己爱她，拿生命一样地爱她。无论她是美是丑，高矮胖瘦，无论她对自己做了什么无法原谅的事情，无论她变好还是变坏，哪怕全世界的人都不理解她，全世界的人都说她是坏女人，哪怕他自己也知道自己明明有理由现在可以抛弃她一千次一万次，甚至哪怕他知道在心里也恨她，可终究是爱她。

他就是在所谓的爱面前，这么多年来一直苦苦等待，因为他期盼她会回来的。

就是在所谓的爱面前，哪怕那么多人想和他在一起，因为他的钱财或者是人格魅力，但是他一直在等。

就是因为在所谓的爱面前，哪怕所有的人都笑他傻，他也愿意。

是的，我爱你。所以十几年来，在30岁左右到40岁左右的年龄，我无论是在心理还是生理，都没有碰过任何女人。

只因，你是我的独一无二，你知道吗？独一，无二。就是这个世界上再也找不到第二个你，能如此进入我的心底。

在没有你之前，我的心就像那万丈深渊的湖底，平静又安详；在遇到你之后，突然就变得波涛汹涌起来，一下子掀起万丈波澜。我愿意为你翻江倒海。可丢掉你之后，我觉得心中那涌出的海水一下子变成了冰冻的山峰，狠狠地将自己包裹住，再不让世人看到。直到多年以后你再次回来，我心中那多年的寒冰才融化了。

一滩冰冷的，叫作思念的水。

原来无论平淡也好，波涛汹涌也好，或者是万丈冰封也好，终抵不住你的一颦一笑，一个回眸。

或许，这就是我能给你的爱情吧！

模糊中他好似看到了鲜血迸溅而出，哗啦啦地飞溅了一地。然后，他听到了刀子再次掉落在地上的声音。接着就感觉到对方压在了自己的身上，接着就看到，李桂娥，站在了自己的面前，手里满是鲜血，带着一丝恐慌的眼神向这里望着。而在男子的背后，竟然是刚刚他用来打尹雪那只椅子的一条腿，从男子后面的胸膛扎进去，这种毫无预料的死亡，让他眼睛都无法合上，呆呆地望着秦志安。

多年以前，他从秦志安面前抢走了这个女人。多年以后，他死在了这个女人的手里。

世事难料，谁都无法预料到我们下一秒是生，还是死。

外面的雨还在哗啦啦地下着，屋内的血水混成一片，犹如一朵鲜艳的红莲，开始绽开。

秦志安看了看李桂娥，抢走那根木棍狠狠地抱住她，那一刻，两个人都不知道说什么才好，这两个都已经人到中年的男女，十几年不在一起。秦志安遭受了背叛、欺骗以及想念、等待。然后发生了今天这样的事。错与对，其实都不重要了。重要的是，此刻的他，还抱着她。

“报警吧！”过了一会儿，在他怀里的李桂娥说道，“我要去戒毒。”似乎再也没有更好的选择了。秦志安犹豫了一下，拿出了手机，按了110。

这是一个多么令人伤感的世界，以至于我们连后悔的机会都没有。

所以，对于过去，不要懊恼不要伤悲，可以怀念但不可以想念。

只有现在，才是最好的。不是吗?

活在当下吧！做一朵盛开而又妖娆的花。

9>

这个夏天，就在哗啦啦的雨水中悄然走过，似乎所有的事情都发生在昨天一样，但闭上眼，又已好似历经万年。

秦受多了一个妹妹，母亲进了戒毒所。所有的憎恨，在真正的亲情面前，都荡然无存。

对于他们来说，等待，其实是一个充满希望的事情。

秦志安等待李桂娥，秦受等待李落落。只不过，一个有归时，一个无归期。而余未言和夏天依旧过着别人不看好的日子，上班，学习，回家。两个人犹如小夫妻过日子一样，夏天的脾气依旧是那么不好。余未言依旧没几天就惹她生一次气，然后一个发脾气，一个哄。生活，就是这样在波澜中度过。

平淡，却又温暖成河。

无论是秦受也好，还是余未言也好。无论未来的问题是大还是小，他们都有信心努力地面对。

加油吧！在这个夏末秋初。加油吧！在这个秋去冬来。

冬天转瞬就来了，眼睛一闭一睁，就已经降下了无数白雪。

那般洁白无瑕，如此绚丽盛开。

10>

这个冬天，因为有爱情，大家彼此都不会寒冷的吧！不是吗？

第十章　年少时，谁曾爱你如生命

1>

这个冬季的雪，终于来了，纷纷扬扬地，洒满了一地，将过往的哀伤，凝结成冰。

似乎人们还没做好迎接冬天的准备，寒冷就悄无声息地降临在每一个人的身上，人们连喘口气都不敢张大嘴。生怕寒冷顺着喉咙进入身体，让人心寒。

若是连心都凉了，那么活着，还有什么意义？

“你晚上回来吗？”在下班后，夏天问余未言。两个人在一起时间久了，生活真的好似已经成为一体。无论怎样，彼此离开谁都会有些不习惯。

“不了，”余未言在电话里回答说，“明天有考试，你自己睡吧！要不然我天亮还得赶回来，还有记得要吃饭。”

"考试啊！我突然觉得离我好遥远。"夏天突然有些难过地说。

"别这么想啊！你可以当作我偶尔出个差嘛！类似小别胜新婚，如何？对了，你晚上吃饭没？"

"没呢！这不寻思等你回来一起吃。"

"那你吃点什么东西啊！家里还有些菜，你可以简单做一做。"

"其实我想吃广场那儿的麻辣烫，但是天太冷了，懒得出去。算了，冰箱里还有速冻饺子，一会儿我煮一些吃。然后洗洗就早些睡觉了，上一天班，累死了。"

"也好，那你早点儿休息。我还要看复习资料。"两个人挂完电话之后，余未言就继续温书，而夏天在习惯性地打开冰箱后，看了看里面的食物，突然又再次关上，然后慢慢地躺在床上。对于习惯了两个人生活的女人来说，突然会觉得如果家里少了一个人，心里就空空的。所以当一个人的时候，她就会觉得做什么都索然无味。她索性懒得吃饭，一个人躺在床上，望着房顶的天花板发呆，听着屋里的时钟，滴答，滴答地转个不停，然后迷迷糊糊地睡去。直到不知道多久，夏天被饥饿唤醒，发现肚子咕咕地叫个不停，才习惯性地喊着："小贱贱，我饿了。"摸了摸身边她才想起，那个每天伺候自己的人，今天并没有回来。看了看枕边的手机，她才发现自己也只睡了四十多分钟，还有就是，竟然有十几个未接电话，全都是余未言的。她按住了回听键，竟然在走廊里，传来了电话的铃声。接着就是一声熟悉的"喂"从电话里，也从走廊中发出。她没有出声，而是一点点地走到门口，轻轻地打开门，"哗啦"一声传来，一看门外，余未言竟然蹲在角落里瑟瑟发抖，脸上，早已经红得发紫。

那时的青耳，走廊并不是很暖和。他站起来的时候，脚已经有些微微发麻，然后他看了看夏天说："给你打电话没接，估计你睡着了，所以就没敢敲门。”

“这么晚了，你来干什么？不是明天还有考试吗？”夏天问他。

“你吃饭了吗？”余未言看着她说，“我估计你一定没吃吧？”

“是啊！你怎么知道……”夏天看着他说。

“我估计你一定是看了看冰箱，一看所有的东西都要自己去弄，所以懒得弄，然后索性躺在床上睡觉然后睡到现在？”

“是啊是啊是啊！你怎么都知道？”夏天看着他。

“在一起这么久了，谁不知道谁啊？给！”他说完，从衣服里拿出一个袋子，“你爱吃的，广场那里的麻辣烫，我没叫他们多放辣椒，怕对身体不好，不过倒是放了很多你爱吃的蔬菜。”他将塑料袋递过去的时候，半晌，夏天没有反应过来，直到他说了一声：“就这样吧！我先走了。今晚不在家住了。明天还有考试，要回去复习。”

夏天看了看他说：“你这么晚回来，就只是为了给我送一碗麻辣烫吗？”夏天看着他。

“啊！咋了，你不是喜欢吃吗？”余未言答道。

“你知道不？外面零下三十多度。”

“我知道啊！打车来的，不冷。就这样吧！你快进屋去吃。一会儿凉了不好吃，我先走了。”余未言说完，深情地看了看她。

“不进屋暖暖身子吗？”

“不了，一见到你就舍不得离开了，那样都没法复习了。好了主子，明天就回来啦！我浑身冰凉，要不一定抱抱你。”说完就转身准备离开，却一下子撞到了电梯门上。

“你小心点儿。”夏天在一旁说道。

“嗯，知道啦！”余未言揉了揉额头，傻呵呵地看着她。然后进入电梯里，在电梯里门快要合上的那一瞬间，对着她，轻轻地用嘴吻了自己的手掌之间，然后做打排球状，手掌一挥，一下子将其扔向天空，向夏天打去。夏天也假意接到放在嘴边跟着亲吻。

电梯就那么缓缓地合上，然后夏天的眼泪，也一滴一滴地掉落下来。在吃饭的时候，泪水掉落在碗里，和各式各样的菜叶汇聚在一起。

而余未言，却在寒冷中慢慢地走出门外，等待那班通往青耳大学的公交车。从等待，到到达，要一个半小时左右。公交上全是密密麻麻的冰碴。他坐在最后面的位置，习惯性地躺在上面，然后慢慢地闭上眼睛。夏天并不知道，他知道她要吃东西，连毛衣都来不及穿，生怕迟一秒她就饿一秒，只是套了一件外套，就匆匆走了出去。

夏天也并不知道，有这样一个男子，爱她如生命。生怕没把所有自己的好，都给她。恨不得通通的，全部的，都给她。

夏天知道的是，有这样一个男子，会在夏天下着大雨的时候，浑身湿透给她送去卫生巾和红糖。

夏天知道的是，有这样一个男子，会在冬天下雪的时候，哪怕温度已经零下三十度，听着她饿了，也立马打车过来，给她送一碗爱吃的麻辣烫，然后再坐一个多小时的公交车回学校。

夏天知道的是，有这样一个男子，会无论何时在她心情不好时出现，然后任打任骂任埋怨，不论两个人相距多远，无论因为什么原因，只要她需要，他就会在。

就是这样一份感情，纯洁如雪，温暖如血。

就是这样一份感情，鲜艳如血，洁白如雪。

就是这样一份感情，在希望与绝望之间无限延长。与现实，与命运做斗争。

就是这样一份感情，那美丽的，绽放的雪花，滴落在，那妖娆的，令人绝望的血水当中。

好美，也好疼，可谁能感觉得到呢！

你不是我，又怎知我的痛苦？

2>

余未言的寝室开始变得如外面一样寒冷。孔奇再也没有回到过学校。而秦受也在落落出事后办了休学。从夏天那里回来的他在寝室里的时候，发现原本四人的寝室竟然只剩下两个人，冷清得很，叫他不禁感叹，生活竟然有那么多的变故。我们永远不知道下一秒会发生什么事。就好像现在的余未言，当躺在床上看着灰白色的墙壁发呆时，手机突然响起。是夏天的，那边写着："晚安，我的小贱贱。"他笑了笑，然后回了一句："晚安，主子。"

然后再等几秒之后，手机又传来了信息的声音。他欣喜地打开收件箱，没想到上面竟然是一句："我想见你，现在。"是的，手机里是那句不愠不火的"我想见你"。他"噌"地一下子坐起来，揉揉眼睛，上面还是那句："我想见你，现在。"但是仔细一看才发现，手机上的号码竟然没有名字。然后，似乎是拨动了脑子里的某根神经一样，他想起了那个号码，竟然是吴漠然的。他犹豫了一下，回答道："不方便，我已经睡了，和我女朋友在一起。"哪知道随后那边又传来了一条信息说："我就在你寝室楼下，我知道你回来了，我要见你，立刻，马上。"他想了想，只能穿起了衣服，然后向寝室楼下走去。在下楼的时候，他原本想再见到她时是什么样的心情。是依旧有感情，还是内心里充满了无数的憎恨，又或者，像厨房里的五味瓶，酸甜苦辣咸都有？然后，在走出宿舍大楼的一瞬间，在看到吴漠然站在门口雪花满身的一瞬间，他竟然没有一点儿感觉。

他心里竟然平淡得很，犹如一潭死水一样，而且是冬天青耳结了冰的死水。

“什么时候回来的？”余未言看了看她问。

“今天，刚刚。才下火车，就来你这里了。”吴漠然看了看他，竟然有些不敢直视。

“这么冷的天，来做啥？快回去吧！来，我送你。”他说完后就走在前面，领着她向学校的大门口走去。哪知道，吴漠然突然在后面紧紧地抱住他，然后说：“未言，我想你。我好想你，这些日子我一直都在想你。所以今天控制不住特意来找你。我知道，你也在想我对吗？你一定是的。”在雪花飘落的这个冬季，若是一个女孩子在你寝室下面等你好久，那么，说是没有些许感动，定是假话。可余未言叹了一口气，然后拉开腰间的双手说道：“都过去了，就这么着吧，而且现在你我不都有一份新的感情吗？都挺好的，就别影响对方了。”他说完后，连头也没回地继续向前走着。哪知道吴漠然依旧在后面大声喊道：“我们分开了，我觉得不合适，我的心里还是有你。所以，想和你在一起。”

“可我的心里已没有你了啊！”他回过头对她微微一笑，“而且我们异地恋，很大的问题呢！”

“没事，我不介意，只要你和我在一起，什么困难我都可以克服。”

“我介意，我说了，我已经恋爱了，而且感情很好。所以，请你别打扰我。”余未言冷静地看了看她，然后说着。

“你撒谎，”吴漠然开始大声地喊着，“你曾经说过一直爱我的，爱我一辈子的，无论怎样你都会疼我宠我的。你现在怎么就忘记了呢！”

“是的，我说过我会。”他对她说，“我说过我会对你好，所以大夏天我连饮料都舍不得买一瓶，去供水室喝自来水，我连去食堂吃饭都舍不得吃贵的，弄最便宜的饭菜吃，就为了省一张火车票去北京看你。可，我也说过，在一起第一天我就说过，我能容忍你一切缺点，但请你别背叛我，可你呢？在我不在的时候你上了别人的床。而且，我的女朋友从认识到分手我都没碰过，因为你说初夜要在结婚那天，可导演的床你就那么爱上，那么愿意上，你的初夜就那么不值钱了？”他看着她，继续吼道，“你的种种缺点在我这都不是缺点，唯独背叛，我接受不了。所以，我不爱你了，从头到尾现在对你没有一点儿感情了！哪怕你在这么大的雪天来看我，我最多只能当个朋友一样来招呼你。现在，你请回吧！”

他看着她，从头到尾没有一丝的表情。眼睛里，尽是冷漠。

“你就为了那么一个老女人？就不要我了是吗？她到底哪儿好，哪儿比我好，你告诉我啊！啊？”吴漠然在一旁喊个不停，然后她的继续撒野突然被一声“滚”打断了。

“请你记住，你若不是女人，我今天一定揍你。因为你在侮辱我的女朋友。不管她大也好，老也好，可终究是我的爱人，所以，请不要在这儿丢人了，好聚好散，我们还能做个朋友。”

吴漠然看了看余未言，两个人四目相对，良久没有言语。

“快走吧！我明天还要考试。太晚了，你在这身体也容易着凉，就当我求你好吗？”他已经被这个女人弄得无奈了，偶尔有几个擦肩而过的同学，都看向他们这里。然后他再次转身，准备带她离开。哪知道，这个时候，吴漠然突然在他后面说了句：“未言，我爱你。”

这一刻，突然两个人都安静了下来。安静得，甚至都能听到雪花落到地上“沙沙”的声音。余未言突然有些难过地握了一下拳头。然后很快地，就松开了。突然有些小难过，就好像小的时候自己所爱的玩具，被人拿走玩儿坏了又送回来一样的感觉。

“然后呢？”余未言看着她。

“你没什么，所以我不会放弃的。”

“可我不爱你。”

“好。”她看着余未言，良久吐出了这么一个字。

“原本想送你一场的，但是现在连送的心情都没有了，就这样吧！”余未言看了她一眼，然后转身走进了寝室楼，留下了吴漠然在外面看着他的背影渐渐远离。然后淋着外面飘飘洒洒的雪花，眼里，不知道什么时候已湿了起来。

“是从什么时候开始的呢！你不再是我的，为什么？你曾说过无论我怎样你都会爱我。那些，都是假的吗？”在转过身离开的那一刻，她突然内心里充满了憎恨。那一刻，她恨不得把那个抢走她男人的女人，碎尸万段，化为飞灰。然后她伴随着黑夜，慢慢地离开。

很多时候，女人总是这样的。以为曾经说爱她的男人会爱她一辈子，就以为那些曾经山盟海誓的语言还存在。所以，她们肆意地欺凌，不讲道理，然后不珍惜对方，以为无论怎样对方都是自己的。然后她们自己高高在上，哪怕是自己主动甩了对方，却还自信满满地以为，终有一天，这个人还会回来，还会拜倒在自己的石榴裙下。却不知道，很多时候，那个被你丢掉的男人，早已有了更好的归宿……而且，对于男人来说，最大的伤害不是分手，不是离别，不是被甩，而是背叛。你背叛了他，那种感觉，就好像在原本寒冷的雪花飘飞的季节，又扒光了他的衣服，让他赤裸裸地在外面奔跑。

羞于见人，无处躲藏。孤单与寒冷为伴，天寒与屈辱共存。但她却不知道，当你将这个男人羞辱至极的时候，也是你丢掉这个世间最疼爱你男子的时候。

灯笼易碎，恩宠难回。

感谢那些曾经在我们生命中出现，离开，并且伤害过我们的女子。因为有她们，我们变得更坚强；也因为有了她们，让我们更勇敢而高傲地活。

哪怕这个过程是那么痛苦，哪怕，只有我们知道这种痛，那又如何？

又怎是一个鲜血淋漓，能解释得清呢！

3>

等待，是一个漫长而又煎熬的过程。对于秦志安如此，对于秦受如此，对于秦雪如此，对于李桂娥也如此。一家四口人，好不容易相认，却又只能等待，才能再次相遇。偶尔秦志安会领着儿女去看李桂娥。在戒毒所的她，精神明显比以前好了很多。她开始积极地改变自己，乐观面对生活。因为她知道，外面有爱自己的丈夫以及儿女，一家人都在等着她去团圆。

生活，虽然艰辛，但是只要一家人在一起，就没有什么过不去的坎儿，不是吗？除了这些外，秦受也在等待着李落落，他始终相信李落落会醒过来，哪怕这些在电影电视剧里出现过无数次所谓奇迹的老土镜头在现实里是那么的困难。但他依旧在等待，与其说等待一个结果，不如说是一个心安。是的，他想要的是对自己良心上的心安理得，哪怕他做得早已无可挑剔。

这期间，李落落的父母每个月都会来看女儿一次，然后带着大包小包诚惶诚恐地进入秦受的家里。有一次，他们碰到了秦志安，彼此看了看对方，秦志安热心地给对方倒茶，三个中年人彼此诉说着生活中的艰辛。无论你是腰缠万贯的富豪，还是面朝黄土背朝天的农民，其实都是为了活着，为了子女，所以，他们几个人聊得很是投机。哪怕李落落的父母不知道为何依然有些紧张。

或许是农民本质上的淳朴，又或者是因为见到城镇里那些有钱人的紧张，这些是没有办法改变的事情。但是，他们却没有注意到，只要是父母，就是这个世界上最可爱，最值得尊重的人。这就是所谓的等待，这个世界上的每一个人都在等待，只要有希望。

余未言再次见到秦受也是在好久以后，在新年开始之前，彼此才在一个小酒馆里见了一面。似乎已经好几个月没见了，这期间，余未言不断地忙着考试，并且周旋在家里和夏天之间。而秦受在退学之后，开始帮着父亲打理生意，说话举止投足间，已经有了一副小老板的架势。

可无论怎样，无论距离多远，无论多久没联系，朋友兄弟之间，都不会生疏，若是彼此之间很久不联系或者感觉陌生了，那就证明，你从来没有走进对方的心里。

“呦喂！这见您一面真不容易啊！你这个禽兽不如的秦受。”秦受刚一坐下的时候，就听到余未言这样一声挖苦。他顿时感觉到特别的亲切，然后两个人互相诋毁对方，接着不停地喝酒，扯淡，吹牛，谈论着彼此的近况等等。

“你小子现在牛逼啊！”两个人都喝得迷迷糊糊之后未言说道，“等哥们儿我大学毕业后投奔你去，到时候你别不要我。”

“放屁。”秦受看了看他说，“咱兄弟俩别说那些没用的，你我之间，我爸妈就是你爸妈，我的家就是你的家，除了老婆之外，啥都是彼此的。”

“对，对，对。”余未言跟着说道，“除了老婆外什么都是彼此的。老婆，唉，你家那个落落咋样了？”

“她能怎么样，躺在床上不动弹呗。天天听我说话，唱歌，哄她开心，享受得很。你呢！和你那个大姐姐怎么样？”这么久以来，秦受一直叫夏天大姐姐。而未言也不生气，任由他叫着。“也挺好的，等过年的时候她爸妈来，我要去拜访下。”

“我靠，哥们儿，这都见家长了？真快啊你这是。”

“没有，就是觉得差不多了，该见一见了。而且，你想，她那么好看，我总是有些莫名地担忧。”

“那你爸妈那儿你搞定了吗？他们可是个问题。”秦受担心地问。

“这个……”犹豫了一下，余未言有些无力地说，“总会有办法的，我相信。”

“嗐！”秦受看了看他说，“我特别希望你这段不被世人看好的爱情能有一个好的结局。因为在这个世界上，能有属于我们自己的爱情，是那么的艰难，这其中包括世俗的眼光、外界的压力以及种种社会的因素，所以，我们是不自由的，想有份自己的爱情，是那么的难。这个世界每天有无数人降临，又有无数人离开，可谁又能真正获得一份属于自己的爱情呢？我们没有选择，我们要不断地被社会同化，我们要不断地成长，我们要丢掉曾经那个单纯的我们，我们要变得世俗，这样，才能活下去。这样，才不会格格不入。可连那份最单纯的爱情都没有了，我们活着，还有什么意义？连情感都不能自己把握，我们活着还有什么意思？

“究竟在这个尘世上，我们有什么，还是属于我们自己的呢！所以，我一直在坚持着我的那份感情，哪怕对于落落，我一直不抱有希望的。至于那些什么时候她能苏醒过来，偶像剧里的情节，我从不相信，我所做的，也只是想对得起自己的良心而已。对于现在的我来说，也只是在求心安。”

那一刻，余未言看着他，突然有些莫名地心酸。大学三年了，从刚开始认识的那个玩弄感情的禽兽不如的秦受，到现在休学，家庭变故，然后开始逐渐成长为一个顶天立地男人。三年多，自己见证了他的一点点变化。表面看起来风光不懂世事的他，但实际上却成长了，已经能独当一面了。但是，不知道为什么，自己却为他高兴不起来。

很多时候，沧桑的不是人，而是时光。是时光，将我们变得和过去不一样；是时光，让我们再不是曾经的自己。若是可以，他真想像曾经一样在校园里大老远地看到他就喊一声，“嘿！你丫个秦受。”或者是：“快来，美女啊！超短裙啊！”又或者是：“走，网吧刷夜去，或者烧烤啤酒，通宵唱歌。”

可那些再也不复存在了。我们开始逐渐变老了，这是命中注定的发展过程。

谁都无力改变。两个人喝酒，聊天说着过往，可他们知道，在今夜过后，他们再也不是曾经的自己。

这就是生活，将我们从陌生变得熟悉，又从熟悉，变成另外一个自己。

4>

“香蕉，橙子，苹果，还有……再买个榴莲吧！她爱吃。”余未言说完就向卖榴莲处奔去，并且手里还拎着无数大包小包的东西。这是快过年的前几天，夏天的父母来到了青耳陪她过年，按照青耳的规矩，若是见恋人家长，一定要带四件礼。所以，在天还没亮的时候，在首班公交车刚出来的时候，在青耳正值零下三十多度冬天的时候，余未言就已经踏上了去青耳水果批发市场的路程。从小到大娇生惯养的他，别说买水果，就是吃水果，都要父母给削好，递到嘴边。可这一次，他却在市场里来回寻找，踱了好久。他不知道买什么样的水果才是好的，他还要小心翼翼地算计，自己这个月的生活费，又能买多少水果。和夏天在一起之后，别的都还好说，唯独经济这一方面，是两个人最大的短板。那时的夏天，每个月工资很高，所以花钱也就大手大脚，甚至很多时候她一个皮包的零头，都能顶得上余未言一个月的伙食费。

虽然夏天理解他，基本上不用他花钱。可时间久了，他还是发现，这种自卑感会存在，作为一个男人，无力给自己所爱的女人经济上的支持，这对于他来说，其实是一种很大的自卑。并且，二十岁的人和三十岁的人彼此之间的差距就是，二十岁的人敢爱，三十岁的人会更现实一些去想，如何会有一些经济的保证。而之所以夏天和他在一起这么久没有分开，无非是因为虽然没有经济基础，但是余未言真的是那种对她特别好的人。很多时候，她是有那种小女人情结的，她会想，哪怕这个小男人现在没有钱，但以后，一定会有的，最重要的是，他对自己好就可以了，所以，她也一直在等，在等余未言成长起来能为她撑起一片天的那一天。

“光苹果和橙子加到一起就一百五了。还要买榴莲，一个就快到二百……还要买橙子。余未言一边算计着，一边习惯性地向裤子后面的兜上摸去，看看钱包里还有多少余额。然后，就一下子愣在了那里。半晌，他呆呆地说不出话来，只是手指不停地摸索着，然后，再然后，无数次摸索之后，他终于确定——钱包丢了。那一刻，他突然有种想一头撞死在面前这个榴莲上面的冲动。若不是害怕没钱赔偿的话，就想让那无数根刺将自己弄个万箭穿心。批发市场每天人来人往，青耳镇各地大大小小的水果批发商一大早都来这里上水果。所以流动人口极多，根本无法找到是谁偷的，就算那些水果商知道，也不会说，因为每天都在这儿驻足很熟悉，生怕说出来得罪人家以后生意无法继续做下去，所以，只能眼睁睁地看着余未言在那儿吃着哑巴亏。

“孩子，要不你先把东西放这儿？好好找找再回来，我给你准备着，等你直接来拿。”卖水果的老婆婆一脸善意地提醒着，然后看着余未言放下，才满意地用林志颖那般的微笑送他离开，生怕他是一个没钱买东西赖账的主儿。

那一刻，他恨不得挖个洞，让自己钻进去，再也不要出来，就那么在里面将自己憋死才好。他无助地观望着，突然自己感觉有些迷茫。他不知道,自己这一年来到底做的是什么。苦苦地守候,等待,努力奋斗，舍不得吃喝，把自己最好的一切都给对方，哪怕任打任骂任埋怨也无所谓，只为了让对方高兴，只是想多看对方一眼，只是为了，一个不确定的未来。

只是因为和你在一起的每一秒，连呼吸的味道，都是香甜的。嗯，就是这样吧！这就是我一直期待的，等待的，迫不及待的，想要收获的爱情，这就是我一直想给你的，珍惜的，小心翼翼守护的爱情，这就是，我想拥有的爱情。接着，他拨通了电话，几声嘟嘟之后，那边传来了秦受的声音。接着就是余未言的一句：“借我点钱吧！我遇到麻烦了。”

5>

电话挂断后，余未言蹲在水果市场的角落里发呆，回想着这一年，似乎，要把这一生所有的感情都要用尽一样。从一开始偶然的相遇，到此刻的舍不得分开，犹如命中注定一般，让两个人原本犹如不相交的平行线，硬生生地交叉在一起。然后，自己一直小心翼翼地维持着。无论是从年龄、经济、性格，还是生活方式以及家庭背景，彼此都是两个不同世界的人。当彼此一起生活得时间久了，似乎生活就没有那么多所谓的新鲜感，而开始变得争吵加多。让原本那些刚开始一起幻想的美好，通通地，通通地破灭掉了。甚至，彼此开始有一些抵触、讨厌，甚至是曾有过因为疲惫而想要分开的想法，可想法终究是想法，只是在脑中那么一闪而过便消失了，都没有雨水掉落在地上的那一秒泛起的涟漪长，甚至都没有烟花冲破天空所盛开的美丽那般长。

就是那么一刻，在眼睛一闭一睁间，那些曾经有过想要离开的念头，就如风一般飘散了，消失得无影无踪。只因若是没有她，又怎么对得起这最美好的青春年华。

在最美的年华里遇上所爱之人，努力爱，用心爱，狠狠爱，才是最美好的，不是吗？哪怕卑微也好，懦弱也罢。哪怕被人不理解，误会也罢。

只因我爱着你，哪怕为你丢掉全世界，哪怕众叛亲离，哪怕粉身碎骨也无所畏惧。因为在我的现实与梦里，吃饭和睡觉里，在走路和发呆里，在每一分每一秒里，你，成了我的唯一。

嗯，就是这样吧！所谓的唯一，独一无二，无人可比！

“我靠，可算找到你了。”正沉浸在想象中的余未言突然被人拍了一下肩膀，从沉思中反应过来，竟然是秦受。“你在这儿发啥呆呢？”秦受喘气不停地说道，“知道你今天见岳父岳母，特意飞车来的。给你电话又不接，害得我在这个市场里一顿好找。”

“废话少说。”余未言看了看他然后说道，“赶紧的，钱带来没？”

“我靠，我真是倒了八辈子的霉，交了你这样一个朋友，向我借钱还得我给送来，然后还理直气壮的。”秦受一边说着，一边从衣服里拿出钱包，接着甩出一沓钱递给他，“给，也不知道你怎么搞的，天天丢三落四。再这样下去，早晚把你自己也丢了。”

“嘿嘿，”余未言从一沓钱中抽出两张，接着对他说，“收好吧！这地方人太杂太乱，小心弄丢了。”

“都给你的，没让你还。干吗啊这是？”秦受拿着其余的钱塞给余未言，哪知道又被他拒绝了。

“不要。”他摇摇头说，“两张就够了，你认识我这几年，什么时候看我向别人借钱？不习惯，这次要不是因为事出有因也不会借的，等我过几天就还你。”

“毕竟见对方家人，怕你身上钱不够，临时有个意外情况啥的。既然不需要就算了。你看看你现在这个样儿！每天一分零花钱都没有，衣服还是一年前那一套。希望你今天能让夏天家长满意，要不然，你这一年辛苦都白费了。好了，不说了，你赶快买东西吧！我把车停外面了，一会儿直接送你去她那儿。希望你今天马到成功，别紧张啊！”

“好嘞！你放心吧！”余未言说完，吸了吸因为寒冷而流出来的鼻涕，继续在水果市场里逛着。他买的这几样，都是夏天爱吃的，来这一趟不容易，趁着便宜，多给她买点，让她吃个够。他一边想着，一边向浩浩荡荡的水果批发市场深处杀去。那样子，恨不得将所有水果市场的东西，都搬到秦受的车里一样。

6>

小的时候，对于余未言来说，最恐怖的事情莫过于考试后父母问他成绩如何，然后他就总会对家长颤颤巍巍地说："成绩没出来呢！明天公布。”等到第二天的时候，父母再问，他又会继续说："今天老师出差，明天吧。”就这样日复一日地推着。等到再大一点儿后，他最怕的是找家长。什么“余未言叫你爸妈明天来一趟”，又或者“余未言，叫你父母下午来一下学校。”于是他就会继续编造各种理由，什么“我爸妈没在家，出差了”等等。这么多年来，一直有无数个叫他紧张或者害怕的事情，伴随着他生命里的每一段年华。直到进入大学以后，他以为基本上不会再有这样紧张的事了，可以每天开开心心地度过了。却没想到，更让他窘迫的事情，发生在自己的身上。

那就是，见女友的家长。对于余未言来说，这种事，比小时候和父母说自己的成绩，比被老师说要找家长还更为恐慌。他甚至有了一种被逼上断头台的感觉。青耳的冬季一直是零下三十多度，可当夏天的家人打开门的那一瞬间，余未言的汗却顺着脸流了下来，甚至连内衣裤里，都有些湿湿的。然后他用一副自以为如林志颖一般可爱的微笑对着开门的老人说了句："叔叔阿姨好。"然后就被请进屋子里，将所有的东西放下，这才敢正视迎接他的两位老人。夏天的父亲母亲虽然已经六十多，但竟然看不到几根白发。进屋后，夏天的父亲就去做饭，而夏天在看到他的时候，就悄悄地躲在母亲背后向他做鬼脸，弄得余未言更加紧张了，他在屋子里，坐也不是，站也不是。哪怕这个屋子，他曾经来过无数次。

"吃饭吧！"最后一道菜端上桌后，夏天父亲对着余未言说着，"傻站着干啥？"

"嗯，好。"余未言坐在桌子旁，看着夏天和她的父母，一时间不知道该说些什么好，只能简单地应答着，然后紧张地坐在椅子上，任凭指挥着。当四个人都落座的时候，夏天的父亲在一旁说了句："要不咱俩喝点？"

"哦。"余未言看了看夏天，一直以来，可能是因为东北人的原因，他是有些酒瘾的，但因为夏天不喜欢，所以在一起以后，他就从来没有喝过。

"看我干吗！我又没说不行。"夏天看着一脸问号的余未言然后允许地点点头。这才让余未言如释重负地站了起来，拿起酒给夏天的爸爸倒了一杯，然后给自己也倒了一杯，继而坐下。接着，他有一种很不舒服的感觉，在屁股挨着凳子的那一瞬间，他竟然有种想要放屁的冲动。好吧，这时候他恨不得自己立马钻到一个地缝里去，然后再也不要出来。是的，再也再也不要出来。怎么可以在第一次见女友家长的时候，竟然是这般反应。不光如此，由于青耳的冬天比较寒冷，余未言还有鼻炎，以至于即使进屋好久，他的鼻子依然一吸一吸的。哪怕用卫生纸擦了很多次依然无法停止。还有就是，他竟然想打喷嚏……

这个时候，他突然有一种感觉，感觉到那个喷嚏即将出来。与之伴随的，是鼻涕不停地向外流淌，米饭被喷到一桌子的饭菜上，而下面的屁也随着喷嚏声波涛汹涌地释放出来。一瞬间，屋子里顿时成了一片毒气的天空。桌子上的其余几个人正满脸饭粒地看着他。自己最爱的夏天，带着一脸的饭粒，仿佛要用筷子将自己五马分尸，连骨头渣子都不给他留下。他觉得不是来见女友家长的……是来找死的……是的，他似乎是来找死的。而也就在这千钧一发之际，在这喷嚏即将出来，他也即将死翘翘之际，余未言竟然一不小心，将筷子夹着的菜掉落在桌上，然后一句："那个，叔叔阿姨，不好意思。我去卫生间洗一下。"接下来的，是夏天的声音："你要死啊！怎么不小心点。"和夏天父母的那句："没关系。去吧！"接着余未言就三步并作两步，恨不得飞一样地，用餐巾纸夹起掉落在桌子上的菜，奔到卫生间……接着，就是，以迅雷不及掩耳之势，将下面的气体释放出来，他打了个喷嚏，还擦了擦鼻涕，对着镜子给自己鼓了鼓劲，擦了擦额头上的汗。这个时候，他还不忘对自己感叹，自己实在是太聪明了，接着他再次摆弄出林志颖的微笑，走了出去，坐在桌子旁，心里大呼舒畅。

似乎是好久没有喝酒了，又似乎是很久没有见到自己的父母了，余未言竟然觉得有种很亲切的感觉。而且几口酒下肚，他竟然也没有开始那般紧张了。饭桌上一开始都比较和谐，可当酒过三巡的时候，夏天的母亲便问他："未言今年大三了吧？"

"嗯，是的，阿姨。"余未言回答。

"有没想过毕业后做什么？"夏天的母亲一边夹着菜放嘴中，一边慢悠悠地问。

“可能从事文字与传媒之类的工作吧！因为我现在在给几个杂志定期写稿子，稿费挺多的。也有出版社找过我，让我写长篇做成书。然后我的爱好是写剧本，自己也在这方面有一些人脉资源，所以，想做这一行，又或者，在电视台做一个小制片人，也挺好的。”

“那你准备什么时候和夏天结婚，毕竟，她也老大不小了。”夏天的母亲又继续问道。

“那个，毕业后吧！我是这么打算的。”余未言答道。

“那你有没有想过，靠什么来维持家庭生活？”夏天的母亲又继续问道。

“工作啊！我在大学时就一直努力做兼职工作，同时我的稿费也不低。等毕业后工作了，一定会更努力赚钱啊！”余未言回答说。

“你和夏天这么久了，也应该知道，她每个月的生活费很高吧！”

“嗯，是的，我知道。”余未言继续答道。

“都怪我们太宠她了，就这么一个女儿，所以从小到大一直娇生惯养的。以至于她现在脾气很不好，很任性，估计在一起，你也受了不少的委屈。”

听到夏天的母亲这么说，余未言一下子有种找到“组织”的感觉，他不断地对着夏天眨着眼睛，那意思是：“看到没，连阿姨都知道我受委屈了。”可嘴上却不得不说：“阿姨，夏天挺好的，我哪儿都喜欢，而且其实她也很温柔，很少对我发脾气，即使发脾气，也都是因为我的一些不对。”

“哪有，小余，她脾气不好得很，也辛苦了你啊！”夏天的父亲已经微微有些喝高，舌头有些打卷地说。哪知道夏母看了他一眼继续说道：“没办法啊！就这么一个女儿，脾气不好就不好吧！可经济这个问题，我不知道你该怎么解决。毕竟她花销那么大，这已经成了一个习惯。”

“我会努力的，”余未言急忙回答道，“我会尽我最大的可能给她一个美好的生活，绝不让她受一点点的苦。”

“你还是太小了，未言。你会努力，这一点呢，我们都相信。”夏母继续说着，“可要多久呢！听夏天说你文笔不错，会写点儿稿子。可这年头，作家有几个能养活家的，能养活自己的都算是不错的了。还有就是你说你想做影视，你是北影的吗？不是阿姨打击你，阿姨虽然不是做这一行的，但是每年那么多群众演员阿姨也都听说过，而且北影那里的那些人也都未必有个好的出路，所以，你没关系，没渠道，你所写的东西，怎么会有人拍啊！不是开玩笑一样吗？年轻人，有些梦想是好的，但要看得清现实。而且，夏天这么大的人了，也和你折腾不起。”

“妈，你这是说什么呢！”夏天有些不愿意地说道。而那边夏天的父亲，也开始皱起眉头来。

“我知道你很在乎夏天，可感情不能当饭吃。因为我无法想象，以后没有我们的日子，我女儿这么一个娇滴滴的女孩，还要和你一个小孩子去创业，然后过着东飘西走很可能朝不保夕的生活。那样的话，我是真的不放心。最重要的是，现在你看起来平平淡淡的，可在这个现实的社会，万一哪一天等你有钱了，抛弃我们夏天了，那时候咋办？那时候夏天四十,五十，或者更老，而你，正是男人的巅峰状态，若你不要她了，你叫她怎么活下去？这种例子在这个现实社会还少吗？所以，与其等你一个不确定的未来，为什么不让我女儿趁着自己年轻有资本有能力，去找一个同样对她好，然后还有钱的？哪怕以后那个人对她不好，但是还有钱，她还能生存下去，这对一个女人来说，不才是最重要的吗？”

“你胡说什么呢！”夏天的父亲急忙打断了夏母的话语，可所有人却又都知道，这是个不争的事实。这是无论怎么样，都无法让人改变的担忧。现实，叫我们越来越不懂得珍惜爱情，越来越不相信爱情。

“阿姨，”余未言慢慢地站起来，不知道从哪里来的勇气，一下子干掉了杯子里剩下的所有的酒。然后，他有些迷迷糊糊地说道，“我在认识夏天之前，是班级里的学习委员，也是学校的学生会副主席。嗯，我长得虽然不好看，但是，我肯努力，也因为写稿子写得还不错，也获得过很多国家大大小小的奖项。并且，年年都得奖学金。平心而论，我是个好孩子。孝敬父母，尊敬长辈，从不随地吐痰乱说脏话什么的。而且一直让我感到很荣耀的是，我这么多年来很少主动向家里要钱，因为我懂得父母的钱来之不易，我也会自己养活自己。就是因为这些，我很荣耀，我一直觉得我比同龄人都优秀。真的，我一直觉得我是个好孩子。我会有高高在上的感觉。可这一切的优越感，就在遇到夏天之后，全部都被击碎了。是的，从那一刻，我所有的高傲都换成了卑微。我就觉得我被人用锤子给砸在地底下去不让我出来了。可我还是想偷偷地，偷偷地，从地底下，趁着所有人不注意，出来望她一眼。就是那么一眼，你们知道吗？”余未言一边比划着，一边说道，“我就觉得这个女的太好看了，就好像被一个大雷‘咔嚓’一下子劈到我头上的感觉，把我砸蒙了。后来我们两个人在一起了，这是我做梦都没有想到的事情，我心里想，这是几辈子修来的福气。她一个这么好看的女人，有那么多人追求，有钱的，长得好看的，她都没答应，而是跟了我一个穷小子，这让我觉得委屈了她，于是我就下定决心一定要对她好。所以，我会在下雨天她说害怕打雷的时候就悄悄地躲在楼下某个角落里坐着，一坐就是一夜，生怕她给我个电话需要我时我不能立马赶到。

“我会每天进屋就脱鞋洗脚，生怕脚丫子出汗熏到她。然后擦地做家务，让她坐在床上看电视或者听最爱的相声。

“我会将所有的钱都花在她身上，虽然那些可能在你们看起来没多少，可那些对我这个穷学生来说也是全部，哪怕我在大冬天零下三十度的时候很可能连公交车都坐不起，或者是，连吃饭都要省之又省。

“我会在听到她吹响我送她的那个哨子的时候大老远地过来，让她打骂一顿,然后我再傻呵呵地笑着离开。甚至有一次在外面和朋友吃饭，她莫名地给了我一巴掌，当我抬起手的时候，所有人都以为我要回给她的时候，却没想到，我是握着她的手说：宝贝，手疼了吗？下次想打我，我自己来。朋友有的时候觉得我不应该这样，一点儿都不像个男人，甚至有些委屈懦弱，可他们却不知道，这是因为我爱她啊！就是因为我爱她，我就愿意把她宠到天上像个宝贝一样供着；就是因为我爱她，无论她怎么发脾气我从来没有还过嘴，甚至还要笑嘻嘻地哄。不管对错是否在我，我都以为是我的错，我也不需要别人理解，因为别人无法理解我对她的感情。是的，我没钱，可能我一个月所有的钱都不够给她买名牌包的一个角，都比不上那些有钱男人能给你女儿的一个零头。

“比我大怎么了，这一点从一开始我们就知道啊！你们所想到的问题，我们从第一天开始就一直在想啊！那些说我们过不上三天五天的，我们不也过上三个月五个月了吗？那些说我们几个月就会分手的，我们不也度过一年了吗？而且我们过得很好，甚至让所有人都嫉妒。我就愿意这么宠着她，哪怕身上有一块糖也会放在衣兜里给她拿回来这样宠她。我会让她到四十岁，五十岁，哪怕六十岁，都能出去炫耀地说：不是我老公有多少钱，在外面有多么成功，而是我男人依然宠着我。无论我怎么任性，撒娇胡闹，不可理喻，他都任凭我闹，无法无天地宠着我。这就是我能给她的生活，而这也是我能给夏天唯一永恒不变的承诺，无论何时何地，我都会这么宠着她，不管她是嫁我也好，不嫁我也好，只因我爱她，拿命一样地爱她，爱到骨子里一样地爱她。嗯，就是这样吧，仅此而已。”余未言看了看夏天，又看了看夏天的父母，接着说道：“对不起，我今天喝多了，有点失态，对不起。”他坐下去，突然不知道该说些什么，只是傻傻地望着夏天，望着眼里已经充满泪水的夏天，傻笑着。

“我是不是给你丢人了？”余未言在楼梯口问道。

“没有啊！”夏天说道，“挺好的，我爸爸妈妈也都很喜欢你。”

“其实我好紧张的啊！差点没喘过来气憋死在那里。”

“哪有那么夸张，瞧你说的。”

“早点回去吧！这么晚了。”夏天说道，哪知道余未言在看了看她之后突然说道：“夏天，嫁给我吧！”

“你说什么？”夏天有些没听清地问。只见余未言突然轻轻地跪在地上，牵着夏天的手说：“我不帅，没钱，而且做事幼稚，有好多缺点，这些我知道。谢谢你一直包容着我，没嫌弃这些和我在一起，还有半年我就毕业了，到时候我们就结婚好不好？我能给你的，就是一个永恒爱你的心，和做一直疼你宠你的男人。虽然你可能不会是富太太，但是，你一定是全世界最幸福的女人；虽然我买不起汽车大房子，但是，我会给你一个温暖的家，并且天天努力工作，回家努力学做饭，然后让你做一个幸福的小女人；虽然你会比我先老，但是我一定会推着你走遍祖国的每一个角落。等你没牙齿了，我就嚼碎了饭喂给你。然后依然亲吻你那满脸皱纹的脸蛋和已经掉光牙的嘴唇，估计那个时候我也会老了吧！但是我会依然只爱你一个，所以，请你等我。等我毕业，等我再次向你下跪的时候，就是娶你为妻的时候。请相信我，你一定会是这个世间最幸福的女子。”

他看着满脸微笑眼里含着泪水将他拽起的夏天，突然吻了下去。深深地，深深地吻了下去。然后夏天在他怀里轻轻地说："羞死了。在走廊，好多人。"而回报她的，却是余未言的紧紧相拥，以及一句，我爱你。

是的，我爱你。哪怕世间万物，人情冷暖，任何种种因素不允许我们在一起，我也爱你。

是的，我爱你，哪怕要走过的对面隔着一道万丈深渊，我也要在这之间架成一座桥，让你走过去。

是的，我爱你，在每时每刻，每分每秒爱着你，若是没有你，甚至觉得呼吸都是那么的苍白无力。

是的，我爱你，只因在好多时候觉得，你就是我自己。就是因为我爱你，所以才想这般紧紧地抱着你，生怕失去。

你可知道我对你的爱，其实不是不离不弃，不是生死相依，只是想这般简单地和你，在一起，过着小日子，然后每天晒着甜蜜。

你可知道，我爱你，其实，胜过爱自己。

7>

时间转瞬就到了新年。新年之际，余未言回到了家乡——位于青耳下面的一个小镇里。街道上不时有鞭炮纷飞的声音，喜庆声从每家每户传出来。回到家里的余未言看了看天上的烟火纷飞，那一刻，眼角突然有些湿润。这一年，除了上学之外，他还写了一部小说，另外就是一直将精力放在了夏天的身上。以往别人也会投入爱情，会用全心，但却从没有像他那般，用尽生命去爱。他看着天上的烟花点点，突然觉得有些累，为了爱情，为了一些社会上不再确定的其他因素。

原来人每到一个年龄，就会有各自的烦恼与忧愁。余未言在凌晨的报时声中给父母拜年，然后打给夏天一句“向主子请安”，惹得那边哈哈大笑。两个人回顾这一年的坚守，似乎那么充满苦难。种种不被世人看好的爱情，他们却一直在小心翼翼地坚守着。原来在这个尘世上，能坚守一份属于自己的感情，是那么的艰难。可余未言却依然从没停止过，若是连爱情都没能力去坚守了，这个世界，还有什么值得我们去追寻的？他看着天上的烟花点点，那边的夏天却突然传来了一句：“未言，谢谢你。”

“啥？”余未言有些没听清地问。

“我说谢谢你啊！这一年来和我在一起，你忍受了不少的非议，我的脾气，大家对你的不信任以及杂七杂八的压力……每当我想要放弃，对你大喊大骂哪怕是动手时，你依然笑嘻嘻地哄着我，从来没有任何抱怨，我知道你在家也是娇生惯养的，我也知道其实你脾气很不好，从来没有受过任何的委屈，但为了我，却改变成这样。很多时候我不说出来不代表我不知道，所以，谢谢你，谢谢你一直陪着我。嗯，就这样吧，谢谢。”

就是那样的几句话吧，在那个新年，余未言突然没有言语地蹲在地上哭泣了起来，哪怕电话里依旧是那句：“说啥呢！对你好不是我应该的吗？”可挂断后，他却顾不得冬天的寒冷而哭泣，任凭泪水掉在雪堆上也不在乎。

天空中的烟花一点点地燃烧着，好似一种五颜六色的寂寞，那一刻，全部都袭到了他的身上。就是这样吧！在这样青春年少的一个阶段里，努力地，用尽全部剩余的力气去爱一场，会莫名地被感动，哪怕对方只是一句话，一个微笑都好似天空中的那场烟火一样，燃烧在自己的身体里，那么明亮，那么火热，却又那么疼痛。

是不是所有青春年少的爱情都如同烟花一样，看起来美丽又繁华，但却能在你那幼小的心灵上，燃烧成一道永不可磨灭的伤疤？

那最美好最能相信爱情的年纪，注定要留下遗憾。让爱化作一棵不知名的树苗，在心里最阴暗的地方，生根，发芽。然后偶尔在某个阳光明媚的午后，突然长出一根刺，狠狠地将你扎痛一下，连疼的感觉都没有，就消失了，却又从没远离。

嗯，就是这样吧！这就是年少时的爱情，这就是我们的爱情。这就是那些外人无法理解的、全身心投入的爱情。

只爱烟花，不爱繁华的，爱情。

8>

刚刚过了正月十五，当所有人都还沉浸在新年的喜庆当中之时，秦受那里却突然传来了一个噩耗。

李桂娥死了。戒毒所里一个犯人偷偷吸毒，产生幻觉，将刚好去厕所的李桂娥当作那个以前背叛自己的男人，硬生生地，将她给掐死了。

当秦志安面对着李桂娥的尸体，犹如疯子一样哭泣起来的时候，秦受突然意识到，这个男人一直以来所坚守的那个信念，那个支撑他行走下去的女人，就那么离开了，他的山，也就那么崩塌了。

这几个月来，秦受和妹妹以及父亲三个人生活得非常好，几个人都在等待李桂娥戒毒出来和刑满释放的那一天，而她，也努力地去改造自己，却不知……

这个世间每天都有无数的变数发生在我们身上，天灾，人祸，各种各样的意外，所以，看着那躺在太平间里的李桂娥，秦受突然觉得，走了就走了吧！那些伤害她的，也不是毒品，而是丑陋又虚伪的人们。

难过吗？又怎么能不难过，这种感觉，就好像自己躺在地上，被人硬生生地千刀万剐一样。自己的母亲，从小到大没有陪在自己的身边，好不容易有了一个期望，一家人团聚，却是这样的一个结果！相比余未言被爱情所伤，秦受觉得现在的这种母亲与自己阴阳两隔，才是人生最悲惨的事情。其实，自己才是最孤独的吧！父亲忙于工作，秦受没有母亲，等来之后又是绝望；女朋友虽然活在自己的身边，但却更加增添了自己的寂寞。

这种感觉才是真正的，情到深处人孤独吧！亲情也好，友情也好，爱情也罢，都是那么糟糕。

自己还能有属于自己的天空吗？秦受看着闭着眼的母亲，看着不停哭泣的父亲和秦雪，眼角的泪也滴答、滴答地掉落在地上，掉落在那安静的太平间里。

天空，早已四分五裂了吧！连渣滓都不剩下，黑漆漆的，让人绝望，甚至令人恐慌得要死。甚至让人觉得连呼吸都是奢侈的。

为什么要这样呢！带我来到这世上，品尝着世间的黑暗？

为什么要这样呢！让我来到人世间，忍受着这孤独？

9>

当余未言听到这个消息的时候，已经在青耳开往北京的火车上。夏天出差去北京，单位想给北京每一个同事带一包青耳的特色红肠，由于匆忙，夏天没有带过去，临走时吩咐余未言，给每个人准备一份，快递过去。那时候的快递费是十块钱一斤，三十个人的，三十斤……加上购买的钱，八块钱一斤，于是余未言整个过年的压岁钱基本上就出去了，于是他便没有了快递费用，他想了想，索性自己去得了，两个人没有一起玩过，于是便将这三十斤红肠放在箱子里，买了一张火车票，屁颠屁颠地向车站赶去。若是你能想象，便想象一下，在东北零下三十度的室外，一个青年抱着一个纸箱子，里面装着三十斤红肠，在火车站里不停地奔跑着，然后听着火车汽笛声响起，接着一节一节地数着车厢。突然，哗啦一下子，箱子破掉，红肠掉了一地，那一瞬间，他突然好绝望，只怕赶不上火车，耽误了夏天的事情，无法给同事带去礼品，那么她的暴脾气……只是在一眨眼的时间，他将外衣脱下，扑在地上，将所有包裹好的红肠放在衣服里，然后打了一个大大的结，便再次抱了起来，向火车上奔去。

直至火车开动，他已坐在位子上的时候才发现，原来手指已经红肿不堪，开始有些疼痛起来，当他看到窗外的霓虹灯闪烁，那些熟悉的街道一点点地向后退去时，有那么一刻，他心里不知是喜悦还是忧愁。喜悦的是，一个春节没见夏天，心里，有无数说不尽道不清的想念；忧伤的是，自己曾经那么向往北京那个地方，那里曾经是无数青年的梦想。可很多时候，人在面临选择之时，必须做出一定的判断。若是梦想和爱情不能两全，只能选择一个的话，那么，哪一个才是自己最想要的？对于一个男子来说，最重要的，无非就是趁着青春年少，敢打敢爱地去拼一场，可遇到夏天，年龄因素总是穿插在两个人中间，而且，夏天是那种一直娇生惯养的人，所以，无论如何，她都等不了自己打拼出一番事业，在这个过程中，她也不可能和自己去受那种苦难。而且，他还未必会成功。所以，人在很多时候，就必须要选择，在爱情和梦想之间。

他选择了爱情，哪怕自己依然有青春年少的斗志，依然有很多不甘心，可相比于失去爱情，其余的，都是那么渺小和微不足道。唯独情感，才是自己心里最想要的，也是最终的灵魂栖息之地。火车的轰鸣声，划破了整个夜空。15 个小时的硬座，火车上密密麻麻的人群，汗臭味，脚臭味，无数个去北京奔波，又或者无数个为了各种各样目的而去的人。而对于此时的他，夏天就是他的全部，想到夏天，余未言竟然又莫名地激动起来，哪怕，火车上依旧是那般刺鼻的异味，盘旋在整个列车上空。可他脑子里，却都是夏天的体香。他有好久没有坐过这么久的火车了，时间久了，便疲惫不堪，带着想念，他在座位上趴下，然后沉沉睡去。醒来的时候，他似乎还看到了雪，在不知名的城市飘飞。想去冲一碗泡面，却无奈过道上人太多，想了想，终究还是放弃，再次趴在座位上睡去。他似乎还做了一个梦，梦里，有夏天，有他，只是两个人彼此对望着，然后微笑，飞翔。

就是这般青春年少的年纪，就是这般爱做梦的年纪，就是这般相信爱情的年纪，就是这般，如雪花一般纯洁的年纪。

然后，爱情之花纯洁地绽放，飞翔。

10>

冬日的北京，似乎远远没有青耳那么冷。对于余未言来说，竟然有种温暖的感觉，然后，就是浑身都是汗。三十斤的东西啊！自己犹如一个进了城的乡下人一样。他抱着它们，坐地铁，转了又转，才到宾馆。夏天还没回来。直至晚上六点，当夏天看到他的时候，他已经坐在门口傻呵呵地有气无力地对着她傻笑着。一夜的硬座，三十斤的东西，等了一天，这一刻，似乎叫他累得连喘气的力气都没有，只是那么傻傻地看着她，然后傻乐。当进了屋，他将三十斤上百个红肠放到地下的时候，才说道："不辱使命，一个不少，全都带来了，请领导检阅。"

"你真是的，为什么不邮寄过来，可以报销的啊！"夏天一边给他擦着汗一边问。

"那个，我也来了。不如就直接捎来，至于报销的钱，哈哈，你可以请我吃顿好的。"他开玩笑似的拨弄着夏天的脸。

“一身汗，别乱弄，全是灰，脏死了。好啦！想想晚上吃什么。今天我好好犒劳下你。”

“嗯，不，你先说，你过年这么久没见我，有没有想我？”在余未言一脸期待当中，夏天愣了愣，看了看，笑嘻嘻地说：“不告诉你。”哪知道余未言竟然控制不住地想要吻上去，却被夏天拒绝：“臭死了，才不给你亲。”然后余未言竟然笑嘻嘻地让夏天坐在床上，自己蹲在一旁对她说：“我刚刚在走廊用纸笔给你写了一些东西，可以读给你，你要听吗？”

“好啊！让我听听你到底写了什么。”夏天笑眯眯地看着他。然后余未言就从衣兜里拿出一张纸，对着上面读着。信上的内容，大致是这样的：

我想，每天都会想你一百遍，
清晨，黄昏，直至垂暮之年。
我想，每天都会想你一百遍，
夕阳，西下，到白发满山。
若是在一起，我不会吝啬我的甜言蜜语，
每天会说无数次我爱你。
若是两相离，那么我就不停地想你，
吃饭，走路，睡觉，哪怕是在梦里。

若是你安好，那么我便幸福得犹如花朵一样绽放。哪怕是冬天的梅花，那么冷，那么孤单，也愿意。

若是你不好，那么我便是这世间最邪恶的罪人，无论怎样都弥补不了我的过失。

人世间有千百种疾苦，皆为虚幻。唯独思念，可在肌肤。

人世间有万千种悲伤，乃是浮影。只有相思，深至刺骨。

我想你，五十年后依然如此。

那时的我们若是还活着，会不会还有力气见到对方？然后牵着彼此的手说老婆子与小贱货？

那一年，你80，我70，都已老了，就再也不用有任何顾忌。

你会不会还有力气打我，若是有，我会听到那清脆的声音，将眼睛闭合。

若是没有，我就会把脸凑上去，让你轻轻地抚摸，可能那时我的胡子已经密密麻麻，可能你早已老得感受不到扎。

但是那份爱，你能感受得到吧！从来没变过，甚至能炽热得将冬天的冰雪融化。

融化了五十年的匆匆年华。

我们再也不用为经济发愁，为家庭发愁，为种种无奈发愁。

所发愁的，只是你我幸福太多，彼此消化不了。

我会问你五十年前的那个问题，你爱我吗？爱不爱呢？还是随着时间的推移早已将我忘掉？

可我还爱着你呢！你爱我呢，我爱你；你不爱我呢，我也爱你。

在这个肮脏的尘世间，也许这份爱是最不值钱的东西，却一直被我保存在心底。

保存得好深好深，深不见底。

靠这份很深很深的爱活着，美丽而又开心地活着。

每天都会说想你一百遍，你听得到么？

他念完后，看着夏天，两个人彼此眼睛都湿润了，然后夏天突然控制不住地抱着他。他闻着她的体香，那一刻，是那么陶醉，却没有任何一点儿身体上的欲望。只是想那么抱着，然后永远都不分开。

没想到却在这个时候，余未言手机不争气地响了起来，一看号码，虽然早已删除了名字，但却依然熟悉。那是吴漠然的。

“谁啊？”夏天微笑着问他。他没有准备隐瞒的意思，然后说道：“吴漠然。”

“怎么，还有联系呢？”夏天突然松开他的肩膀说，“余情未了啊！她怎么知道你来北京了，谁告诉的啊！真准时啊！进屋还没坐下凳子呢！电话就过来了。”

“不是，夏天你听我说。”他急忙想解释，却被夏天打断了：“接啊！没事就接，让我听听。放心，我不计较。不过你今天要是敢拒绝，我就和你没完。”

余未言看了看她，然后按起了接听键，对着电话那头“喂”了一声。哪知道回复的却是一个男子的声音，在那边急促地说道：“请问你是余未言先生吗？”

“我是，怎么了？”余未言一边看着夏天，一边回答着。

“是这样的，这个手机的主人在我们酒吧喝了好多的酒，连续几天了，每天都如此。”

“那和我有什么关系？”余未言打断了对方的话说。似乎是没有料到对方会这么回答，电话那边的人愣了一下，然后继续说道：“我的意思是，她现在喝了好多酒，无法自己回去了，而且还这么晚的。”

“你可以给她别的朋友打电话啊？为什么是我？”

“因为不知道找谁啊！而且她一直在念叨你的名字。所以……我看这几天已经有几个人盯上她很久了，怕她不安全，所以，希望如果你方便的话，能来接一下她。”电话那边除了一些音乐之外，确实还能听到吴漠然在那边碎碎念着余未言的名字。余未言犹豫了一下，看了看夏天，他终于还是说道：“把地址告诉我，我现在就过去。”

挂上电话后，余未言看了看夏天说：“我得过去。”

“去啊！当然可以，我也没拦着你不是。”夏天一副不在乎的表情说道，“门就在那儿，脚长在你自己身上。只不过，你去就别回来了，我可不等你。”

“我不回来我住哪儿啊！”余未言一脸无奈地说。

“我哪儿知道啊！随便啊！你看电话那边的那个人，即使醉酒了还在那儿碎碎地念着你。你们可以出去开房啊！漫漫长夜的，不是有好多地方可以住，只要别打扰我休息就好！”

余未言看了看她，然后微笑地说：“你是在吃醋吗？”

“我吃你个大头鬼。那今天的事是怎么回事？”夏天一脸愤怒地说，“这么晚了，孤男寡女的，对方还这么念着你，你说没有什么事，谁能相信你？”

“夏天。”余未言突然大声地喝住了她，将她吓了一跳，“咱俩在一起这么久了，你还不相信我吗？从咱俩第一天在一起开始，我的QQ，校内网，微博，银行卡号，甚至是手机卡密码都告诉你了。别人给我的消息我都接不到，全都在你那儿出现，不光是这些。这些日子以来，我什么不是对你百依百顺？我可曾对你有过任何一点隐瞒？无论事情大小，我不都是一心一意地想和你过日子吗？我不知道吴漠然今天这是怎么了，我没有告诉过她我来北京，从来没有。但是今天我必须去，我告诉你为什么：第一，我要去你是知道的，所以请你放心，不会有任何事发生，就算有，也会事先让你知道；第二，我说我对她没有感情了，你可能不信，但这却是事实。我一定要去的原因是，她一个女孩子在外地，别说以前我们相恋过，就算只是一个普通朋友，知道了，也应该去，何况我们还算是老乡。万一她遇到点什么问题，我良心不安，仅此而已。你若是真的不放心，你可以陪我过去，我把她送回学校就立马打车回来，咋样？”

“我才懒得跟你去呢！明天还要上班。房卡带着，我没心情给你开门。”夏天这么一说，就是已经服软了。但她却依然嘴硬，然后一个人趴在床上，闭着眼睛不再理他。余未言看了看夏天，在她额头亲了一下说道：“谢谢你。”便转身走出了宾馆。走到地铁旁，就向电话里那个男人所说的地方奔去。

到达时，吴漠然已经醉得不醒人事。酒吧里灯红酒绿，刚刚打电话的那个人，在确定他的身份后，就转身离开了。唯独吴漠然，在迷离之中，看着眼前的余未言。接着，她一脸酒气地说道：“你，你，你来了。我就知道你会舍不得我，快一起喝酒。”

“走吧，漠然。”余未言轻轻地拍了拍她的肩膀说：“我送你回学校，太晚了。”哪知道对方轻轻地甩了甩肩膀说：“余未言，我问你，你到底，爱不爱我？”

“如果我说我爱，那么今天你一定会让我送你回去，然后你酒醒了我也可以当作没说来答复你，可依照你的性格一定会追究个没完没了。所以，我索性告诉你，我不爱你。而且，我和她很好，要结婚了。所以，请你照顾好自己。”

“是吗？那我是不是应该祝福你们？”吴漠然醉醺醺地说道，“我是不是应该乖乖地消失不见，然后，从此不再联系你？”

“你知道就好，所以，请你听话，我送你回去，她还在等我。”

“是吗？”吴漠然看了看他，然后突然拿起桌子上的两杯酒，犹如清醒了一般对着余未言说道，“既然如此，敬你一杯吧！虽然我很舍不得，但是，你要结婚了，我就不再打扰你。祝你幸福，也让我们曾经的情感，就此一刀两断。”她说着，看着余未言，将杯中酒一饮而尽。然后，她看着端着酒杯的余未言说：“喝啊！怎么了，我们那么多年的感情，让你喝一杯酒，都不可以吗？

余未言看了看她，什么都没说，接过她手中的酒，一饮而尽，然后他看着吴漠然说：“这回我们可以走了吧？”

“嗯，好。”吴漠然也将手中的酒喝掉，然后看着他，突然一下子就倒在了他怀里。

“漠然，你醒醒。”他看着倒在自己怀里的吴漠然，先是一惊，继而才发现，其实她是喝多了。实在是没有办法将她送回寝室了，想了又想，他终于还是吸了一口气，问酒吧里的服务生，这儿最近的快捷酒店在哪里。得到想要的答案后，他就抱着她，向酒店走去。这一刻，他突然想起了几年前，自己刚刚和吴漠然在一起的时候，那时候自己也是这么抱着她。在马路中央，两个人嬉笑，打闹，自己还说过要永远对她好。可现在，却已物是人非。几年后再次抱着她，竟然连一点儿当初的情感都不复存在了，甚至还有那么一些抵触，心里有的，无非就是相识一场的责任。他抱着她，一路上差点儿被别人当成在外面把女孩灌醉骗一夜情的。好在现在的人们都是事不关己的心态，直到余未言将她放在宾馆的床上，脱下鞋子，然后，给她盖上被子。不过这中间，他没有任何的歪想法或者是私心杂念。这个几年前自己一直想得到并且好好爱护的身体，现在对自己来说，已经一点儿欲望都没有了。不是时间久了自己的内心改变了，而是伤害，在一瞬间让人意冷心灰。所以，当对一份东西或者情感已经绝望的时候，无论有多么大的诱惑，自己都没有兴趣。何况，自己现在已经恋爱。那个人，还在宾馆等他。他看了看她，转身就要离开。可却在那一刻，他被她从后面抱住，然后有两团软软的东西顶在他后背上。

“你没醉是吗？”余未言掰开她的手说。

“你，能别走吗？”吴漠然对他说，“我有好多话想要和你说。”

“不能，她还在等我。”余未言对她说道，“你早点儿休息吧！明天回学校，以后别再喝这么多了。还有，以后无论怎样我都不会来了。你，越来越让我讨厌了，真的。”

“你们不会在一起的。”吴漠然突然说道，“年龄，性格，生活方式，这些都是问题，你不觉得咱们两个人才合适吗？工作上能互相帮助，也有共同的话题，最重要的是彼此家里都知根知底。所以……”

“是，我们是不合适，可有一点她永远不会做，那就是背叛我。所以，其余的各种问题，我都愿意接受。无论现在，未来，只要她开心，什么都不是问题。我们俩已经见过家长了，所以，我会证明给你看，我们会在一起。然后……”说到这儿的时候，余未言突然感到有些头晕，然后眼睛有些花。接着，他看了看对方继续说道：“然后，然后，我们会好好的过日子，接着，白头，白头到老。嗯。就是这样吧！”他看了看对方说道。然后就是眼前突然黑乎乎的，便什么都看不到了。

似乎是做了好长的一个梦一般。醒来的时候，天已大亮。余未言发现自己竟然趴在一张桌子上，自己竟然一身西装打着领结。接着就听到吵吵嚷嚷的声音，然后就是一个声音从外面传来，是自己妈妈的声音。她在门口喊道：“快点的，要典礼了。你还磨磨蹭蹭做什么呢！”打开门的时候，外面突然一阵光芒照入。这一刻，他才想起来，自己今天结婚。

而新娘，就是夏天。

他看着她走来，在灯光下，在音乐下，自己一直以来，用尽全力去爱的女子微笑着向自己缓缓地走来。他看到，父母在向他微笑，他看到亲朋好友善意的眼神，他看到她的眼睛与自己对视。

然后，他走过去牵着她的手，继续一起向前走着。两个人按照程序，交换戒指，接吻，说我爱你。他跪在地上对她说："从此以后，你就是我的女人了，我要一生将你珍藏，小心安放，免你惊，免你苦，免你四下流离，免你无枝可依。我可能不会给你无数的金钱，但一定会给你无尽的爱，会让你做这个世界上最幸福的女人。他抬起头，看着她感动得落泪，泪水，一滴又一滴地掉落在自己的脸上，他伸出舌头，舔了舔，泪是咸的，可心却是甜的。

那一刻，他突然想将她抱起，然后不停地旋转。他想让全世界都看到、听到自己的幸福。可这时，他却突然听到一声："不要。"紧接着入口处竟然传来了吴漠然的声音，还有一个身影模糊的男子。

只见吴漠然突然跑过来，从怀中拿出一把匕首向夏天的心脏上扎去。余未言突然转身将夏天向怀中一拉，那一刀，竟然硬生生地扎在自己的心脏上。

滴答，滴答，滴答。血液掉在地上凝结成河，向四周流淌着。

他看到吴漠然在向自己冷漠地笑着，似乎在嘲笑自己曾经抛弃过她。他想在临死前再看夏天一眼，想牵着她的手。却发现她也离自己越来越远，无论自己怎么伸手，都无法触及。迷糊中，似乎还有人在将她拉远。

那一刻，他终于累了。原来一直以来苦苦守候的感情，只有到死的时候，才能放开。哪怕有那么多不甘，不舍，不愿，却也无能为力。

倒在地上的那一瞬，他明白自己的生命就要结束了。滴答，滴答的血液继续在流淌着。

一望无际的血海覆盖了自己的眼球，可他却还有好多话没有讲出口。

在一瞬间，他所看到的，不是生命走向了尽头，而是真正如小说中那样，爱情，至死方休。

“就是这样吧！夏天，我爱你。”这一句，他是对自己说的。犹如自我安慰，然后他缓缓地闭上眼。

整个世界，从此漆黑一片，再无任何声音，安静得犹如一潭水。一潭，结了冰的死水。

第十一章　所有的梦其实都是一场空

1>

是的，如你所想，这一切就是一场梦，说不出是好或坏。只不过，梦里的好多故事，其实都是冥冥中注定的。例如，当余未言真正醒来的时候，原本习惯性地想亲吻一下枕边的夏天，可看到的，却是躺在怀里的，吴漠然。

一瞬间，天雷勾动地火，“砰”的一声，他脑子就炸掉了，好似无数的火苗在自己的脑海里翻腾着。他似乎记得昨天来接她,然后喝了酒，继而将她送到宾馆，最后……

他的大脑对后来记忆里的显示是一塌糊涂。若是说什么都没做，会有人相信吗？那么暖和的阳光透过窗帘照在身上，可为什么，却不是温暖，而是无尽的绝望？他竟然觉得，烧得心都慌乱起来。

“你醒啦？”吴漠然睁开眼对余未言说。

“这是怎么回事？”他看着身旁一脸红晕的吴漠然问道。

“还说呢！昨天不就是让你喝点酒嘛！结果这样子，那个粗暴劲儿啊！你就不能温柔些吗？”

那一刻，余未言突然不知道该说些什么才好，而是愣在了那里，半天都没有言语，任凭眼泪一滴一滴地掉落下来。他不知道一夜未归该怎么跟夏天解释，他更不知道，如何对得起夏天，还有，如何原谅自己。

尤为可恨的是，这个女人不是别人，竟然是自己的前女友。

他是不该来的，原本就不该来的，他不知道该怎么形容自己现在的心情，是难过，哀伤，后悔，还是绝望。只是任凭泪水打在床单上，一滴一滴地。

“你怎么了，怎么哭了？”吴漠然突然起身趴在他的肩膀上说，“放心吧！我不会让你负责任的。即使你回去我也当作什么都没发生过。”哪知道余未言突然将她推向一旁，然后看着她说：“不用你管，我自己做的事，会对她说明一切。”说着就要转身离开，吴漠然却紧紧地把他压在床上说道：“未言，我是爱你的啊！我是真的爱你的啊！请你原谅我。”接着就是不停地吻着，不停地亲吻他，哪怕被他无数次推在身旁也不顾。

“够了！”他大喝道。他看着枕边的女人说：“我不爱你，以后无论你什么样子我都不会再见你了。哪怕回去以后她离开我，我也不想再见你。甚至，我现在都不想再见我自己。”

他不知道怎么和夏天解释，或者，一切的解释都是徒劳。他拉开被子，准备站起，就好像被执行死刑的犯人，听到枪拉保险的声音，等待射击一样的绝望。空气中弥漫的，除了阳光，还有死亡的气息。

而就在这时，突然宾馆的门被敲个不停。余未言愣在那里没有表情，而吴漠然，却披着浴巾，轻轻地去打开门。

然后，然后，然后……

是的，无数个然后都无法用语言来说出余未言现在的心情。因为走进来的，竟然是夏天！还没有执行死刑呢！就已经被告知，要被人鞭尸。那时候的余未言，已经是绝望到底。他不知道该对夏天说什么，只是轻轻地叫着：“夏天。”

只见夏天没有任何语言，也没有任何像电视里所演的那种哭泣，大喊大叫。只是呆呆地和他对视，然后傻笑。

“夏天。”他看着她，轻轻地叫着，却再也说不出一个字。

“余未言。”夏天看着他说道，“你好样的！”然后就转身走了出去。那一刻，余未言特别想站起来去解释清楚。但站起来的时候，却看到自己身上什么都没有穿。

“别出来了，”走到门口的夏天停下来说，“别让你那碰过别人的身体再来碰我，一丁点儿都不可以。穿上你的衣服，别丢人了。”夏天说完之后，转身就离开了。只留下余未言呆呆地愣在那里，却再也顾不得赤身裸体，蹲在宾馆的房间里大声地哭起来。

“夏天，”他蹲在房子里大声哭泣着，“对不起。对不起，对不起。”眼泪一滴一滴地掉在地上，“我不是故意的，我不是故意的，我爱你。”

“别哭了，未言。还有我呢！”吴漠然蹲在地上为他擦拭着眼泪，然后说道，“以后无论什么时候，我都会陪你一起度过的。”

“你滚开！”余未言一把将她推到一旁，然后慢慢地走到床边，将衣服穿上，慢慢地走出去，却突然像想起来什么似地问道：“是你叫她来的，对吗？”

“是，”吴漠然在后面面无表情地说，“你要是恨我，就尽情地恨我吧！我无话可说。”

“你为什么要这么做？”

“因为我爱你啊！所以，想独自占有你。”

“就你，也知道什么叫爱吗？真正的爱情，不是占有，不是欲望，而是真真切切地希望对方好。而你，却糟蹋了‘爱’这个字。当初你我在一起时，你不懂得珍惜。现在，你也是。以后别再让我见到你，我不恨你，只恨我自己不听她的话。也怪我，管不住自己。但是，以后就算你去死，我都不想再见到你了。”

他说完，就走出了宾馆，一个人站在北京的冬天里，看着马路上的人来人往。车子在马路上穿梭不停。那一刻，他突然有种无法呼吸的感觉，好像全世界的空气都被人抽空了一样。陌生，恐慌，绝望。他头晕得厉害，甚至是恶心。

他孤独得就想蹲在地上不再起来，然后找个地缝钻进去，钻到深不见底的深渊，或者，钻到深不见底的海里。

他不知道该怎么办，甚至找不到行走的路，好在这个时候还能打开电话，于是就拨通了秦受的电话说：“我好难过，我好难过。我难过得要死了你知道吗？真的，好难过啊！”

他说完后，就再也没有力气说任何语言，而是再一次懦弱地大声哭起来。在那个，北京的冬天，在那个，绝望的冬天，在那个，说不上寒冷，但却凄凉的冬天。

余未言，犯了一个很多男人都会犯的错误，可他却无法原谅自己。他恨不得将自己千刀万剐，五马分尸，恨不得让自己一头撞在来往的车上，恨不得再也睁不开眼，而是，就那么沉沉地睡去，不再醒来。

他心里犹如被无数只虫蚁吞噬，趴在地上满地打滚，却无人可怜，连自己都觉得罪有应得。甚至，都不乞求能获得原谅。

他坐在地上，用地面上还没完全化尽的雪花不停地擦拭着自己的脸。想让自己干净一点，却全然忘记，那些雪早已污渍斑斑，雪中的泥土全部沾染在自己的脸上，自己的双手和脸也慢慢地全部红肿起来。

可在自己眼里，自己，却比这地上的雪水，还要肮脏。

2009年的初春，在那个雪还没融化的季节。寒冷，刺骨地扎在了他的心上，化作绝望，蜿蜒生长。即使没有光，也不停地生长着。

哪怕融化了，也不会温暖起来了。嗯，就是这样吧！一定是的。

2>

青耳镇被洁白的雪花覆盖了。年后的青耳，街道上几乎很少有人来人往。零下三十几度的天，如果没有极特别的事，谁都不愿走在街上。

空气冷得让人仿佛吐上一口气，都能结冰一样。偶尔有在角落里随地小便的人，都希望快点提上裤子，防止冻坏。可即使如此，老天爷依然没有让雪停止的意思。雪依旧不停地下着。

那么洁白无瑕的雪，盛开的却是无尽的绝望。偶尔能听到脚踩在雪里，咯吱咯吱的声音，很是刺耳。火车轰隆轰隆地驶进站，青耳，这个熟悉的地方，他又回来了。

出站口，秦受在那里等着他。两个人彼此不知道该说些什么才好。因为秦受从未想过余未言会做出这种事情。

“和她解释下吧！”秦受一边看着，对余未言说道。这是事件发生后的第二天，余未言就赶了回来。因为他知道，夏天也在今天回来。

“解释什么呢？”余未言看着窗外的雪花说道，“都被抓个现行，还有什么脸好解释？”

“那你想一辈子不联系她吗？你舍得吗？最起码要把所有的话都说明白，哪怕不能做恋人，做个朋友也好。还有，就是你要争取下啊！你又不是故意的。男人，偶尔犯错一次是可以理解的。何况，她也应该明白，你不是故意的。只是喝醉了酒，如果你态度诚恳的话，我想没问题的。”他将余未言送回家，然后对着下车的他说，“好好想想吧！一切都会好的，哪怕真的不能在一起，把一切说明白了，求个心安也好。就这样吧！落落还在家等我，我先回去了。”他说完后，便开车离开，留下余未言看着他远去的车子发呆。想了一下，他终究还是拨通了夏天的电话。嘟嘟了好几声，却没有人接。然后再打，依旧没有声音，继而再次。这一次，那边终于接通了，却是一个陌生的男人的声音。

“喂——”那个男人接通了电话说道。余未言看了看号码，确定自己没有拨错，对着电话那边说：“你好，我找夏天。”

“你是余未言吧！”那边的男人问道。

“对啊！”余未言好奇地答道，和夏天在一起时，夏天最讨厌别人碰她的东西，所以，别说拿电话，就是碰一下也会大发雷霆，可，可这个人是谁呢？

“你是哪位？”余未言问道。然后就是半晌没有声音以及电话里的喘息声。接着，那边答道：“我是夏天的男朋友。”这一句话，一下子叫余未言，有种五雷轰顶的感觉。

就是那样的雷，一下，一下，又一下地砸到自己头顶，接着顺着身体不停地击打着，直至燃烧到整个身体里，让他一下子坐在地上，顾不得青耳冬天的寒冷。他没有任何的力气再支撑自己站起来，可是，这才只是个开始而已，只听到电话那边突然传来了夏天的声音。她对着电话喊：“余未言，你混蛋，王八蛋。”接着就是不停的哭泣以及与男人的撕扯声音。还有就是，那边继续传来男人安慰夏天的声音。

那一刻，余未言莫名地觉着，是夏天在骂自己，混蛋，王八蛋。于是便对电话那边的男人说道：“那好吧，请你照顾好她。”

“你知道你打扰了我们的生活。”那个男人对他说道。这一刻，余未言已经觉得除了寒冷，甚至连呼吸都困难。他不想让夏天为难，于是便说道："以后不会了。"

"我想见你。"那个男人突然提出这个要求。

"为什么？"余未言问道，哪知道对方突然说出一句："哪有他妈的为什么，我想见你。"此时的电话里依旧是夏天在那边的哭泣声。然后他心一软说："不用了，我在外地。以后吧！"

"我觉得我们有必要谈谈，告诉我，你们在一起多久了？你若是不见我，我就找几个小青年和你谈谈如何？"

"不用了。"余未言依旧唯唯诺诺地说，"既然你们在一起，就好好地对待她吧！"

"什么不用，你若是不和我谈，我就联系你爸妈和他们谈话。"

"去你妈的。"余未言终于控制不住说道，"你他妈的以为你是谁，我唯唯诺诺只是不想让夏天为难，只是不想让她受伤害，所以才如此，但不是怕你。你是男人吗？你我之间若是有事情，为什么要触及我的父母，还恐吓我？有事说事，没事别唠叨那些没用的。"

电话那端的男人显然没有想到余未言会动气，一下子语气软下来，问道："告诉我，你睡了我女朋友多久？"

哪知道夏天却在那边说了一声："我们没有。"那声音，有说不出的娇嫩，这是在余未言这里从没有过的。原本就已经五雷轰顶无法呼吸的余未言，终究还是无法忍耐，倒在雪地上，他大口大口地呼吸着，犹如再不张口喘息，就要死亡一般。

他不知道该怎么说，他不知道究竟发生了什么，他不知道夏天是这么快就有了男朋友还是如何，他突然发现，他和夏天认识这么久，都是他在说着自己的秘密，因为爱她所以从不隐藏，可夏天，却什么都没告诉自己。

他绝望地挂了电话，看着那些雪花，不知是愧疚还是绝望，想起和夏天第一次见到的时候，他就说，无论如何，我都会对你好，也不会离开你，若是你又爱上别人，想要离开我，那么一定不要背叛我，我会自动离开。而看今天这样子，似乎，他们在一起好久了。

他突然觉得恶心，真恶心，真他妈的恶心。他想吐，却又吐不出来。只能呆呆地望着天上的白雪发呆。好多事情，让他脑子里充满了无数个大大小小的问号。直到午夜，夏天给他的一条信息上写着："你永远不要知道为什么了，你也不会知道。这一切都是你自己的问题，所以，你活该。"

那一刻，余未言突然明白，这么久的爱情，原来都是自己活该，自己一厢情愿，自己自作多情，他曾想过，哪怕不能在一起，也不会弄成这样。还有更可恶的是，半夜里，电话突然响起，那边，竟然传来了夏天对那个男人道歉的声音，原来，夏天想让他听到！

那一刻，余未言竟然笑了，任凭眼泪噼里啪啦地掉在地上，笑了。那个自己曾经对其百依百顺的女人，隐藏了那么多事和自己在一起，曾经都是自己一直在向她道歉，一直以她永远是对的为原则，现在，竟然是她在向别人说着那些甜言蜜语。

爱情，真他妈的是个坑人的玩意儿。自己，也真他妈的贱。

哪怕有好多秘密没解开，但终究是自己犯了大错。他这般自嘲地对自己说，好让自己不恨她，和那个男人。

可是……

多么沸腾的翻江倒海，在这个雪夜，向自己的心脏袭来。

谢谢你啊，我的爱人，赐予我满腔想念空欢喜；谢谢你，让我无处躲藏化作风。

谢谢你，我的爱人，这般伤害我，让我在每一个夜里，绝望地活。

真的，谢谢你。我打心底，他妈的谢谢你。

3>

似乎这只是一场醒不来的梦魇。那些所有曾经的不好，此刻都变成了现实，一点点地袭入他的身上。

那些所有外界曾经说过的流言蜚语，此时，都闯入了他的胸膛。这几天，他一个人走过了两个人曾经走过的所有地方。青耳的大街小巷，还有长春那些熟悉的景色，甚至包括两个人一起走过的每一个小店，游走过的每一个场景。甚至是偶尔在街上遇到的公共厕所也莫名地会让他注视好久，弄得从里面出来的女人以为他是神经病，把保安叫来将他带走，差一点儿将他弄到派出所里。

他坐公交车从两个人居住的地方到学校，从起始站地方向她那里望去，那里，似乎早已经住进了他人吧！那个曾经自己躺过的地方，莫名地被另外一个人占有，和她牵手，吵嘴，亲热，还有……

从初始站到青耳大学，接近两个小时的路程。曾经是要坐在最后一排睡三次才能到学校的，可现在却再也睡不着了。曾经无数个夏天，这里人山人海，充满了汗液味，狐臭味，还夹带着煎饼果子包子油条等各种各样的味道。而他就在角落里闻着这些异味带着肚子的咕噜声，夹紧身子睡去；也有无数个冬天，这辆车上站满了无数个穿着厚棉袄来挤着上班的人。车子上全都是冰碴，即使已经人满为患，可依旧是手脚冻得冰凉。

可他却能在给她买完早餐的时候，坐上那辆公交车，睡上一个小时，然后到达学校。那时虽然艰苦，他却从来没有抱怨过。无论何时，脸上都是充满微笑的。

他会把钱包里所有的钱都交给她，哪怕不多。然后身上连坐公交车的钱都没有，一个人走一下午的路到火车站赶上回老家的火车。只因她是他的女友，他觉得应该将所有的钱都给爱人保管。

他还会因为她喜欢吃麻辣鸭头，而坐几个小时的公交跑到城镇边缘那家最好吃的店，然后买回来，带着一身汗臭味，被她嫌弃，却依旧傻呵呵地乐个不停。山珍海味买不起，但是这些她喜欢的特色小吃，是无论跑多远，他都要为她买到的。

他会因为她心情不好而被赶回学校，却又在打雷天知道她害怕而偷偷地在楼下的网吧蜷着身子坐一个晚上，然后忍受无数蚊虫叮咬。为的，只是在她害怕、需要的时候，他能在第一时间出现。可结果却都是一个人等到黎明给她买好早餐，再坐公交车回去呼呼大睡。他想尽所能地守着她，无论何时，何地，只要她需要，他会二十四小时电话不关机，防止她找不到，以至于自己竟然前前后后地买了六块电池。然后他开玩笑地说：“别说二十四小时，就是七十二小时你也不会找不到我。”

是的，事实的确如此。可那又如何，她再也不会给自己打电话了，等待等待再等待。等到心已上了霜，结了冰。可每一次电话响起时的希望，都在接听后，变成了绝望。在很多综合性因素面前，任何美好的东西，都会变得残破不堪。而且，他还犯了所谓的原则性错误。

“砰”的一声，那些原本看似坚不可摧的感情，就好像豆腐渣工程一样，就碎了，变得支离破碎，残缺不堪。然后，所有的梦都醒来，所有的梦魇也都被挣扎着抛开。

睁开眼，他猛地一下子从床上坐起，对着墙壁发呆，然后口中大口大口地喘息着。似乎这样，才能把无尽梦魇中的恐慌，全部抛开一样。

“你醒啦！”秦受匆匆忙忙地走过来看着他。

“嗯，是的，醒了。”

“喝杯水吧！”他将手中的杯子递给余未言，然后说道，“第二十三次了。”

“什么？”余未言不解地问，“什么第二十三次？”

“这一晚上第二十三次醒来了，而且每次睡眠都不到十分钟。”秦受看着他有些担心地说，“这样的状况，已经持续三天了。也不知道你怎么想的，这叫我很担心你。”

“是吗？”余未言看着他微笑着说，“不好意思啊！这几天真是麻烦你了。”

“我靠，有病吧你！咱哥儿俩还说这些肉麻的话，客气个啥玩意儿。”

“没有，就是觉得特别不好意思。你看，落落那边你还照顾不过来，我还给你添麻烦。”

“没事，你看，也就楼上楼下，而且丫头在楼下照看着呢！所以啊，我就来陪陪你。”

“我也下去看看吧！好久没有看到落落了。”余未言说完就从床上起来，伸了伸脖子，准备向楼下走去。

“你？现在吗？”秦受有些愣了愣神。

“怎么？不可以吗？”他摆弄出自以为是现如今最好的一个微笑给他。

“走吧！”秦受拍了拍他，在前面带路，余未言在后面一步一步地跟随着。在下楼梯的时候，他看着走在前面的秦受，突然心生感叹。大学三年多，他们同住一个宿舍，可以说是最了解彼此的朋友了。他亲眼见证了，秦受从一开始的一个富二代，登徒浪子，变成了现在这样一个沉稳的男人。曾以为他不会因为任何女孩而心动，但现在，却得到了一个让所有人都意想不到的结果，并且，他从没后悔地一如既往。甚至此时走路的声音，都比以前沉稳了好多。从心里上讲，他是有些欣慰的，看到朋友真的成长了，变得有责任感，甚至，比自己要好上无数倍，开始承担起生活的责任来，可他却还有那么一丝难过。如果可以，他倒是宁愿希望，两个人像以往那般，没有经历过这些感情。而他依然是那个禽兽不如的秦受，自己依然是那个每天给杂志社写稿然后努力学习的余未言。而不是，两个现在都是为感情所羁绊之人；而不是，两个被感情伤害的人；而不是，两个每天为感情伤心欲绝的人。

“你用这么暧昧的眼神看着我做什么？”在走到门口的时候，秦受看着他说，“我靠，你不会是性取向发生了变化吧！我告诉你啊！别打我主意，你这个臭流氓。”

“滚蛋吧你，赶快开门。”他踢了一脚秦受，然后看着他打开门，屋子里和以往一样，依旧是落落在里面躺着，丝毫没有醒来的迹象。秦雪看到两个人进来，向他微微一笑，便走了出去。

“有个妹妹真好。”看着她出去的背影，余未言感叹道，“彼此生活上还是个伴。”

“是啊！”秦受微笑地走到窗边打开窗帘，窗外，依旧是皑皑白雪，“但是过几天就要送她去国外深造了，她从小没受过什么好的教育，这让我和爸爸都觉得有些愧疚于她,所以准备要送她出去一阵子。于是，要请个新的护工了。”

秦受一边说着，一边不停地忙碌着，不停地为落落翻被子，擦拭脸蛋，整理她的大小便，还有不停地收拾着屋子里的每一个角落。他和余未言说的好几句话，也是有一搭没一搭地说着，完全一个居家小男人的模样。而躺在病床上的李落落，除了吊瓶里的声音，安静得再无任何声动，这和曾经活蹦乱跳的她完全不一样。他看了看秦受那忙碌的样子，实在是不忍心打扰他们的二人世界，就慢慢地退了出来，在屋子里随便游走着。在偶然经过一个高大的落地镜子面前，他才呆呆地愣在那里，看着镜子里的那个人，一瞬间，他竟然不知道要如何来表达自己的心情。

原本自己只留着短短的头发，类似于监狱里劳改犯的那种发型，后来夏天说吓人，难看，就硬生生地叫他留了起来，于是，他每天就都要整理无数遍。还有就是,他的胡子已经密密麻麻地爬满了整个脸蛋。和那已经冲上天空的头发，完全组成了一个原始森林人的模样，怪不得刚才秦受用一种莫名的眼神看向他。

他对着镜子摸了摸自己脸蛋，任凭密密麻麻的胡子扎在手里。然后想起每当吻她的时候，她总是会说:“扎！好疼！”“是啊！”他对着镜子里的自己喃喃自语着，“好疼啊！”然后再也控制不住地对着镜子流下了眼泪。

“夏天，你可知道，真的好疼啊！”他的眼泪顺着眼角滴答滴答地掉落在地上，冲洗了这个青春的年华。这几日来，他犹如一个娇弱的女子一般，总是会不停地哭泣，眼泪莫名地掉下来，无法入眠，不停地做着噩梦，不吃，不喝。偶尔会饮酒，不是啤酒而是在某个角落买六十度以上的白酒，自饮着。辣的是心，伤的是心，疼的是心，丢的也是心。

秦受一直陪着他，哪怕睡觉，也在一个床上。他知道自己的这一点和秦受最近所经历的无法相比，可那却是真真正正的感情，是和秦受徘徊在两个轨道上的感情，虽然并不严重，但却足已伤到自己的五脏六腑。

翻江倒海，所有的淤血在里面折腾着，就是不愿逃出来。过往，一点点地，在自己的脑海里播放着。快进，慢进，暂停，倒带，停止。无数种画面，来来回回，反反复复，没有停歇。这场爱情犹如一片海，他漂浮在上面，可能是海浪，也可能是海风，可无论如何，他都无法脱离这片海。悠悠荡荡，绝望而藏。

回忆，才是这个时间最不可能治好的病毒。它会跟着你一辈子，在你身处黑暗里，难过时，寂寞时，无助时，还有绝望时，让你更加悲痛莫名。

也会在你高兴时，快乐时，兴奋时，突然地让你停住这一切的欢笑，然后一下子愣在那里。不知道该如何继续言语下去，犹如只是被锋利的纸屑在手指上划破了一个小口那样，无伤大雅，却能清楚地看得见殷红的鲜血。

和女人不同，回忆是这个世间最不靠谱的东西，是永不会抛弃你的东西，但它是伤害你一辈子的玩意儿。

他不忍心在屋子里将自己的悲伤感染给别人，想了想，他还是准备出去走走。打开门的那一刻，外面突然有寒风吹入进来，他突然又犯恶心了，蹲在地上不停地干呕着。这几天他总是这样，不是不想吃东西，而是不论吃什么喝什么，都会吐出来，实在到最后吐不出来了，就不断地干呕，体内早已被抽空。除了一些酸水之外，便再无他物，只是会觉得胃内有些酸痛。

“你没事吧！”秦雪走了过来，拍了拍他的后背，“这么冷的天。你要去哪儿？”

“没什么。”余未言看了看秦雪笑了笑，“只是闷在屋子里久了，出去走走。别告诉你哥哥，我一会儿就回来。”

“也不懂你们这是干什么，你也是，秦受也是。无非就是恋爱而已，竟然成这个样子。我经常看他有时一个人也在李落落床边流眼泪，有时状态也如你这般。唉！”

他看了看秦雪：“丫头，你谈过恋爱吗？”

“谈过啊！不过并没有付出过什么真感情，毕竟以前我的家境你知道的，还总是东奔西逃的。所以，也没有多认真。”

“以后你经历过一场真正的恋爱你就会懂的。”

“我才不要，像你们这般痛苦，我宁愿不去谈。”

“是啊！”他对秦雪说，“是好痛苦，可若是让我重新选择的话，我依旧想要如此。恋爱的经历是痛苦的，但没有撕心裂肺相爱过，却是可怜的。可能以后我们都不会再这般地去爱了，可能我们面临的社会要越来越现实了，可能即使再爱也要多一层戒心了。所以啊！我很庆幸在我们的青春年少时能这般用尽全力地去爱，毫不保留地爱。

“哪怕，爱得这么伤痕累累，刻骨铭心；哪怕，爱得这般疲惫不堪，生不如死，但我却也从来没有后悔过。我想，你哥哥也是这样的。”他说完后，便微笑地走了出去。留下的，是一个无法用语言来形容的落寞背影。

而秦雪，在回过头的时候才发现，原来秦受已不知什么时候站在那里，向外面望去。

“哥。”她轻轻地叫了一声。

“其实在感情上，我们就好像两条被放在案板上的鱼一样。我是每天虽然和爱人在一起，但是却要感受着被人用刀片刮着鱼鳞那种鲜血迸出的疼痛。虽然可以忍受，但却无奈每天都如此。而他，就好像那早已被人抽干了内脏，只能不停张嘴呼吸的那一条。虽然一直睁着眼，却在等待着死亡。无所谓难过不难过了，因为我们早已不能用难过来形容，或许任何一个词语都无法来形容此时的心情了。就那么着吧……怎么都得过下去不是。”他看着秦雪，“我不是还有妹子你嘛！”他拉着她的手说，“饿了，给我弄点儿好吃的去。”

秦雪每当感受到他拉着自己的手叫自己妹妹的时候，心里都有种幸福感。小的时候总是羡慕别人家的孩子有哥哥，现在，自己也有了。可是，内心里却依旧想起余未言刚说的那句话：没有撕心裂肺爱一场的人，其实是可怜的。若是爱过，便是可悲的。

那么，是不是这个世界上的每一个人，都要经历可怜，或者可悲？

三月，在青耳这个城镇，雪一直在下着，仿佛进入我们每一个人身体里那最柔弱的部分。冷的不是人，是心；冻的不是身，是骨。

冰冷入心，寒冷入骨。春天啊！你到底何时才能来到呢？

4>

余未言会莫名地感觉到自己漂浮于这个城镇之上，仿佛没有呼吸，没有心跳，没有任何肢体上的感觉，没有灵魂上的驱使。只是，一个人行走着，没有终点，没有目标。甚至也感受不到过程，怀念也好，想念也罢，在这个充满回忆的城镇，除了难过，还会有什么？周围的景与物，全部都和昔日一样，可身边的人，却早已不见踪影。闭上眼，昨天还在眼前。可睁开眼后，昨天，却永远变成了昨天。

曾经在一起停留过的广场，他对她说，若是老了，也要和她一起来这里，和别的老头老太太一样来跳舞。

曾经一起坐过的长椅，她站在上面，骑在他的背上喊着："大马，快跑。驾，超过那个烧油的四个轮子的车。"

曾经给她买过无数次外卖，心里嚷嚷着好贵，但却依旧想把最好的给她，自己舍不得吃。

曾经去过无数次的咖啡厅，现在只有他一人在这里，喝着她最爱的东西，在那里回味。

还有，曾经无数次去接她下班的单位，竟然在那里，真的碰到了她。那一瞬，他们四目相对。他竟然在青耳零下三十多度的天气中莫名地出了一身汗。原本莫名地想过无数次，若是再遇到会是什么样的场景？可现在，他却无力说话，慌乱中拿出手机莫名地喊着："喂，喂，你好。"

原来在她离开的时候，他再也无力承担手机的重量，手机掉落在地上，顺着厚厚的雪堆向里陷入。

曾经同枕共眠。现在，已是相逢如未见，他却以光一般的速度将过往无数次地想起。他想要停止，却又那般无能为力。他终于控制不住地再一次呕吐出来，吐出的东西无情地喷落在雪地上，喷在手机上，喷在过往的回忆上。

这注定是一座伤城。逃离，或许是最好的抉择。

5>

2009 年的春天。冰雪还未融化，河流还未复苏。人们还没脱下羽绒服，出门还总是喊冷啊冷啊！余未言离开了青耳，踏上了回北京的列车。

火车，轰隆、轰隆地，驶入北京的时候，他默默地在心里喊着：北京，我来了，再见了，青耳。再见了，那些所有快乐的悲伤的美好的难过的幸福的绝望的想记起的或者不想记起的回忆。那些无论过去、现在，还是未来，都不愿想起的回忆，都伴随着火车轰隆轰隆的声音尘封在了他心里的某一个最阴暗的角落。那块大石头，将它们压得沉沉的，永远都不想再提起。

6>

舍得，与不舍得，虽然只有一字只差，但却有天与地的差别。

爱和不爱，也只是一字之差，但本质上却有着翻天覆地的变化。

这是青年作家余未言第七本书的写作主题。此时的时间，是 2013 年，3 月 9 日，周日。全国签售会的第一场，在北京的王府井书店。

此时的他，26岁，正是男子事业的上升期。现场的读者早已人来人往，川流不息，所有人都在喊着余未言的名字。

没有过多的言语，他只是不停地在自己的书上，一本又一本地，写上余未言三个字。然后赠予每个读者一个微笑，接着就是下一位。

就是这样，临到下午的时候，他终于将面前的一摞摞书全部签售完毕。按照日程，应该是和书商一起吃午饭的时间。可莫名的，余未言却突然对身边的助理说了一句："马上给我订一张从北京飞往青耳的机票。"

"啊……现在，不会吧！"助理李倩在一旁说道，"还有好几场签售要走呢！"

"全部推迟，立刻，马上，我要晚上之前就飞到青耳。"

"哦……"跟了他三年多的助理从来没有见过余未言这个样子，急忙订购机票，并且安排他向机场赶去。

走出书店的那一刻，余未言突然看着面前的王府井大街，莫名地愣了一下。街道上，人来人往，无数个老人、情侣以及各种各样的游客川流不息。那一刻，余未言突然觉得，自己也成为了他们中的一员。

闭上眼，很多年前的画面一瞬间犹如黑白电影一样，不停地回放着。电影里的男女主角，牵手在街道两旁走着。

而现在，睁开眼，却已物是人非。他大口大口地喘着气来让自己的呼吸平息一些，然后走出步行街。进入车里，向首都机场走去。

那一刻的街道上，所放的音乐是白百合的《擦肩而过》。

在车上闭上眼休息的时候，他开始莫名地有些烦躁不安。无论怎样，他都无法安然地休息，街道上的树木和景色不停地向后退着。

就犹如时光一样，慢慢地，慢慢地，将他的思念逐渐蔓延。一瞬间，他竟然莫名地泪流满面。

滴答，滴答，滴答。眼泪顺着眼角不停地掉落在车上，打湿了衣衫，唤醒了回忆。

三月的北京还依稀飘落着雪花，打在车窗上。回忆，是那么不愿想起，却又无法忘记。

犹如罂粟，食之伤身，戒掉伤心，仅此而已。

7>

突然回来，只有两件事，第一件，是因为刚好这天是两个人相识五年的纪念日。这五年，他走遍了祖国的大江南北，就是为了忘记她；这五年，他又去过无数次她的家乡，是为了怀念她。人生就一直处于这样的矛盾之中，以己之矛攻己之盾。

第二件，就是他要去见一个人。他心里有个秘密以及疑问，他憋在心里五年了，整整五年，他需要一个答案，而现在，是解决的最好时期。他拨通电话的时候，那边正在忙碌地嚷嚷着，问好地点后，他就向那里奔去。当脚将要登上出租车的那一刻，突然沉重得无法再迈一步。他就感觉像踩上了地雷一样，若是不动，或许还能活下去，若是被人挖掉，就只有两种可能，要不侥幸活命，要不粉身碎骨。所以，怎么活，怎么动，怎么选择，完全看自己的选择。

“我说，你到底走不走？”直到出租车司机催促，他才将脚放了上去。然后，他心里想着，炸就炸吧！反正也不能再糟糕了。

一路上，车外霓虹闪烁，雪花不停地向下飘落，一片一片地打在车窗上。闭上眼，雪花似乎已透过窗户进入自己的心底。

好白的雪，好冷的心。这个城市那么多人每天走过。哪一个又有时间来关心你的寂寞？我们，只是尘世间最卑微的一片雪花。那抹风景，或许，曾在你的身上飘落，却终究会被抛弃。是么，夏天？

闭上眼，昨天的一幕幕立马映入眼帘。无论怎么想忘记，都挥不去，抛不掉。在吃饭时，在走路时，在睡觉时，在开心时，在哭泣时，甚至在呼吸时，每一刻，都没有停止想你，可是……

“好冷啊！”他对着窗外，喃喃自语地说。

8>

吴漠然一边游离在厕所和床铺之间，一边抱怨剧组的伙食糟糕透顶不卫生，以及让她今天闹肚子，不能去拍戏。所以和导演商量将所有的戏份都排到明天，让她可以好好休息调养身体。事隔多年，她已经从当年的毕业生变成了一个小有名气的演员。当然，在这前进的道路上，有多少不为人知的事，也只有她知道。

在数不清多少次从厕所站起来的时候，门口却传来了敲门声。

“谁啊！”她不耐烦地说道。

“是我，然姐。导演让我给你送点营养品过来，你看能开下门不？”

“哼，还算这个家伙有心。”她一脸得意地打开门，却在没有反应过来的时候，一下子被两旁的几个男人按住嘴鼻推进屋里。她连呼叫的声音都无法发出，更别提反抗了。

“你们要干什么？”直到被扔在床上，她才整了整衣衫，然后看了看周围的几个人，微笑地问。这几年来，她已经见惯了无数次大大小小的事情，所以，不会有任何慌张感。对于她来说，男人无非就是想要“钱、色”这两样，只要对方提出来让自己活命，便都可以给。

“你猜。”那个男人问道。

“孔奇，”她一脸媚笑地说，“你想要什么都可以，但是别动粗啊！”

是的，面前的这个一瘸一拐走路的男人，就是孔奇。这几年，他在剧组做起了管理群众演员的职务。而这次，他也是跟剧组回到青耳。

只不过……

“不是我要干什么，而是，我有个朋友要见你。”孔奇对她微笑地说。

“是吗！那就让他来嘛！何必这样呢？”在她眼里，孔奇所谓的那个朋友，一定是某个大老板，看上自己了，所以才这样。可是。当孔奇打开门让那个人走进的那一瞬，她将眼睛瞪得老大，甚至连呼吸也变得急促起来。

哪怕这个时候地震了，海啸了，山洪爆发了，世界末日了，她也不会这般恐慌。只因，眼前走进来的这个男人，竟然是余未言。

他微笑地看了看吴漠然，然后说道：“好久不见。你倒是越来越好看了。”

“这是干什么啊？”她很快又恢复镇定地说，“老情人见面，也不要如此吧！”

“不这样不行啊！你现在算是个大明星了，要不用如此手段，你哪有时间见我？”

“你现在也不错啊！作家，编剧，混得不也风生水起的？”

“这不都是要感谢你吗？”他看着对方说道，“我猜在我没进来之前你一定在想，这伙人是劫财还是劫色，若是劫这两样，你就都不怕了是吗？”

“呵呵，呵呵！”吴漠然尴尬地笑了笑，“你倒是很了解我。”

“当然了。毕竟认识这么久，而且，又相恋一场。所以……”他停顿了一下看了看对方说，“所以啊！你也应该知道我今天来的目的是什么。”

“我有权利拒绝吗？”她看了看余未言说。

“你觉得我今天竟然做了这样出格的事还能让你有拒绝的权利吗？我知道你不怕。所以，说不定我会把你以往的事情爆料出来，外加上一会儿弄出个什么‘门’来，弄在网上。那样的话，即使你不想火，都不行了。”他知道她怕什么，所以，索性将所有的筹码都说出来。

“你不会的，我了解你。”她说，“这种事情你做不出来。”

“你了解的，只是那个曾经单纯，相信爱情，对未来充满美好幻想的我，已经死了，我已经不再是当年那个傻瓜了！你不知道这五年我遭受了多少困难。所以，我想我做得出来。而且，我会做得更狠。无所谓，不就是身败名裂吗，反正我光脚不怕穿鞋的，但是你，一定更害怕。”

他和吴漠然四目相对。半晌，对方终于无法再继续下去，于是点燃了一根烟，缓缓地说了一句：“你赢了。我从来没有在你眼神里看到过这种寒冷的表情，你终于和这个世界一样了。冷漠，残忍，被同化了。呵呵，你也终于有能力面对这个社会了。”

“谢谢夸奖。”余未言回答她。

吴漠然将手里的烟抽到半截，定了定神，然后才说道：“其实那天你喝的酒里，被我下了药，我们也什么都没做。”

余未言似乎早已经知道会是这样的答案，但现在听到，却依旧让人不禁倒吸一口凉气。这种凉，从嘴边直到骨子里，叫人觉得脊背发麻。

“我原本是没有脱掉你裤子的。因为你竟然一脚将我踹到地上，来了句，我是有女朋友的人。哈哈，你说这是多么可笑，若是这话让夏天听到，她一定会感动得痛哭流涕，可实际上，她却永远不会知道这些，她所知道的就是，你余未言和我旧情未了，躺在了一张床上，翻云覆雨。”

周围的几个人听到这几句话，都情不自禁地看向余未言。原本以为知道真相的他会大哭大闹一场，谁知道，他却一个人微笑了一下，好像什么都没发生一样。

“还有呢？”他继续问道，“你怎么知道我在北京？还有，天亮后为什么夏天会出现？”

“你知道夏天结婚了吧！”她对余未言说。

“是的。”他轻轻地呼了一口气说道，“和那个男人。”

“那个男人是她以前的男朋友。很有钱，但是因为一些极其特殊的原因他们分开了，所以你才有机会。但是，他也爱着夏天，于是就想重新得到。你要知道，一个四十岁的男人，比你一个二十岁还没毕业的小年轻手段要高得多。最重要的，是他为了占有，可以不择手段。他其实经常见夏天的，只是夏天没对你说。他知道夏天喜欢什么，而投其所好。最重要的，是他有钱。可夏天又舍不得与你分开。于是，他想尽一切办法、目的，就是要你们彻底分开。可他又是极其小心眼的男人，就是那种说白了，除了有钱之外没道德没品质要什么没什么的。他心里又接受不了夏天曾经与你睡在一起。还有就是，虽然结婚了，但他对夏天，也不是很好。但那个时候夏天已经爱上他，而且女人一旦结婚，就是弱势群体，轻易不会离婚。到现在，她其实除了做一个富太太，什么都没有。我这么说，你懂了吗？至于我，他答应的，只要我配合他，就会给我介绍几个出名的导演拍戏。喏！这是一场交易，我们各取所需，当然，很抱歉，你成了牺牲品。甚至关于那次到学校找你的事件，也是安排好的。现在你都明白了吧！”

“你这么做，你良心上不愧疚吗？”孔奇在一旁插嘴。

“她和你不一样，孔奇。”余未言看了看他说，“你之所以做错了事，是因为你的出发点虽然是好的，但是却陷入了盲区。在爱情上，你走上了一条错路，所以，虽然你犯了好多错误，还可饶恕。所以，我和秦受原谅了你，也觉得事情已经如此，再恨你也没有用。而且，你也受了好多的苦，也未必会开心，所以我才介绍你到剧组工作。这一点，也是经过秦受同意的。可她却不一样，她和这个世界上的很多人一样，为了目的不择手段，没心没肺，也谈不上愧疚的那种人。他们自私自利、卑鄙、龌龊，时间久了，也就谈不上什么良心的谴责。所享受的，只是占有、贪婪以及那种达到目的的征服感。这样的人，无论你怎样多费口舌，其实都是在浪费时间。”他看着吴漠然，“你说我说得对吗？我刚刚说的那些话，对于你来说，无非就是在身体上挠一挠，无关痛痒而已。”

“呵呵。”吴漠然不知道该说些什么，只能冷笑一下。

“对于你，我只想说一句话。”他轻轻地走到吴漠然旁边，在她的耳边说了一句，“都怪当时太年轻，是人是狗分不清。你以后，好自为之吧！”

他说完后，就带着孔奇离开了宾馆的房间。在打开门的那一瞬，他突然停住了脚步说了一句：“其实有一点你说对了，无论你今晚说不说出事实的真相，我都不会把你怎么着，因为无论如何，我都改变不了你这样的人。嗯，就是这样吧！再见。”

“砰”的一声，门被关上，屋内，除了吴漠然再无他人，她走到镜子旁，努力地看了看自己，然后莫名地微笑出来，轻轻地哼着歌。一切，好像什么都没发生一样。

唯独时光，在空气中记载着一切，可这一切，却再不会有人知道，也随着空气里的时光，随风飘散了。

雪花依旧在下着，已经可以遮住人们的脚。这是个浮华又喧嚣的世界，浮华得，叫我们早已丢掉了自己。

9>

“接下来你打算咋办？”孔奇一瘸一拐地跟余未言在雪地里走着。

“能咋办，该咋办咋办呗，继续努力工作，好好学习天天向上。”他开玩笑地回答。

“唉！”孔奇叹了口气，“真他妈的憋屈，走，到我那儿喝点儿。”

“不了。你好好的吧！也差不多找个女朋友谈一场恋爱。我看那个剧务就挺不错的，小姑娘对你也挺好！你可以考虑一下。”

“嗯，那个……你刚说，我来这儿的事，秦受知道？”

“是的。你放心吧！毕竟大家同学一场，在一个寝室那么久，你好好的吧！以后有机会，咱们一起喝酒，今天就不了，我还有些别的事要办。”

“那个……落落还是……”

“对，这个你就别多想了，秦受依旧在照顾她。不过这小子也找了个女朋友，人不错，我见过，也对落落很好，所以，你放心吧！”

“也好，也好。”孔奇一边点头一边答着。

“好了，我走了。”他看了看孔奇，“什么都别多想，努力工作，过去的事就让它过去吧！哪怕过不去，也要努力地埋在心里。因为那已经是不能改变的事实。唯独未来，才是需要我们考虑的。”他拍了拍孔奇的肩膀，转身便离开了。

2013年的三月，所有曾经发生在他们身上的那场“劫”，都被埋在了这场雪地里。伴随着嘎吱嘎吱的脚步声，深不见底。

愿一切安好，等待着春暖花开。

10>

这五年来，秦受又谈了一场恋爱。如无意外，应该快要结婚了。女方和他一起照顾着落落。此时的他，或许在感情上更多的是一种责任。哪怕他完全没必要这样，但只因为青春年少的那场感情，叫他真正地学会了成长。他开始努力去爱，努力去维持感情，努力去继承家里的生意。他和余未言从没断了联系，哪怕并不常见，但彼此偶尔一个问候，知道对方还好就会很安心。

那两个曾经青春年少在一个寝室的男人，现在，已经各奔东西。时光，在悄然改变着他们。可无论怎么改，他们却依旧相信爱情，相信友情，相信这个世界的美好。

哪怕，前途依然荆棘丛生。他知道余未言回来了，却因为工作太忙而没有见面。每当回到家，他第一件事就是去看落落。

五年了，在这个意外不断发生的世界里，五年，是多么不容易。他轻轻地抚摸着落落的身体，亲吻，然后和她说着话。

她不会醒了，他知道。可在他的心里，她依然只是短暂地睡着了。

有的时候，守护，为的只是一个心安；有的时候，也是为了等待；有的时候，或许是因为爱。连他也不敢相信，自己能坚持这么久，可他却从不感觉孤独。

冬去春来，花开花落。命中如此，如之奈何？

那些曾经的支离破碎，仿佛已经全部都随着时光被抛弃到另一个星球。剩下的，只是无尽的美好。以及，祝愿。

他觉得自己很幸福，因为每一天都能牵到最爱女子的手，人生如此，知足常乐。

11>

所有的承诺，随着时光的流逝，可能早已被忘记。

那是爱情吗？那么曾经认真说出的话，无论怎样，都会被某种不知名的力量，从内心深处揪出，狠狠地晒在自己面前。

那些走过的路，那些曾经见过的人，都已物是人非。

除了自己，谁又会记得？

等待等待再等待，等到心已寒，又如何？

他再也没有见过夏天，哪怕曾经的误会终于解除，也没有再见；哪怕她过得并不好，也不会再见；哪怕自己每一天都很想念她，也不会再见。

若是她需要，一定会找自己的。

他摸了摸肩膀，他曾答应过的种种，例如每天会给她写一首诗，从没间断过。他也曾说过，若是结婚了，一定会在肩膀上纹上她的名字。可是，他们最终还是分开了。

但是，他却在离开青耳的那一天，在肩膀上纹上了一个“夏天”。当针开始嗡嗡地在他身上刺入，血顺着肩膀流下时，他一边喊着，夏天，我爱你，也在喊着，夏天，我不爱你。

这五年，也就是因为有了这个纹身，每当他努力奋斗想要放弃时，想到曾经的屈辱以及憎恨，想到曾经那个男人说过的话，就一直努力奋斗，想要把他狠狠地踩在脚下。

可现在，却一切都不想了。

原来，爱到极致，是一种用任何言语都无法表达出来的感觉。而当自己可以战胜自己的情敌的时候，那个男人，已经不屑与自己为伍。

每一个人，都要为自己选择的路承担后果。

每一个人，都要明白，那后果所带来的孤独。

他现在什么都有了，唯独，再也没有了青春年少那努力去爱的勇气。

请原谅，时光辜负了我们。请原谅，我们再也找不到那过去的时光。

情到深处人孤独

如果没有你，我宁愿孤独

If I can’t have you, I don’t want anybody.

BY 蓝冥

2013年7月29日完

2013年8月9日2次校对

后　记

我宁愿孤独

1>

如果没有你，我宁愿孤独。

愿每一个读者，读过后，都会有一份属于你自己的幸福和感动。

2>

若是亲爱的你们能看到这里，那么，我很欣慰，证明这本书并没有让你中途遗弃，很有可能陪你度过了无数个黑暗时光，或者让你们在这当中找到了自己的影子以及曾经的那份年少记忆。

曾在第一本书中说过，我故事里的每一个人物，不管是主角，还是配角，都会有很鲜明的人物性格。所以，哪怕他们中好多人物可能并不让你们喜欢，但却是我生命中某一阶段不可离散的朋友。好多难熬的日子，只有他们陪我度过。或是欢喜，或是流泪，或是感动，或是哀伤。我为他们的好而高兴，为他们的坏而难过。也常常会写到某一个阶段的时候，自己就控制不住情感，一个人在空荡的屋子里乐出声来或者哭泣。

对于我来说，他们就是我，我也是他们，从来也永远不会分离。

3>

写这本书时，我正处于情感的一段波动时期，那个时候青春年少，敢想敢爱，虽然前后只是短短的一年多，可当我自己再次读起的时候，不免觉得，故事里的好多地方，未免显得幼稚，却不得不承认，对于每一个人来说，那段青春就是带着这段幼稚的遗憾，伴我度过青涩年华。亲爱的朋友们，我希望这本书能让你们找到曾经的自己，因而感动。因为我相信，无论任何一个人，哪怕他已结婚生子，心里最美好的情感，一定在心里的某个角落被藏起。然后，会因为被某个敏感点触及，再次想起那段美好的时光。

是的，我确定那段时光是美好的。无论曾经多么的难过和不舍，无论那时多么的绝望和无奈，那段感情，必是你一生中最美好的记忆。哪怕你闭上眼睛在流泪，那么嘴角或者是心里，也一定是微笑的。

那抹微笑汇聚成一条河，淹没了你那些深深浅浅的寂寞。

4>

这本书和上一本《那年盛夏，爱到心寒》最大的差别就是，上本完全是清纯的校园之恋，而这本却是掺杂了世俗之事。随着时光的流逝，我也会逐渐将我创作的题材从校园小说转入都市情感类，这对一个敏感的写字者来说，总会想到好多，真的是“岁月如飞刀，刀刀催人老”。但现实如此，我们都没有办法改变，犹如人世间无论何时，都会有多多少少的遗憾刻在你的脸上，让你从一个少年变成一个顶天立地的人。那么遗憾，不管是关乎爱情也好，还是梦想，或者是岁月中其余的一些事情，都会变成你成长中不可或缺的东西。所以，我们要正确面对人世间这一切的问题，我所写的故事也是如此，虽然一直以感情为主线，但我更希望亲爱的你们，能从中品得一些做人的道理。人这一辈子总要追寻一些什么，放弃一些什么，有舍必有得。不管过去有多少遗憾或者未来将有什么事发生，做一个正直的人，做好人世间的每一件事，方不愧于心。

5>

感谢这些年一直陪伴我的朋友们，哪怕青春散完，我们也要在一起。

感谢这些年一直支持我的读者们。纵使，一生用尽，也要给你们写出更好的故事。

感谢这些年一直在梦想的道路上陪伴我的伙伴们，每当绝望时，因为有你们，我才更加坚强。

感谢这些年一直默默支持我的一些人，我爱你们。

时光不老，青春易散。愿与各位，共同向前。

赵蓝冥

2014年7月14日

于北京莲花桥

图书在版编目（CIP）数据

情到深处人孤独 / 赵蓝冥著. —北京：北京联合出版公司，2015.1

ISBN 978-7-5502-4401-6

Ⅰ.①情… Ⅱ.①赵… Ⅲ.①长篇小说－中国－当代 Ⅳ.①I247.5

中国版本图书馆CIP数据核字（2015）第001001号

情到深处人孤独

作　　者：赵蓝冥

选题策划：凤凰壹力文化发展有限公司

责任编辑：李　婷　徐秀琴

特约编辑：苏雪莹

封面设计：上西装帧设计 13911010488

版式设计：文明娟

北京联合出版公司出版

（北京市西城区德外大街83号楼9层　100088）

三河市祥达印刷包装有限公司印刷　新华书店经销

210千字　640毫米×960毫米　1/32　8.625印张

2015年1月第1版　2015年1月第1次印刷

ISBN 978-7-5502-4401-6

定价：26.80元